紅樓藝術的魅力

周汝昌 —— 著

周伦玲 —— 整理

作家出版社

周汝昌

中国红学家、古典文学研究家、诗人、书法家，是继胡适等诸先生之后新中国红学研究第一人，考证派主力和集大成者，其红学代表作《红楼梦新证》是红学史上一部具有开创和划时代意义的重要著作，奠定了现当代红学研究的坚实基础。另在诗词、书法等领域所下功夫甚深，贡献突出，曾编订撰写了多部专著。

目录

序一

吴小如

　　我和周汝昌先生相识近半个世纪，是好朋友。尽管我们对具体问题的观点不尽相同（包括对曹雪芹和《红楼梦》，我们的看法也有分歧），却不妨碍我们深挚的道义之交。他一生心血都倾注于曹雪芹及其《红楼梦》，锲而不舍，研究的深度和力度与年俱增。而我读书却总爱涉猎多方，浅尝辄止，终不免一事无成。最近读完周先生的《红楼艺术》，不禁为他鞭辟入里的创见新解而倾倒折服。他不仅是曹雪芹的知心人，是《红楼梦》的鉴赏家，而且通过此书还证明了一个事实：没有受过我国传统文化艺术的长期熏沐陶冶的人，是不易真正理解"红楼"三昧的。首先这本书的写法便迥异寻常。作者不凭借任何舶来品的文艺理论（其实周先生毕业于原燕京大学西语系，他的英文好到能翻译陆机《文赋》的程度，因此对西方新旧各派的文艺理论都很熟悉），而全用我国传统文学艺术的各色理论为武器，来分析阐释《红楼梦》的艺术特点，从微观（生活细节）到宏观（全书结构），从事件的脉络到人物的特征，无不探微抉秘，发前人之所未发。其次，我们与其说曹雪芹是个天才，毋宁承认周汝昌先生在我国传统文化艺术方面所具备的高度素养。从这本书即可看出，作者诚然是一位红学家，而同时他还是文艺批评家、书画理论家和音乐评论家；他不仅通小说戏曲，而且长于旧诗词与骈体文的写作。大而上自中华文化，小而下至民间底层的风俗习尚，他无不有深广而细致的研究。否则他是不可能把《红楼梦》析解得如此深透细腻的。读者可以不完全同意这本书里的某些意见，却无法不承认此书作者广博的文化知识和精深的功力学养。我说这话并非对老友"阿其所好"，而是有感于当今具有如此功力修养的"红学家"实在太少。

与此同时，我还有两点不小的收获。其一，远在我认识周汝昌先生以前，就认为《红楼梦》程高本后续的四十回是伪劣产品，是冒牌货。我曾专门写过一篇小文批评后四十回，立足点并不全同于周汝昌先生。而这一点，我和周先生是有共同语言的。读了《红楼艺术》，乃愈益坚定自己的看法，当然也更加拥护作者的意见。其二，近人有主张脂砚斋评本是伪造的（脂评本非一，此说一出，当然不仅甲戌本为伪造，所有脂评本都是伪造的了），我根本不同意。从《红楼艺术》中所引的各条脂砚斋评语来看，"伪造说"显然站不住脚。因此我认为这样的看法根本不值一驳。上述两点，看似与论《红楼艺术》无关。这倒不是我买椟还珠，把话题扯远；恰恰相反，这两点正是读这本《红楼艺术》的两大前提。

★此文作者 1996 年所作。见"新版自序"。

序二　红楼谁宝和氏璧

梁归智

大家都知道和氏璧的故事。说的是楚国的卞和氏，发现了一块藏在石头里的举世无双的宝玉，献给楚王，他献了三次，头两位楚王都说他搞"假冒伪劣"意在欺诈，重重地惩罚了他。只有第三位楚王才认识到这块"璞玉"被隐藏的价值，把玉从石头里发掘出来，并琢磨成一块"璧"，这就是后来家喻户晓的"和氏璧"。再往后这块珍贵的和氏璧辗转落到赵王手中，秦王想得到它，说要用十五座城池来交换，然后就是蔺相如"完璧归赵"的一幕上演。有了这一段历史插曲，和氏璧就又有了一个别名连城璧，就是说它宝贝无比，"价值连城"。

中国的传统文化和艺术遗产中可有"和氏璧"？有，那就是曹雪芹的《红楼梦》。

曹雪芹《红楼梦》的价值被长期遮蔽扭曲，也像那块被包裹在石头里的玉璧。世人虽然也赞美它，却是赞美它的"石质"而不是"玉质"，因为它的"玉质"根本没有被发现和认识。

《红楼梦》的真思想，《红楼梦》的真艺术，《红楼梦》的真文化，都被层层粗陋的砂岩所掩盖，这层层砂岩的外壳，还很坚固而不易被打破，它的结构也很复杂，要辨别和清除颇为费劲，而且它还有点像"玉"，能够以假混真。这像"玉"的粗陋的砂岩是什么？有好几层。第一层是后四十回的续书，它偷梁换柱，李代桃僵，就把原著的价值作了篡改，混淆了世人的耳目。第二层是社会常情的惰性和惯性，喜欢陈陈相因，懒得动脑筋思考问题，追求真相，学习钻研。第三层是后来西方文化东渐，不能和原有的中华文化完全水乳交融，在带来许多可贵新资源的同时，也造成了一些教条和模式，一些新的"套路"，时间长了，成了另一类型的"陈腐旧套"，而舆情惟"新"是趋，惟"西"是宝，把这些教条框架硬往《红楼梦》上套，并且认定这一套就是正宗，《红楼梦》的"大美""真美"无非如此如彼。还有第四层、第五层……读《红楼梦》不容易啊。咱们先不说思想，单说艺术——更理论一点叫审美。《红楼梦》是一部文学作品啊，"文本"才是它的本体啊，不要尽搞作者、版本那些"红外学"啊，要多搞"红内学"啊……好啊，咱们就专门"红楼谈艺"——《红楼梦》的文本艺术，这是不是地地道道的"红内学"呢？还有什么比"艺术"更是"内学"的呢？但有两种"红楼艺术"。一种是视前八十回和后四十回为一个"整体"和在古今中西新老理论教条模式规范下的艺术，曰"典型环境中的典型形象"，曰"原型和母题"，曰"一百二十回的有机结构"，曰"后四十回的白话语言美"，曰"高鹗修改尤三姐形象的贡献"，曰"后四十回贾母的政治家风度"，曰"'林黛玉惊噩梦'的心理学"，曰"'调包计'的戏剧性"，曰"'黛死钗嫁，宝玉出家'的悲剧美学"……

这不是《红楼艺术的魅力》里所要贡献给读者的"红楼艺术"。从这本书的立场看来，上面所说的那些东西恰恰是歪曲掩盖了真正的"红楼艺术"之"和氏璧"的层层"砂岩"。再打个比方，是后四十回所写通灵玉丢失后有人贪图赏格而伪造出来的那块"假宝玉"：像倒像，只是颜色不大对——怎么里头的宝色都没了呢？

那么，真正的"红楼艺术"是什么？

且摘录几条《红楼艺术的魅力》的目录：

> 一喉两声　一手二牍
>
> 伏脉千里　击尾首应
>
> 勾勒·描写·积墨
>
> "补遗"与"横云断岭"
>
> "诗化"的要义
>
> 两次饯花盛会
>
> 鼓音笛韵
>
> 吴带曹衣
>
> ……

这才是真正的"红楼艺术"。它的核心、要义何在？

第一，真正的"红楼艺术"是要发掘出曹雪芹艺术创造的独特性，那独家秘传的绝活，而不是你会我也会的"大路货"。比如，"草蛇灰线，伏脉千里"的"击尾首应"，那些"谶语""影射""化用典故"的"活笔"和"侧笔"，那"巨大的象征"，那九回一个单元的巧妙结构……大观园的"沁芳"隐寓着十二钗的"花落水流红"，贾芸和小红互相交换手帕影射着贾宝玉和林黛玉的"手帕情缘"，"两次饯花盛会"所特笔暗示的贾宝玉的生日是四月二十六日芒种节……第二，怎样才能发现这些创作秘密呢？有前提。首先，你必须对"红外学"有过研究，至少也要有所了解。你要仔细考察过版本，要知道"绛洞花主"是"绛洞花王"的抄写失误，而绛洞花王是贾宝玉的"三王号"之一，这是精心的艺术设计，是微妙的隐喻艺术。你要知道"冷月葬花魂"才是原文真笔，"花魂"和"鹤影"，植物对动物，对仗才工整，而且是和"葬花吟"后应前呼，暗示黛玉和十二钗的结局。你要对"曹学"有所涉猎，知道贾母的原型是苏州织造李煦的妹妹、曹寅的寡妻，而贾政的原型是过继到贾母原型名下的曹寅的侄子曹頫，你才能体会贾政打贾宝玉而贾母护孙描写的"一击两鸣"之意。你要对曹家在雍正和乾隆朝两度败落的"家史"有一些探索，才能欣赏小说中秦可卿神秘死亡、冯紫英去铁网山打猎这些情节，有"假作真时真亦假"的皮里阳秋。你要对脂批慧眼识珠，才能对"《庄子》《离骚》之亚""得《金瓶》壶奥""一树千枝，一源万派"的度人金针"鸳鸯绣取从君看"。

开窍了吗？"红内学"是以"红外学"为基础的，"红楼艺术"是奠基于曹学、版本学、脂学、探佚学等全部红学研究的铺垫之上的。你于"红外学"一无所知，也就不可能真懂"红内学"，不会发现曹雪芹的真艺术、雅艺术、高级艺术，而满足于后四十回的假艺术、俗艺术、低级艺术，成了井底之蛙还洋洋得意，"以天下之美为尽在己"（《庄子·秋水》）。你就压根领略不到曹雪芹苦心经营的七宝楼台之惊才绝艳，对"落霞与仙鹤齐飞，湘水共海棠一色"的巧夺天工麻木不仁，却为那纸糊的假花所炫耀迷惑，你的"水平"就永远上不去高台阶，你就只能是个"肉眼凡胎"的俗僧，见到"假西天"就顶礼膜拜，和真正的灵山圣境却违远隔膜了。

还有前提。你得对中华传统文化有比较全面的修养。你得懂戏曲、园林、诗词、书法、丹青、禅宗、民俗……否则，你怎么能看出传统书法绘画的"勾勒""积墨"和"吴带曹衣"体现在曹雪芹的写作艺术中呢？对曹雪芹如鱼在水一般化为写小说技巧的传统音乐的"鼓音笛韵"和传统诗词的神韵意境，你又怎么会有感觉呢？一句话，你得懂中华传统文化，而且要懂得全面，懂得深刻，懂到灵魂，懂到骨子里，能 look into，浮光掠影不行，稍微懂一点不行，假装内行更不行。《红楼艺术的魅力》的第一章就是"《红楼》文化有'三纲'"，其中说："我个人以为，它是中华的唯一的一部真正当得起'文化小说'之称的伟著。"此中三昧，君亦拈花微笑乎？

当然，你还必须有文学气质，有艺术感觉，你得有点"诗质"，因为曹雪芹就是一个情痴情种的诗人，《红楼梦》艺术的一个本质就是"诗化"。就像第七十八回写到贾宝玉，说他"空灵隽逸"，能够"虽无稽考，却都说得四座春风。虽有正言厉语之人，亦不得压倒这一种风流去"——这就是杜诗圣长吟的"文采风流"了。其实，这也就是中华文化的特质，就是一个"活"字。怎样才能"活"而不"死"，做"透网金鳞"？就是要文、史、哲全方位"打通"，考据、义理、辞章齐头并进，真、善、美相辅相成，"证"和"悟"互为表里，而不是硬抠"死证据"和"形式逻辑"，还美其名曰"学术规范"。如果说在某些考证问题上，这种"跛脚的学术"还能搬弄一点别人一时不熟悉的罕见史料来装装门面吓唬一下人，一进入"艺术"领域，那可就捉襟见肘，立刻原形毕露了。

《红楼艺术的魅力》里说：中国的诗，特别注意这个"境界"或"意境"。而《红楼梦》的真魅力，正是由这儿产生的——并不像有人认为只是"描写""刻画""塑造"的"圆熟""细致""逼真"的事。《红楼梦》处处是诗境美在感染打动人的灵魂，只有这一点，才突出了《红楼梦》与其他小说的主要不同之特异色彩。这种诗化是渗透在小说的字里行间的。比如第七十六回黛玉、湘云联句，后来妙玉加入，邀请黛、湘到拢翠庵（版本考证："拢翠"与"怡红"对仗，不是"栊翠"）去，《红楼艺术的魅力》特别指出，小说接着描写三人到庵中，"只见龛焰犹青，炉香未烬"。这"八个字、一副小对句，宛然传出了那种常人不能'体验'的特殊生活境界。我每读到此，就像真随她们三位诗人进了那座禅房一般，那荧荧的佛灯，那袅袅的香篆，简直就是我亲身的感受"。又比如第七十一回写鸳鸯到大观园里传贾母的话，出园时晚了，独自一个人，走到园门，此时此刻，景况何似？静无人迹，有八个字描写得十分微妙——"角门虚掩……微月半天"，这多么生动地画出了一个大园子的晚夕之境界！

总之，对曹雪芹的真艺术、独特艺术，《红楼艺术的魅力》可谓真"解其中味"，将文本的不传之秘一一抉示，让读者对曹雪芹的文心匠意恍然大悟，时时惊喜，享受于山重水复之中忽然柳暗花明之乐。谈"红楼艺术"的著作、论文也够得上车载斗量了，当然各有视角，各有收获。但如果要评选一本真能"从根儿上"阐发出曹雪芹"令世人换新眼目"之文采风流的"谈艺第一书"，把曹雪芹那"胸中一段锦绣"真正发露出来的著作，那恐怕非这本《红楼艺术的魅力》莫属了。

这本《红楼艺术的魅力》的作者是哪一位？当然是红学的泰山北斗周汝昌先生了。除了他，谁又能达到如此境界呢？不是有人在讥讽周先生是"考证派"吗？说周先生只钻牛角尖搞

"红外学"却脱离了《红楼梦》的艺术文本吗？可是，发这样议论的人，能写出周先生的《红楼艺术的魅力》吗？"回到小说文本"可不是空喊口号比嗓门大的事，得拿出货色来！

周先生的《红楼艺术的魅力》是一本十年前的著作，当年行世不久就售罄了。这次增订新印，周先生要我写几句话以为推介。周先生是红坛祭酒，我当然不配写正襟危坐的"序"一类文字，就随便谈一点感想聊以塞责了。正是：

红楼论艺较机锋，岂在天刑八股评。

说与知音凭解味，推敲月下可通灵？

2005 年 12 月 8 日于大连箫剑轩

再版自序

这本小书我自己素所欣喜。书虽小而体例新、思路"异"，与以往的拙著都不一样，也与别家主题相似的论著有别。此书原定名《红楼艺术的魅力》，1995 年此书付梓时，因故省称之为《红楼艺术》，如今恢复了本名。这次新版校正了很多误植——错字虽"小"，却使语句变成了"大"怪话，令人啼笑皆非！但愿这新版书不再那么粗疏了。

初版开印二万册，在当时是个荣耀的特例；然而不知何故（或因出版后未作任何宣传工作），知道者甚少。一本书也有它的好"命"坏"运"的问题，说起来更是有一点儿奥秘无穷，非人力所能测卜。

自从我成了"考证派"，时时可见评家、史家责备我，说"他什么都研究，就是不研究文本！"。又说，"'考证派'已然进了死胡同"，只因我"脱离了文本""脱离了文学""脱离了创作"等等。但是有点儿怪：这些专家、评家、史家们看不见我的许多未"脱离"的拙作，也更认不清我的一切"考证"，无非总是为了解说、阐释那"文本"。即如此书，不知在他们目中、心中应归属于"考证"，还是"定性"于文本？我这样"争"一

"争"，并无意自否、自贬"考证派"的工作价值，我不过是向高明讨教：如有人根本没躬亲身历"考证派"是怎么回事，也不去思忖一下"考证"因何而生、为何而作，到底属于文本之"内"还是之"外"？却只听见一个"名词"——这名词曾被批判过，使一切"考证"的人都定位于该批堪斥之"误入歧途"者，那是否真懂得什么是该做的，又什么是不该做的？名词和伴随它的并非总是正确的"概念"，往往让人"天下本无事"，而"纷纭自扰"起来。

友好同道，赐奖我的红学，说是自己建立了体系——创立了"四大分科"，即作者、版本、脂评、探佚四支专学。也因此，评者时时抓住这些，批我不研究"文本"、不研究"文学创作"云云。如今，请看本书到底算不算是对"文本"、对"创作"的研究呢？如果回答是"算"的话，那么又请看：这种研究何尝有一刻离开了四大分科？讲林四娘，就涉及作者生平；讲程、高篡改，就涉及版本；讲伏线，就必须引及脂评；讲结构，就需要从事探佚。四大分科之建立与研究，目的又在哪儿？还不正是为了深切理解雪芹的"文本"与"创作"？到底哪个是本，哪个是末？哪个是因，哪个是果？这难道还不是一目了然吗？

世间一切事都得讲道理，重真实。这种小书，作史者不一定肯赐齿牙之惠。好在自古有个"敝帚"的良例，姑且援引来做一番自嘲自慰，大约不致损及他人吧，如此则不胜幸甚。

本书初版责任编辑陈建根先生审稿后，专函表示"精彩纷呈"。有位张加伦先生来函说：得书后彻夜不眠，一口气读毕，"真是一种享受"。又云：这样的书，"三部《红楼梦新证》也不换这一部"！他非诗家，而特作七律一篇，抒发感叹。

当然，这不过是一二例，还有赐以鼓舞者，不能备引。这都来自不相识的"界"外读者诸君。我即以此为我的精神支柱，继续写了些"随笔红学书"，其性质也大抵属于这一类所谓"考证"和"文本以外"的文字内容。然而这些都颇受读者的欢迎。

历史是不断发展了，红学也不例外，《红楼》的艺术，如何成就复乎与众不同，其特色罕见先例，这对《红楼梦》文本研究所关至要，还是应当给以重视与研讨。我把这本书重新检点付梓，也许会引起学者和读者更新的观感和更多的关注吧。

本书这次新版，承蒙好友梁归智教授应我之嘱，特撰新序，与老友吴小如尊兄的评赞之文，堪称珠联璧合，均此志感。

女儿丽苓为我目坏不能校而"通读"全书，使我得以聆听，发现错字误句。伦玲则是与作家社洽谈书稿出版一切事宜的贡力者。她们的辛劳，应在此记录一笔。

诗曰：

考证精华哺育多，一耙倒打势巍峨。

红楼魅力端安在，说不清兮可奈何。

我谓红楼艺术奇，不同俗套与陈词。

几多谈艺书谐好，何碍车多路畏歧。

岁在乙酉冬十二月初六日灯下

写记于奇梦轩

旧版自序

我们读曹雪芹的《红楼梦》，是先被他的思想境界吸引住，还是先被他的艺术力量吸引住？这个问题你自己可说得很清？怕不容易。讲到根儿上，思想的造诣与艺术的造诣是很难分离单讲的。但此刻打算暂且专就《红楼》艺术来试作一番赏会，学一回陶渊明的"奇文共欣赏"，"每有会意，便欣然忘食"。

谈艺，在我国历代文坛上是个老题目；谈《红楼》艺术，也是近年来时兴的新题目。在这方面，似乎是从"形象塑造""性格刻画""心理描写""语言运用"等上开讲的很多，或者"审美意识特征"等类的理论文章也不少。因此我想再无须乎重复，纵有小异，无非大同；不如改换个新角度、新层次、新方位来讲说一回，庶几稍萌新意——这所谓"新"，其实却是"旧"的——我想试从中华文化、文艺传统的观念、方法、词语……上来讲讲，看是否讲得清，讲得对，讲得更有意味些？

与雪芹同时的人，如敦诚，说他是"邺下才人应有恨"，永忠也说他是"辛苦才人用意搜"；雪芹之才，是人们公认的。而永忠又说他的书"不是情人不泪流"，意即凡在有感情的人，都会感动得泪下不止。一个才，一个情，总是密迩相连，竟难离割。《周易》中已有了天地人"三才"的观念，也有了"圣人之情见乎辞"的提法。这都重要之极，是中华文化的"开篇"和精义。诗圣杜甫，在赠别极端屯蹇的友人的诗题中，也用了"情见乎诗"这个词句。则此情的范围境界何似？可味而知。雪芹这位才人情人（即情痴情种之人），自言其书"大旨谈情"，又表示他的写法要破除历来的旧套。于是，其才之与情，如何交会而发为异彩奇辉，确实不能总是停留在"形象""性格"等流行的小说文艺理论的几点概念上而无涉于中华文化传统精华的地步上，满足于一般性的常闻习见的熟论之中。当然，我的打算与奢望是一回事，我的学识与才力是又一回事。但终觉不妨在此一课题上多开一些生面。

讲《红楼》艺术，事非容易；但"举例说明之"这个寻常等闲之法，似乎很简单了吧，其实竟也不然。不举，是"空话连篇"；少举，言而不明；多举，满纸大引《红楼》原文，又成了"喧主夺宾"，甚而有凑字数、拉篇幅之嫌。整段整段地引，太觉死板无"法"；用"撮叙法"，则原文精彩势将"撮"得净尽……竟难得很！这是我动笔前体会不深的难处。

还有，时常一段文例，具有多个艺术意义，分章讲艺，各有中心，难道把它引来引去？说"参看某章某段"，又觉此"法"大是苍白无力。我今之计，是前边各章开出"命题"为主，不多入例，把例留在稍后，用我的论述把它与前章勾连起来。

但这办法是否好？读者开卷，看前边的例少，能满意吗？实在自己拿不准。我只好在这儿解释一下，或者可得到体谅，则不胜幸甚。

《红楼梦》的本文也是个很麻烦的问题。我们自己的《石头记会真》（大汇校写定本）因正在付梓，手边无副本，难以运用，为了行文顺畅省力，只得暂以现行排印本（以庚辰本为底子的整理本）代之。此本字句不足取的，参以别本酌易之①。此点务请读者谅察，勿以为疑。

我自己不大喜读那种长篇大套的呆板枯燥的文艺理论文章，因而自己总想，谈文论艺的文字本身也得有一丝"艺术性"才好；我们能否用"随笔""漫话"的亲切风格来讲艺术、学术的重大道理？有了这个想法，就写不出鸿篇庄论了，也许这不是"文章正路"，但天下事总不能千篇一律，本书聊备一体，似也未尝不可。

附录小文，皆是曾刊于杂志或报端的旧文，因与《红楼》艺术相涉，故缀辑以供披览，虽与正文不免略有重复之处，亦尚多互补之义，可资寻绎，因并存之。

谢谢肯于拿起此书而予以赐目的每位读者。

记于癸酉腊月

---

① 《红楼梦》古钞本，发现者已十多种，异文的繁赜，令人惊心眩目。拙著《石头记鉴真》，对此有过论析，今不备述，庚辰本只是所存回数较全，其文字则被后笔改坏者极多，实难尽依。本书引文，常参采三个最好的本子：甲戌本、杨继振本、圣彼得堡本。因避繁琐，不拟一一校注，读者谅之。

解　题

本书题名《红楼艺术的魅力》。这个题名，并无难懂之处，怎么还用解题？岂非多此一举？

这话有理——但也有待商量解说。打开书卷，开宗明义，原应对题旨有个交代，不同于节外生枝，也难说就如画蛇添足。因此，便有三点需要略述本怀：

第一点，我说的《红楼梦》，专指原作者曹雪芹的八十回现存原著(以及研究推考所知的全部情况)，不指被程、高等篡改、伪续而成的假全本一百二十回式的"《红楼梦》"。我们渴望探索研求的，是中华文化文学史上的特异天才、伟大作家曹雪芹的头脑与心灵、才华与智慧，这是不容硬把另外不相干的人的东西混入冒充，作"等量齐观"的。打个比方，要讲的是诗圣杜甫的佳句伟构，你却羼进了某些冬烘先生的打油诗，那么所研讨的"杜诗艺术"的结果，将会成为一个什么样子呢？

如果你不赞成如此如彼地研究杜甫诗，也就没有理由反对我只能是来研究曹雪芹的小说艺术。

也许有人要说：程、高的伪续四十回很"好"，不能与冬烘打油诗一概而论，那么他可以另打比方。只是我坚信：不管怎么比方，反正张三李四绝不会就是曹雪芹。雪芹的文学艺术，从来是个"个体"创造的事业。倘若有人认为程、高之流也有研究的必要，那当然是另一回事，与本书的宗旨，就没有什么关系了。

第二点，讲讲"艺术"二字。

怎么，"艺术"还待讲解吗？

是的，还有说几句的必要或"余地"。

"艺术"一词，现今用法是大体相当于西方 Art 的一个译名和概念。它指的乃是除了用"文字"写作的成品即"文学"之外的诸般艺种，如音乐、绘画、雕塑、表演、舞蹈、篆刻……，这统名之曰艺术，是人人尽晓的。如查英语辞典，则可知 Art 定义有三：一是相对于"天然形成"而言的人工制作；二是美的创造与表现；三是机巧、计谋——甚至包括了机诈的一面。这是有待我们对照比较的一个课题。

但在我们中华文化古国，早有"艺术"这个词语，它的涵义是否即与 Art 全然一致无差，却是个并非无关宏旨的问题。

据《后汉书·伏无忌传》，提到顺帝"永和元年（136 年），诏无忌与议郎黄景校订中书——五经、诸子、百家、艺术"。其注云：

> 艺谓书、数、射、御。术谓医、方、卜、筮。

这最简明易晓。原来"艺"专指"六艺"的事情，即孔子门人，身通六艺者七十二人的那六艺。据《周礼》之说，此六艺为"五礼、六乐、五射、五驭（御）、六书、九数"。晋代葛洪则说过："创机巧以济用，总音数而并精者，艺人也。"凡此可证，我们所谓艺术，是总包经籍以外的一切技能，近乎"百科知识"的意味，科技、美术不待言了，连典礼司仪之类、医卜星相之流（古又谓之"方伎"），也都在其列，"机巧"是科学技术，机械工程；音数是乐律算学（数学，历法等）。《晋书》立了一门《艺术传》，其序文以为这些百种技艺都是"小道""不经"，大有"瞧不起"的意思。

即此可见，古之艺术，不与今之艺术密合雷同，比如清代编纂《图书集成》，其中的"艺术典"的内涵，犹与古训无异。如果你与曹雪芹"对话"，说起艺术，那他肯定会"误解"了你的本意[①]。

我在卷端揭明此义，是为了让读者诸君明了，本书讲《红楼》艺术，有时略参吾中华古老文化传统，不同于现今流行的观念，一提艺术，就只是"形象鲜明，性格突出，语言生动，描写深刻"等之类。这样可免误会。

第三点，不妨顺便说说艺术的"魅力"。

人们讲文艺之事时，常常用上这个赞词。不过似乎很少给它以"科学定义"的例子。它究竟是一种什么样的"力"？由何发生？其"力度"何似？大约回答起来就要嗫嚅而期期艾艾了。

这个赞词，其实本非"好听"的话，倒是来自骂人的贬语。魅是迷惑人的鬼怪，而这善于迷人者，莫过于"狐狸精"了。所以魅力乃是妖精善于迷人的那种力量。文艺杰作佳构，其给予欣赏者的审美享受，犹如精魅一般的迷惑陷溺而不能自拔，

---

① 近年流传的伪资料，有所谓"废艺斋集稿"。里面讲什么扎风筝、做菜肴、编织等不伦不类的文字，那个"艺"字的用法，透露了伪造者的历史文化水平，曹雪芹的真"艺术"，并非是那些玩意儿——那实际上只是伪造者自己所"精通"的一些技能。

故谓之魅力。

自古即有"狐魅"一词，也写作"狐媚"。如北魏杨衒之的《洛阳伽蓝记》，记法云寺就有一位着彩衣的妇女，人皆指为狐魅——即今世俗话的狐狸精。此为名词。唐人张鷟《朝野金载》，说武周有婆罗门僧惠范者，"奸矫狐魅，挟邪作蛊"。此狐魅与下文"鼠黠"对仗，都是形容词的用法了。但在《晋书·石勒载记》中，则有"狐媚以取天下"之语。两者音同义近，其实一也。

这又可见，狐狸精迷人的力量，本非嘉言好话。而它一旦用之于艺事上，则发生了全新迥异的意味与作用——成为一种很高的赞词。

现代科学发达得很了，当然还没有证明狐狸能够成精变女，迷惑世人，魅力非常。（清代铁面御史谢济世曾记塞外动物，狐有多种，惟有沘狐，能幻化为人云。他是被罪充发到西北军营去经历的。）但魅力既已成为赞词了，那么我们以之比喻文艺之至美的吸引力，能令人爱不释手，百观不厌，却实在是比"科学分析"更有味道的善法。

《书经》上记载，别人比不上周公的"多材多艺"（俗多误写"多才多艺"）。大诗人曹子建（植），就是曾经惊倒座客的一位出奇的多材多艺者。到清初，诗文名家顾景星描写雪芹之令祖曹子清（寅），有一段话——

> ……晤子清，如临风玉树，谈若粲花。甫曼倩待诏之年，腹娜嬛、二酉之秘。贝多金碧，象数艺术，无所不窥；弧骑剑槊，弹棋擘阮，悉造精诣。与之交，温润伉爽，道气迎人。予益叹其才之绝出也！……昔

子建与淳于生分坐纵谭，蔗杖起舞，淳于目之以天
人。今子清何多逊也？

——《荔轩草·序》

此文极为重要，因为雪芹也正是这样一位不辱门风的多材
多艺者，而文中恰巧用了"艺术"一词，真是绝妙好例。

由此可悟：既谈《红楼》艺术，必须先懂得雪芹一门的宗
风与那时代所谓"艺术"的具体涵量，如此方能将今世的"艺术"
概念稍稍恢弘起来，这才有利于真正理会《红楼梦》艺术魅力
的性质，它的根源，它的高级，它的宝贵。

若明此义，即不会以为本书的题名有任何随波逐流、张皇
庸俗的气味了。

娓娓开谈，何必效鸿编之搭阔架；轻轻传彩，也难望龙壁之点神睛。《红楼》品艺，宝藏犹缄；黄叶寻村，逸馨未展。脂砚引雪芹之语，自云未学而无文；贾政训宝玉之词，不过一知而十用。方家大雅，已致其谫陋之讥；普众小年，又抱此艰深之怨。且局一隅，献芹以充味；姑开半牖，慕日而窥明。甲年周复之际，重记《石头》；癸岁暮春之初，曾传杏简。用兹小册，贡我微怀；何限寸衷，不胜万感。

第一章 《红楼》文化有"三纲"

　　曹雪芹的《红楼梦》并非"三角恋爱的悲剧故事"。我个人以为，它是中华的唯一的一部真正当得起"文化小说"之称的伟著。因此我提出"《红楼》文化"这个命题。《红楼》文化包罗万象（有人称之为"百科全书"，殆即此义），但那位伟大的特异天才作家雪芹大师却又绝不是为了"摆摊子"，开"展览会"，炫耀"家珍"。他也有"核心"，有干有枝，有纲有目。这就又是我在标题中提出"三纲"的缘由。

　　若问三纲皆是何者？那当然不会是"三纲五常"的三纲（君为臣纲，父为子纲，夫为妻纲）。《红楼》文化之三纲：一曰玉，二曰红，三曰情。常言：提纲挈领。若能把握上列三纲，庶几可以读懂雪芹的真《红楼梦》了。

　　先讲玉纲。

　　雪芹之书，原本定名为《石头记》。这块石头，经女娲炼后，通了灵性——即石本冥顽无知之物，灵性则具有了感知能力，能感受，能思索，能领悟，能表达，此之谓灵性。此一灵石，后又幻化为玉，此玉投胎人世，衔玉而生——故名之曰"宝玉"。宝玉才是一部《石头记》的真主角。一切人、物、事、境，皆围绕他而出现，而展示，而活动，而变化……一句话，而构成全部书文。

如此说来，玉若非《红楼》文化之第一纲，那什么才够第一纲的资格呢？

次讲红纲。

《石头记》第五回，宝玉神游幻境，饮"千红一窟"茶，喝"万艳同杯"酒，聆《红楼梦曲》十二支——全书一大关目，故而《石头记》，又名《红楼梦》。在此书中，主人公宝玉所居名曰"怡红院"，他平生有个"爱红的毛病"，而雪芹撰写此书，所居之处也名为"悼红轩"。

如此说来，"红"非《红楼》文化之第二纲而何哉？

后讲情纲。

雪芹在开卷不久，即大书一句："此书大旨谈情。"石头投胎，乃是适值一种机缘：有一批"情鬼"下凡历劫，它才被"夹带"在内，一同落入红尘的。所以《红楼梦曲》引子的劈头一句就是"开辟鸿蒙，谁为情种？"。甲戌本卷首题诗，也说"漫言红袖啼痕重，更有情痴抱恨长！"（"红"与"情"对仗，叫做"借对"，因为情字内有"青"也。诗圣杜甫有"步月清宵""看云白日"之对，正是佳例。）须知，那情痴情种，不是别个，正指宝玉与雪芹。

由此可见，"情"为又一纲，断乎不误。

我先将三纲列明，方好逐条讲它们的意义与价值、境界与韵味。我们应当理解，雪芹为何这等地重玉、重红、重情。对此如无所究心措意，即以为能读《红楼》、讲红学，那就是一种空想与妄想了。

中华先民，万万千千年之前，从使用石器中识别出与凡石不同的玉石来。中华先民具有的审美水准，高得令现代人惊讶，称奇道异。他们观察宇宙万物，不独见其形貌色相，更能品味出各物的质、性、功能、美德、相互关系、影响作用……神农氏的尝百草、识百药，即是最好的证明。经过长期的品味，先民了解了玉的质性品德，冠于众石，堪为大自然所生的万汇群品的最高尚最宝贵的"实体"。玉在中华词汇中是最高级的形容、状词、尊称、美号。

比如，李后主说"雕栏玉砌应犹在"，苏东坡说"又恐琼楼玉宇"，是建筑境界的最美者。天界总理群神的尊者，不叫别的单单叫做"玉皇"。称赞人的文翰，辄曰"瑶章"，瑶即美玉。周郎名瑜，字公瑾，取譬于什么？也是美材如玉。称美女，更不待说了，那是"玉人""玉体""玉腕""玉臂"……美少年，则"锦衣玉貌"。醉诗人，则"玉山自倒""玉山颓"。……这样列举，是举之难罄的。

这足可说明，玉在吾华夏文化传统中、人们的心中目中，总是代表一切最为美好的人、物、境。

你若还有蓄疑之意，我可以再打比方，另作阐释。例如，世上宝石品种亦颇不少，中华自古也有"七宝"之目。但有一点非常奇怪——西洋人更应加倍不解：西洋专重钻石，以它为最美，最贵。中华却独不然。清代也有"宝石顶"，那是官场上的事，高雅人士没听说有以钻石取名的，比方说"钻石斋主"，可有谁见过？你一定知道"完璧归赵"的历史故事，那是周朝后期诸国（诸侯）"国际"上的一件大事，只因赵国的和氏璧，其美无伦，天下艳称，秦王闻之，愿以十五城的高代价请求"交易"，演出蔺相如一段堪与荆轲比并的壮烈故事（他归赵了，并未牺牲。"烈"字不必误会）。"连城璧"已成为最高的赞词。但是，你可听说过秦王要为一块大钻石而出价"十五城"？当你读《西厢》，如看到这么一首五言绝句——

> 待月西厢下，迎风户半开。
> 拂墙花影动，疑是钻人来！

那你的审美享受会是怎样的？这只能出现在"说相声"的段子里逗人捧腹而已。

孔子很能赏玉，他也是艺术审美大家，他形容玉的光润纹理之美，曰"瑟若"，曰"孚尹"，他以为玉有多种德性。他的师辈老子，尽管反对机械区分，主张"和光同尘"，而到底也还是指出了石之"碌碌"与玉之"珞珞"。假使他不能品味石玉之差，他又如何能道得出那不同之处？中华文化思想认为，石是无知觉的死物，玉却是有灵性的"活物"。

至于钻石，它根本不在中华文化的高境界中享有地位。

玉毕竟不难解说。可是那"红"又是怎么一回事呢？

红，对我们来说，是七彩之首，是美丽、欢乐、喜庆、兴隆的境界气氛的代表色。它还代表鲜花，代表少女。

过年了，千门万户贴上了春联，那是一片红。结婚了，庆寿了，衣饰陈设，一片红。不论哪时哪地，只要有吉祥喜庆之事，必然以红为主色，人们从它得到欢乐的美感。也许由于汉族尤其重红色，所以辛亥革命之后，成立了民国，那代表五大民族的国旗是五色以标五族：红黄蓝白黑——汉满蒙回藏。

花，是植物的高级进化发展的精华表现，显示出大自然的神采。花，有各种颜色，但人人都说"红花绿叶"。李后主的《相见欢》的名句："林花谢了春红！"他怎么不说"谢了春白"？宋诗人说："等闲识得东风面，万紫千红总是春！"你也许辩论：这不也出了个紫吗？要知道，红是本色，紫不过是红的一个变色（杂色）罢了。

这就表明：中华人的审美眼光，是以红为世界上最美的色彩①。

花既为植物之精华，那么动物的精华又是什么呢？很清楚："人为万物之灵"！人是宇宙造化的一个奇迹，他独具性灵。而人之中，女为美，少女最美。于是红就属于女性了，这真是顺理成章之极。于是，"红妆""红袖""红裙""红颜""红粉"……都是对女性的代词与赞词。宋词人晏几道，在一首《临江仙》中写道是："靓妆眉沁绿，羞脸粉生红。"这红奇妙，又有了双重的意味。

说到此处，我正好点醒一句：红楼，红楼，人人口中会说红楼，但问他，此楼为何而非"红"不可？就未必答得上来了。

昔人爱举白居易的"红楼富家女"之句来作解说，我则喜引晚唐韦庄的诗，比白居易的诗有味得多——

长安春色本无主，古来尽属红楼女。

美人情易伤，暗上红楼立。

明白了这些文化关联，才会领略雪芹所用"红楼梦"三字

---

① 一位英国译者认为，基于不便明言的理由，"怡红院"只能译成"怡绿院"，他真的这么做了。但他似乎也意识到，书名是不好译成"绿楼梦"的，他很聪明，他"绕过去了"，他译成了"石头的故事"。但从这一点，更看出《红楼梦》的文化涵量之丰富与"红"的关键性质了。

的本旨以及他的文心匠意。

好了，由韦庄的佳句正又引出一个"情"字来了。

情是什么？不必到字书词典里去查"定义""界说"。此字从"心"从"青"而造。中华语文的心，与西医的"心脏"不同，它管的是感情的事。而感情亦即人的灵性的重要构成部分。再者，凡从"青"的字，都表最精华的涵义，"精"本米之精，又喻人之精。"睛"乃目之精。"清"，乃水之精。菁，乃草木之精。"晴"，乃日之精。"倩""靓"，也都表示精神所生之美。那么，我不妨给"情"下个新定义："情，人之灵性的精华也。"

在中华文学中，"情"是内心，与外物、外境相对而言。现代的话，略如主观、客观之别。但在雪芹此书而言，"情"尤其特指人对人的感情，有点像时下说的"人际关系"。

在中国小说范围所用术语中，有一个叫做"言情小说"。这原是相对"讲史""志怪""传奇"等名目而言的，后世却把它狭隘化了，将"言情"解得如同西方的"恋爱小说"了。

那么，雪芹所写，所谓"大旨谈情"，是否是"男女爱情"呢？

不就是"宝黛爱情悲剧"吗？这有何疑可辩？

答曰：不是，不是。

我提请你注意：二十年代鲁迅首创《中国小说史略》时，他将第二十四章整个儿专给了《红楼梦》，而其标题，不但不是"爱情小说"，连"言情"也不是——用的却是"人情小说"！

这道理安在？请你深细体会参悟。

上文讲"红"时，已引及了宝玉在幻境饮的茶酒是"千红一窟""万艳同杯"，百年前刘鹗作《老残游记》，在自序中早已解明：雪芹之大痛深悲，乃是为"千红"一哭，为"万艳"同悲。

刘先生是了不起的明眼慧心之人。

既然如此，雪芹写书的动机与目的，绝不会是单为了一男一女之间的"爱情"的"小悲剧"（鲁迅语也）。他是为"普天下女子"（金圣叹语式也）痛哭，为她们的不幸而流泪，为她们的命运而悲愤。

这是人类所具有的最高级的博大崇伟的深情。懂了它，才懂了《红楼梦》。

至此，也许有人会问：你既提出这三纲，那它们是各自孤立的？还是相互关联的？如是前者，似觉无谓亦无味；如是后者，那关联又是怎样的呢？

我谨答曰：当然是相互关联的。试想，此是三种天地间突出特显之物的精华极品，即矿石之精，植物之华，动物之灵。三者是互喻而相连的。好花亦以玉为譬，如"瑶华""琪花""琼林玉树"皆是也。南宋姜夔咏梅的词，就把梅瓣比做"缀玉"——梅兰芳京戏大师的"缀玉轩"，即从他取义。所以人既为万物之灵，遂亦最能赏惜物之精与植之华，如见其毁坏，即无限悲伤悯惜。"玉碎珠沉""水流花落"，这是人（我们中华人）的最大悲感之所在！

"众芳芜秽""花落水流红""流水落花春去也""一片花飞减却春，风飘万点正愁人！""无可奈何花落去！"……

雪芹的《红楼梦》正是把三者的相互关联作为宗旨，而写得最为奇妙的一部天才的绝作。

这就是《红楼》文化代表着中华文化的道理。

为了讲说《红楼》艺术，先对此"三纲"得一总览的认识，那是太必要了。

第二章 "奇书文体"与《红楼》"三要"

1993 年 8 月 25 日，接到美国普林斯顿大学浦安迪（Andrew H.Plaks）教授的来函并论文打印本，他是比较文学系小说叙事美学的专家，兼通汉学，尤其对中国明清章回小说有独到的研究，是我佩服的学友。他的新论文的命题是：《红楼梦与"奇书"文体》（此论文是用中文撰写的）。他写于 10 月 10 日的来札中说：

> 祝颂您和阖府近来迪吉。上月在北京出席中国小说会议时，未能前往拜访致敬，心有歉怀。（引者按：他前此不久到京曾来晤谈。这二次来时，也曾电话询问，欲谋一面。但因我外出，未能如愿。）现将与会的小论文一份寄奉，如您有片刻之暇而一寓目，则您会看出我对本主题的思路是受了您那部对《红楼梦》的重要阐释的著作的启迪。
>
> ——引者译自原英文信件

浦教授指的是拙著《红楼梦与中华文化》一书。此书虽于 1989 年出版（北京、台北分出），但我于 1987 年 4 月 1 日曾到普林斯顿大学，在校中的"壮思堂"作了《红楼梦结构学》的演讲，引起了听众的注意。那次浦教授是邀请人和主持者。虽然他早就研究小说结构学，但我的结构论可能增添了他的思考意兴；而我那本书，也就是彼时在海外动笔撰写的。

浦教授寄来的论文，非常重要，本章文字即拟就此略作介述，并掺以讨论。因为要讲《红楼》艺术，这实在是一个关键的环节，也是研究界的一项崭新的课题，在我们之前，是无人从这个角度做过研讨的。

浦教授首先致憾于一点：中国的小说名著"四大奇书"（《三国》《水浒》《西游》《金瓶》）的体裁与文格，至今还没有一个特定的名称，——光是叫它"古典小说""章回小说"是太宽泛、太不足以标示其特点了。因此，他创立了一新名词："奇书文体"。

这是一个很新的文学概念，它似乎可以与"唐传奇""元杂剧"等成为"平起平坐"的具有极大特色的文体分类。它是否百分之百地完美而无语病？当然可以讨论，但我觉得这至少有一定的合理性与方便性。

然后他就在论文中以主要的篇幅集中在结构分析上，将《红楼梦》与四大奇书顺次比较：觇其规律与先后继承的迹象。这无疑是一种科学的文学研究方法。

他很重视"太平闲人"张新之评点《红楼梦》的一种见解，以为雪芹作书是"脱胎在《西游记》，借径在《金瓶梅》，摄神在《水浒传》"。慨叹治文学史者对此置之不理。他又为"脱胎"之说引及了宋人黄庭坚论诗有"脱胎（一作"夺胎"）换骨"之说，并解释道：

黄氏之言的原意似乎在于指出诗词创作过程中之化身蜕形；而"脱胎"二字则借自佛理轮回思想中的投胎托生观念，可以解释为继承不灭的诗体本位。如果我们再引申这种出于自然生育的生物学比喻，那"胎"字就表示一个有机生物从母体接承的胎形，用遗传学的话语便是细胞基因编制的深层结构程序，即是宰制有机体日后发育的遗传密码。现在拿这比喻去回顾《红楼梦》的创作过程，我们可以设言这部书从小说传统的母体所承受的骨肉，主要是属于结构方面。

这段话从中国小说发展史上指出了小说结构学的异常的重要性。这在西方，也许是不能相提并论的吧？——他接着说：

换句话说，我以为《红楼梦》从《水浒》《西游》和《金瓶梅》继承的美学模范可以归结为一种特定的文体。

他一向对此特定文体还没有一个必要的专称而抱憾。他曾在专著《明代四大奇书》中称之为"文人小说"，用意是来区别于真正的"通俗小说"。他说："我把这一组作品（引者按：指四大奇书加上清代的《红楼》与《儒林》）泛称为'文人小说'，以强调这一文类，无论是它的美学手法或是它的思想抱负，都反应（引者按：原文如此，不作'反映'）明清读书人的文学修养。""我取'文人小说'这名称的用意，并非要否认四大奇书演变自民间文化里的通俗叙述资料这一事实，而只是特指这些作品的最完整的'写定本'^①——即嘉靖和万历年间问世的《三国志通俗演义》《忠义水浒传》《金瓶梅词话》以及世德堂本《西游记》——迥别于那些先后通行、名副其实的通俗小说，这一组的写定本，观其刊刻始末、版式插图、首尾贯通的结构、变化万端的叙述口吻等等，都是一门与市井说书传统悬殊的深奥文艺。因此我觉得无妨借取'文人画''文人剧'的用法，来推类标榜这几部小说的特殊文化背景，以免辜负其文人作家的艺术成就和苦心雅意。"

我早就表示过，浦教授作为一位西方汉学小说专家，对中国文学有如此透辟中肯的论述，实为仅见，而他的论点，我是十分同意的。

他接着说——

> 无论如何，要说《红楼梦》一书出自一位文人之手、描写一户书香家庭的生活方式、针对一群有文艺修养的读者——此外始终与任何民间故事资料无关——因各种关系必算定一部地地道道的"文人小说"，这种说法想来不会有人反对。所以在这个报告里我拟探讨《红楼梦》从典范"文人小说"四大奇书——特别是《金瓶梅》——所承受的文体惯例和美学模型；为了论述的方便我将题目分成结构、修辞法和思想内容三个层次。

他所注意的三个层次，我将于另处介绍讨论，如今特别需要尽先标举的，乃是他对《红楼梦》提出的三个特点，即：一、

---

① "写定本"，盖谓文字上最后定型的本子。

作者是一位文人；二、内容写的是"书香"家庭的事情；三、拟定的读者对象是一群有文学修养的人。

这就是我在本章题目中所标出的"《红楼》三要"，这对理解雪芹之书，俱是关键点，而对研论《红楼》艺术来说，则更是重要无比。因为，雪芹笔下的艺术特色，都是由"三要"才发生、才施展、才造极的。

关于第一点，浦教授因是从四大奇书总括而立论，故此也称雪芹为"文人"，这并无可议。但对本书来说，我则必须首先指出：雪芹这种类型的文人，却与一般的"读书人""能文会写""骚人墨客"等概念皆不尽同。他是一个清代满洲八旗世家出身的公子，从曾祖起，文学事业与艺术环境竟已历四世，他们的"门风"是文武双全，多材多艺，精通诗文词曲，书画弦歌，百般技能。他与罗贯中、施耐庵、吴承恩等人并非"同类"，他特别富于灵心慧性、多情善感的"诗人型"气质，而同时又是善思善悟的学人哲士。这样的人，写人物就不只是"身高八尺，豹头环眼"，写饮食也不只是"大碗酒，大块肉"——那种直来直往式的手法风格了。《红楼》艺术的极大特色，基本来源于这个"三要"之首。

第二点，特别要涉及所谓"借径《金瓶梅》"的问题。盖《三国》者，写的是帝王将相、文武人才；《水浒》者，写的是草莽英雄、绿林好汉的人才与命运；而《金瓶》方始专以一姓家门、一男多女为其题材，它的小说史价值，端在于此。但是，兰陵笑笑生尽管才华盖世，他写出的西门、金莲、李瓶……众多角色，却一色是低文化、少教养的庸俗之辈。这部名著丰富斑斓，但没有多大境界，不大能唤引人的内心灵性的美感享受。雪芹的"借径"，就在于他由此得到"启示"，也决意要作一部专门叙写一姓家门、一男多女的小说，——但他只"到此为止"，内容寓意、笔墨风规、情思气味……一切一切都大大地与《金瓶》相反了！这大约即是太平闲人所谓的"借径"之义，只借它一条"道路"，形神本质，都崭新特异了。

那么，这就十分清楚：《红楼》的艺术与魅力，自然也与《金瓶》悬殊大异——你可以举出很多"例证"，说明雪芹从兰陵笑笑生"得想""启思"，二者关系"密切"，但你总难进而推论，说两书的总风格与总效果是一致的。

由于雪芹所要写的这个家庭与其主要成员所接受（包括熏陶）的文化教养是高层次的，所以写这些人物与环境的笔法，肯定要与《金瓶》之类又大有畛域之分的。比如说，人们都能指出兰陵运用口语口吻的妙处，以为雪芹也不过如此而已，其实这也有论形不论质、见物不见人之嫌。两书在口语对话的艺术上，区别也是巨大的。其余可以类推。

至于浦教授的第三层次，是思想内容方面了，已非本书的主要目标，所以只能从简从略。当然，这也绝不是说我以为艺术与思想是毫无关联、各不相涉的事情，思想内容也是决定艺术风格的一个因素，那是没有疑问的。

回头来再讲"三要"的末后一"要"，就是浦教授特别指明的"针对一群有文艺修养的读者"的问题。我以为，这一点实在也是一个真知灼见之点。

若打开《石头记》，照"字面"理解，那你会看到雪芹"交代"作者宗旨，说的是为"市井"之人而作（"再者，市井俗人喜看理治之书者甚少，爱看适趣闲文者特多"[1]之言，可以为

---

① 引文参酌甲戌本。

证）。实则大大不然。真正的市井之人，是看不懂《红楼梦》的，他们也并不爱看这一部难懂的小说。这种事实，鲁迅也早就说过了——《红楼》出世之后，风行天下，"家置一部"，主要是知识阶层的情形，至于"细民"（即市井小民也），爱看的仍然是《三国》《水浒》。

这就是说，没有足够的中华文化素养的人，是无法"看得入"雪芹之书的，硬着头皮死钻，也钻不出什么兴趣滋味来。这个问题，更是研讨《红楼》艺术的一大关键，而过去对此似乎缺少足够的认识与论述。

这也就是说，从"三要"而考察，不能不深深感到一个绝大的课题需要认真努力探索：《红楼》艺术是中华民族在文艺领域所表现出的一个特异的高层次的精华奇迹，用一般眼光、标准，或者搬来西方理论，是不足以体认它的意义与价值的。

但在雪芹当时，以他的才华而决定要以野史小说来抒写怀抱，已经是自甘"下流"，"降格"又"降格"了，因为那时清代小说的文学地位最为低下，只是"闲书"解闷之物，而既作小说，理所当然地是以市民细民为假想对象的。雪芹自然也不例外，故有刚才引过的开卷即有"市井之人"的交代解说。但无奈雪芹是个文学异才，让他无论怎样"努力""降格"，迎合迁就，以适应真正市民的文化水准与审美趣味，那也是无法实现的，结果必然是写出了这部"非市民、不通俗"的《红楼梦》来，形成了一个巨大的文化矛盾和美学冲突，——也就是后来"红学"研究上一切"麻烦"的真正缘由所在。这当然是雪芹初料所不及，是不由自主的动机与效果之间的一种"距离缺陷"。

这个"缺陷"，带有深刻的悲剧性。

正因如此，讲论《红楼》艺术，如同讲论《红楼》内容一样，是非常困难的事，每个人的文化素质与修养不同，每个人的年龄处境有异，每个人的人生阅历更是千差万别，其审美要求与领会能力也就悬殊而大相径庭了。而雪芹当日，实在无法"照顾"如此纷繁差异的读者，他只能朝着自己认定的境界去经营缔造。因此，我们讲论他的艺术成就时，应当是努力寻求揭示雪芹的本真，而不是用一个现成的已知的老生常谈式的条条框框去"套"上一番了事。

还不具备足够的中华文化基本素养的人，实际上是读不了《红楼梦》的。举一二易于说明的小例来看看实况。比如开卷即写娲皇炼石，好像只是为了引出所遗未用的大石头这个主角；但到下文，随出"地陷东南"一语；再下文又出现了宝玉的"女儿是水做的，男人是泥做的"这一著名的"千古奇论"。殊不知，这都是暗暗接承着娲皇的故事而来的。女娲是中华民族的母亲，是她用水和黄土，捏成"泥人"，才有了咱们子孙后代！是故"水"之与"泥"，都非无源的话语与意念。再如，宝玉初住大观园，一日正当暮春三月，下浣芳时，早饭后（昔日"早饭"不是"早点"，是十点左右的上午饭），挟一部《西厢》，来到沁芳溪畔、桃花树下，大石上坐了，细细品读——正读到"落红成阵"这句时，一阵风来，将桃花吹落大半，落得满头满身满地皆是花瓣，多情善感的宝玉，不忍以足践踏那可惜的遍地残红，不得已用衣襟兜起，撒向溪中，看它溶溶漾漾，随流而逝……！这是大观园建成省亲已罢之后，正文中第一个重要具体情节，无比重要！然而这儿有两个问号：一、如果你没有品味《西厢》文化的前提，你看了这段精彩的文笔又能有什么"感受"可言呢？《红楼》之美，又在何处可寻呢？二、你可曾想到：大观园所设下的主脉"沁芳溪"，那名称是何涵义？它具有多么巨大深层的悲剧性质？沁芳，不正是雪芹用那奇妙的"点睛"之笔给你"形象注解"了吗？沁芳，"花落水流红""流水落花春去也"！桃花万点风飘尽，落红成阵，都是随水而逝的命运！这是全书的象征，整部的主题啊！没有足够的中华文化素养的"准备课"，又凭什么"神力""玄悟"来读懂雪芹之书，来讲论他的天才艺术呢？

浦安迪教授的来信与论文，帮我说明了本章要表达的这段道理，我应向他表示感谢。

[附记]

读《红楼梦》必须有一个基础条件，即对中华文化文学的"基本课"要具备起码的知识。例如书中似乎很多征引诗文之处，其实不出《千家诗》与《古文观止》等人人必读之"启蒙"课本，即"基础课"也。至如贾氏姊妹受元春之命题诗，有"果然万物生光辉"之句，明似颂圣，实暗用古诗《长歌行》（见《乐府诗集》平调曲）："青青园中葵，朝露待日晞。阳春布德泽，万物生光辉。常恐秋节至，焜黄华叶衰。百川东到海，何时复西归。……"寓意全在隐示盛衰倚伏之变、荣华难久之意。此亦旧日人人习诵（"少壮不努力，老大徒伤悲"即此篇也）。可见雪芹已是用意降低了文化知识规格了。

第三章　一架高性能的摄像机

照相——摄影术的发达与流行，大约是十九世纪后期的事，雪芹是十八世纪早期的人，哪里谈得上摄影录像之类的手段？然而说也奇怪，在他手中，真好像有一架高性能的摄影机，拍下了无数的"相片"和镜头，并且能够"剪接"组织，成为一部"片子"，有静有动、有远有近、有全景有"特写"……他似乎早就懂得"拍"的、"摄"的、"录"的事情和本领。

任何"打比方""做譬喻"的修辞法，都是带有缺陷的，因作比的双方只能有一两点、某部分相似可构成比照，而永远不会是全部能"入比"。我把雪芹的笔法比为拍照录像，不过是一个"善巧方便"的办法，所以在这儿不必过于拘泥，一味死讲。我打这个比方，是在 1981 年在济南举行全国红学会议时首次提出的。

那时候，或在此以前，是没有人敢多谈《红楼梦》的艺术特色的（因为那时的规矩是，一谈艺术，仿佛就等于是忽视轻视了文学的"思想性"了，是错误而该批判的）。我在会议上提出了这个譬喻，大家觉得"闻所未闻"，很感兴趣。

但我打这比方的目的，只不过是要说明一个艺术问题，姑名之曰"多角度"。

在中国传统小说中，写人物时，多是"正笔"法，罕见"侧锋"法。所谓"正笔"，就是作者所取的"角度"，是正对着人物去看去写。譬如照相，他是手执相机，正面对着人物去拍的，而不大会采取别的角度。而雪芹则不然。

中国绘画艺术，讲究"三远"，即：平远、高远、深远。这就相当于"角度"和"透视"的道理。但又与西洋的透视学不同。后者总是以一个固定的"立足点"为本，而还要寻求科学的"焦距"，然后方能展示全画面。中国则不然，是采用"分散立足点与焦点"的特殊表现法则。这在山水画中最为明显。"平远"与"高远"，角度有了差别了，但"正笔"是不变的。它无法"转动"——做不到像苏东坡说的"横看成岭侧成峰，远近高低各不同"。雪芹对此，深有所悟，他在小说人物的写法上，创造出了一个前所未有的"多点""多角"的笔法。但是雪芹的悟，又在于善从悟中得"翻"法：东坡是强调，观察的角度不同，遂成各异，而非真面；雪芹则由此悟出正因"多角"，合起来方更能得到那对象的全部真貌。"多角"不是为求异，而是归同。这是极重要的一点。

我拿拍照摄像来比喻，首先是为了说明这个要点。手执相机的人，他可以从高低远近和俯仰斜正种种的角度距离去取影。今天的人，对此当然觉得无甚稀奇，但在清代乾隆初期的雪芹来说，他如何能悟到这个妙理妙法？非特异天才奇迹而何？岂不令人称奇道异？

在此，让我回顾一下1981年事后追记济南会议发言的"提要"，以讨其源，盖非讨其源，则无以畅其流，而且十多年前的见解，今日重提，也可以纠补昔时的疏略或不尽妥恰之处。我那时说的是——

鲁迅先生对红学贡献最大，他在小说研究专著和专讲中的那些论述《红楼梦》的话，都是带有根本性、纲领性的重要概括和总结。研究《红楼梦》，必须向先生的真知灼见去学习，去领会。

先生说："至于说到《红楼梦》的价值，可是在中国底小说中实在是不可多得的。其要点在敢于如实描写，并无讳饰，和从前的小说叙好人完全是好，坏人完全是坏的，大不相同，所以其中所叙的人物，都是真的人物。总之自有《红楼梦》出来以后，传统的思想和写法都打破了。——它那文章的旖旎和缠绵，倒是还在其次的事。"我想，单是这一段话，若作点真正深细探讨的功夫，就满够写一篇很长的大论文了，先生在此提出了很多的问题，表示了他自己的看法。先生指出，从打曹雪芹出来，以前小说的那种传统思想和传统写法就黯然失色了。这是千古不磨之论。先生已经说明了曹雪芹的艺术的独特性，有划时代的意义。

鲁迅先生所说的传统指什么？就是指"叙好人完全是好……"的那种"传统"，——也可以说是陈陈相因的陋习。打破这种习惯势力是非有极大的胆识、才力不行的，所以特别值得宝贵。"传统"这个词，当它和"创新"并列时，自然就成了对照的一双，而传统是不应当维护的东西。因此不少人一提"传统"，就理解为是排斥创新的一个对立物。"传统"有时确实是要打倒的事物。

我今天想谈几句传统问题，但是这个词语是我此时此刻心中特具一层意义的一个，不可与上述的那个词义混淆。我用这个词指的是我们中华民族的独特的优秀文化传统、文学艺术传统。这个传统不但不能打倒，而且反要维护它，发扬它。它的任何一个阶段的中断，都将是我们民族的一大灾难。

这个传统是怎么形成的呢？是我们民族史上世世代代无数文学艺术大师们所创造、所积累、所融会、所熔铸而来的。它绝不同于陈陈相因，自封故步，而是不断创造和积累，不断提高和丰富。它也汲取、消化外来养分，但始终不曾以别人的传统来取代自己的传统。所以它是民族的。——我现在谈传统，指的是这个意义的传统。

曹雪芹这位艺术大师，是最善于继承传统，又最善于丰富传统的一个罕见的奇才。

也曾有论者根据小说中引用过的书名、篇名、典故词语等，去探索曹雪芹所接受于前人的影响，用以说明他的继承传统的问题，这是对的。比如说，《牡丹亭》呀，《会真记》呀，等等皆是。应当记住，我们应当不仅仅是限于"征文数典"，而是要从大处看我们这个文学艺术传统的精神命脉。不管如何创新、汲取、丰富、升高，它总是中国的、中华民族的，绝不是什么别的气质和"家数"。

我的意思在于说明：第一，一定要正确理解鲁迅先生的原话；第二，有一种说法，什么曹雪芹之艺术所以能够与众不同是受了"西洋文学影响"云云，其思想实质不过是"月亮也是外国的圆"之类罢了。

曹雪芹善于继承传统，有一个极大的特点：他几乎把我们的民族艺术的精华的各个方面都运用到小说艺术中去了。

第一是诗。这不是指《红楼梦》里有很多诗句，有很多诗社场面等等，是指诗的素质、手法、境界，运用于小说中。这在他以前的章回小说中是虽有也不多的；到他这里，才充分发挥了诗在小说中的作用。你看他写秋窗风雨夕，那竹梢雨滴、碧伞红灯的种种情景，哪里是小说，全是诗！这回还是回目与正文"协调"的，不足为奇，最奇的是"胡庸医乱用虎狼药"一个回目：这里头还有诗吗？可使你吃惊不小，——他写那冬闺夜起，拨火温茶，外面则寒月独明，朔风砭骨，种种情景，又哪里是小说？全是诗！那诗情画境之浓郁，简直使你置身境中，如眼见其情事。那诗意的浓郁，你可在别的小说中遇到过？他的小说，是"诗化"了的小说。

依我看，曹雪芹的艺术，又不仅是诗，还有散文，还有骚赋，还有绘画，还有音乐，还有歌舞，还有建筑……他都在运用着。他笔下绝不是一篇干瘪的"文字"，内中有我们民族艺术传统上的各方面的精神意度在。这是别人没有过的瑰丽的艺术奇迹！

我罗列了那么多艺术品种（都不及一一细讲），只没有提到电影。乾隆时代，还没有这个东西吧？

说也奇怪，曹雪芹好像又懂电影。

这真是不可思议的事，然而又是事实。他的"舞台"或"画面"，都不是一个呆框子，人物的活动，他也不是用耍木偶的办法来"表演"。他用的确实是不同的角度、不同的距离、不同的"局部"、不同的"特写镜头"……来表现的。这不是电影，又是什么？

曹雪芹手里是有一架高性能的摄影（电影）机。——但是，他却生活在二百数十年前，你想想看，这怎么可能的呢？

然而事实终归是事实，大道理我讲不出，请专家研究解答。我只以此来说明，曹雪芹写人，是用"多角度"或"广角"的表现来写的，而没有"单打一"的低级的手法。他写荣国府这个"主体"和贾宝玉这个"主人"就最能代表我所说的"电影手法"。

你看他如何写荣府：他写冷子兴"冷眼旁观"的"介绍"，他写亲戚，他写"大门"景象，他写太太陪房因送花而穿宅走院，他写刘姬求见了管家的少奶奶，他写账房，他写奴仆，他写长房、二房，他写嫡室、侧室，他写各层丫鬟，他甚至写到厨房里的各式矛盾斗争！——而这一切，才最完整地构成了荣府的整体。你看他是多么"广角"，他是不可思议地在从每个角落、每个层次、每个"坐标"去"拍摄"了荣国府的"电影影像"。

他写贾宝玉也是如此。他写冷子兴口中"介绍"，他写黛玉在家听母亲讲说，他写黛玉眼中初见，他写"有词为证（《西江月》)"，他写警幻仙子评论，他写秦钟目中的印象，他写尤三姐心中的估量……他甚至写傅秋芳家的婆子们的对于宝二爷的"评价"！雪芹是从不自家"表态"的，他只从多个人的眼中、心中、口中去表现他——这就又是"多角度"的电影艺术的特色，难道不对吗？

因为没有好的词语，姑且杜撰，我把这个艺术特色称之为"多笔一用"。正和我早就说过的"一笔多用"成为天造地设的一对。一笔多用，指的是雪芹极善于起伏呼应，巧妙安排；写这里，又是目光射注那里，手挥目送，声东击西，极玲珑剔透之妙。你看《红楼梦》看到一处，以为他是在写"这个"——这原也不错；可是等你往后又看，再回顾时，才明白他又有另一层作用，有时候竟是两层（甚至更多）的作用。不明白这一点，就把《红楼梦》看得简单肤浅得很。这就是抄本《石头记》的一条回前批语说的"按此回之文固妙，然未见后之三十回，犹不见此文之妙……"的那个重要的道理。这是雪芹艺术的另一个大特色。曹雪芹通部小说一笔多用，多笔一用，都在运用这两大手法。他这种奇才，我还不知道古往今来世界上一共有几个。

我引录这些，似乎可以避免一个误解：只见我拿拍摄艺术来作比，有读者便会认为我是西方派艺术论者（因为拍摄工具与技巧都是西洋文化的产物）。实际上，我刚在上文说过了，比喻这个修辞手段总是带有缺陷的，比喻只能涉其一端，而不可引申及于多端多面。《红楼梦》艺术，并不与"影视"真正相同，它仍然是中华民族文化所孕生培育的新型"子孙"，而绝非"舶来"之品。

我将在另处再申说两者的根本差异，再讲"一笔多用""多笔一用"，再细叙雪芹如何写他的主人公贾宝玉①。

_____

① 请参看后文"无所不在"章。

第四章　脱胎·摄神·移生

　　太平闲人提出的，《红楼梦》是"脱胎"于《西游记》，"借径"于《金瓶梅》，"摄神"于《水浒传》的说法，浦安迪教授于欣赏之际，也致慨于治中国小说史的人都置之不理。"闲人"的意见，原是针对作书的整体意度而言的，但毕竟也与艺术方面是大有关联，难分难解。因此，讨论一下"闲人"的见解，于本书主题大有用处。

　　"借径"之义，上一章内已有了几句说明，因不难理会，此处即不拟多赘。倒是"脱胎"与"摄神"，还须讲求其中意味何在。

　　"脱胎"一义，浦教授已有很好的注解。那么，"闲人"单单要说《红楼》是脱胎于《西游》者，却又是怎么一个理路呢？依拙见看来，"闲人"的话，有一半是言谈微中，有一半是为人所愚。

　　他的说法，包含着合理成分，因为雪芹的"得想"与"运思"，确实与《西游》有"子母"关系。试看，《西游》主角孙悟空，是由石而生的异样人物，他本来居山在林，十分快乐，忽一日心生感念，俯视人间，眼中落泪，他乃决意到人世上去阅历一遭。结果惹出许多是非，经过了数十番灾难，最后得成"正果"。而《红楼》的主人公贾宝玉，恰好也是由石而生的异样人物，他也是凡心偶动，要到红尘中去"造劫历世"，所谓"自从锻炼通灵后，便向人间惹是非"，正此之谓也。不消多说，即此已可明白"闲人"脱胎《西游》之言，不为无见了。

但此说的"后半截"的含意，却是不对榫的误解——只因太平闲人并未窥透百廿回程、高本是个真伪杂拼的伪"全璧"，误以此即雪芹原旨了，于是铸成大错。盖程、高等人的思想，全与雪芹违逆，他们将芹书的"悲欢离合，炎凉世态"的大旨篡改成了二位"大仙"将那块"顽石"最终"引登彼岸"了——完成了封建体系"做人"的两大"原则"之后（一是登科中举，耀祖光宗，二是兰桂齐芳，宗祀不绝），他披着大红猩猩毡斗篷，"成佛做祖"去了！这就是一个不折不扣的"败子回头金不换"的思想"境界"，也就是程、高一流所膜拜的"正果"。张新之遂由此出发，觉得两书的"正果观念"是一致的——即"遗传基因"，即"投胎再生"的真谛了！

我想在此郑重向读者声辩，这是一个文学史上"最大的骗局"（胡风先生论《红楼梦》语）。雪芹绝对没有这种陈腐庸俗的"人生观"指导他的著作。

所以我说，"闲人"的脱胎论，只对了一半。

试看雪芹在卷端的自白——

　　无材可与补苍天，枉入红尘若许年。
　　此系身前身后事，倩谁记去作神传？

一个"无材"，一个"枉入"，全是"自甘下流"，虽有微叹之音，实无可悔之意，——这和"正果思想"真是胡越寒燠，相去万里！

在这儿，我引雪芹自白的七绝中，有两个字与流行本不同：一个是"可与"，一个是"神传"。这种校订，详见拙著（与家兄祜昌合作）《石头记会真》，兹不细述。但"倩谁"一句，在杨继振藏古钞本中，实在写作"倩谁记去作传神"。盖原稿作"作神传"，钞者误倒。俗本又以"作神传"难懂、少见，遂又改为"作奇传"。殊不知，"传神写照"，正是雪芹一心要为他亲见亲闻的"几个异样女子""闺友"们作艺术传记的宗旨本怀与艺术境界。另一古钞本，在俗本皆作"为闺阁昭传"句处，却清楚写作"照传"，此"照"非误，正是"传神写照"的同一语义（应校订为"为闺阁传照"）。

这就重要极了！这也就连上了张新之所提出的"摄神"的问题。

当然，"作神传""为闺阁传照"，也许主要是指对人物角色的传写而言，而"摄神"却指此部书"摄"取了另部书的"神"而言，是个"整体"精神的意思，略有不同。但蜕形而取神，这个艺术领悟，是通于一切，不分整体与个别的原则命题。

"传照"误倒为"照传"，又误改为"昭传"，遂成俗笔俗义——旧时的贞女烈妇，要受皇家的"旌表"，立"节孝牌坊"，地方官员礼敬……这才叫"昭"传，雪芹是没有那种思想的（那倒是程、高一流的"理想境界"）。那么，一讲到"传神写照"的真义，不能不与中国的丹青绘事发生联系。而雪芹的上世与本人，都是精于画艺的，他写小说人物，其手法意境重"神"而略"形"，便定然是理会《红楼》艺术的一大环节，这环节与上一章标出的"奇书文体"是并驾齐驱的"双绝"，堪称奇迹！

前章只借浦安迪教授的论文而提出文体、结构的美学概念与命题，我自己的具体申论有待于后文再列。同样，本章首先是要标出"传神写照"这个中华艺术中"传人"的原则性理论问题，举例阐释，也是只能留待后文。为什么要分这个"先""后"？因为多年流行的讲《红楼》艺术如何写人的文章，绝大多数还是"形象鲜明""性格突出"以及如何"塑造"如何"刻画"的理解与措词——这些，似乎根源总没离开西方艺术理论，而于中华文境，关涉无多。这种情况，恐怕未必即属全然足以取法的唯一途径。因此，"返本"于中国自家的"敝帚""青毡"，倒可以增添一些自信自豪自尊之感。

依据古人品第，中华绘事题材甚繁，而"人物"总列首位。如唐人朱景玄《唐朝名画录序》[①]，即明白标列：

> 夫画者，以人物居先。禽兽次之。山水次之。楼殿屋木次之。

在他之前，唐人裴孝源《贞观公私画史序》说：

> 及吴、魏、晋、宋，世多奇人，皆心目相授，斯道始兴。其于忠臣孝子，贤愚美恶，莫不图之屋壁，以训将来：或想功烈于千年，聆英威于百代，乃心存懿迹，默匠仪形。

---

① 《唐朝名画录》，又名《唐朝画断》《唐画断》，是仿张怀瓘《书断》的命名，故其序云："以张怀瓘书品断神、妙、能三品，定其等格，上、中、下又分为三。"（即先分上中下三等，然后每等之中，再分上中下，如"上上""上中"……共计为九等。）这就是以"九品"定级的中华传统，直接影响到雪芹的"钗品"等级法。参看第二十九章《结构的新义》。

六朝梁、陈时姚最《续画品》自序云：

> ……故九楼之上，备表仙灵；四门之墉，广图贤
> 圣。云阁兴拜伏之感，掖庭致聘远之列（误作"别"）。

在他之后，如宋人刘道醇《五代名画补遗》《圣朝名画评》，皆开卷即列"人物门第一"类。余者无烦多举。这就是常言能闻的"画鬼易，画人难"，而画人确是自古以来绘画中最重要的题材与功夫造诣，昭然于中华艺史，不必争议了。

那么，画人的难处与奥秘，究竟何在呢？下引《唐朝名画录序》中有两句极关重要的说明——

> 夫画者，以人物居先。……前朝陆探微，屋木居
> 第一，皆以人物、禽兽，移生动质，变态不穷，凝神
> 定照，固为难也。故陆探微画人物，极其妙绝！至于
> 山水草木，粗成而已。

在这儿，我们发现了自古以来，画人之奥秘的第一次解说阐释，而这对雪芹的写人（与画人同理），关系至深至切，懂了这条画理，则对《红楼》艺术的魅力自何而生，思过半矣。

这就是，请你认清"生""质""神""照"四个大字。

要解这个古遗"密码"，须明骈文对仗之妙。试看，上句于"生""质"用的是"移""动"二字，下句于"神""照"用的是"凝""定"二字，上动下静，对照分明。我的体会是：画人之际，先要将那人的生气与内质"搬"到了自己的心中意中，彻底了解了他，然后得到了他的神采之所聚处，这才"抓住"了他

的真容——即"照"是也。而"移"之与"动"，也许又包含着"第二道工序"，即把这种体察领悟出来的"生""质""神""照"一股脑儿又"迁"到了缣素楮纸之上——那所画之人才不但是"惟妙惟肖"，而且能"活灵活现""呼之欲出"！

这就是说，中华绘画，特别是画一个"活"人，并不是脱离形貌，但尤其特重神气、神采、神韵。没有神的人物画，是无论怎么"像"那个被画之人，也是个"死尸"，也是没有艺术价值的下品，甚至不能算是真正的画艺。

在这个意义上，《红楼梦》的写人，就完全是体现了中华绘事的精义真谛，得其三昧。更由于雪芹作书用不着丹青勾染，只用文字，于是他就更得意于一个秘诀：在外形表相上，极其"惜墨如金"，一概是寥寥数语，"交代"一个笼笼统统、似有若无的"亮相"，便再也看不到他怎么写那人的相貌细节，而专门是在"神""照"上用功运笔，摛藻献才了！

如不信此理，那么请你回答：林黛玉到底生的什么形容？史湘云又长的哪般外貌？主人公贾宝玉，有个"清晰"的"相片"可以端出来，昭示于人吗？

通通没有。有的全然是些"虚无缥缈"的神采气质，而雪芹的神奇本领却正是"凭"这个让你如见如闻，音容笑貌，活现在他纸上与你心中。

这就是"形"与"神"的一种文化观照，一种中华民族特有的美学感受机能与境界。

因此，讲说《红楼》艺术，特别是传人造境的高超神妙，就很难只用时下流行的那些"形象塑造""心理刻画""描写逼真""分析细密"等文艺观念来"说明"他，表彰他，因为雪芹写书，是中国人想中国事，不会像现代人时时夹杂上西方的文化理论。现在一般青年人，心中目中除了"塑造""刻画""描写"这套词语概念之外，几乎不知还有别的道理，拿它们来"套"一番《红楼梦》，有时真是如入五里雾中，莫名其妙之安在，雪芹之伟大何来，甚至以为中国的曹雪芹并不真懂文学艺术。

让我讲一个故事来打比方，再申"形""神"之理。

在唐代，大画家辈出，被推为"神品"第一的，名叫吴道子，神品第二的名叫周昉。二氏画人，冠绝古今。画人也兼包画像——肖像画。还有一位叫韩幹的，也以画马画像出名。有一次，富贵造极的郭令公（子仪）的女婿赵纵，请韩幹画了一幅像，很是酷肖。后又另请周昉也画了一幅。等到郭令公的女儿回娘家省视时，老令公就将二画悬起，问她："所画何人？"她答："赵郎也。"又问："谁画得最像？"郭女士答道："两幅画得都很像，后一幅更好。"令公又问："何以言之？"又答："前画者空得赵郎状貌。后画者兼移其神气，得赵郎情性、笑言之姿。"

老令公初不能分其优劣，及闻女儿之言，乃定高下，问是谁笔，乃知周郎，于是厚礼赠馈之。

这个故事，简直好极了！非唐人不能记述如此生动真切！韩幹是谁？就是诗圣杜甫在名篇《丹青引》里咏过的将军曹霸的弟子，曹将军专擅画马画人，但老杜批评说"韩幹画肉不画骨"，索然无复生气，毫无骏马的神采！

（画马如此，则画人不言可知矣。）两相对勘，则韩幹确实是个下材，只会"抓"外表，"照搬"状貌——即皮毛而已。

巧极了！曹将军正是雪芹的唐代先世同宗的大画家，老杜为他的暮年晚景之落魄而深深慨叹，而雪芹好友敦诚赋赠雪芹的名句，开头正是承接老杜而言：

少陵昔赠曹将军，曾曰魏武之子孙。

君又无乃将军后，于今环堵蓬蒿屯！

叙述到此，真使我感从中来，百端交集！一方面是中国的艺术血脉，触处通联；一方面是雪芹的艺高命蹇，正与曹霸一般无二。他之写人高绝，绝非偶然，这里大约也有一种"遗传基因"在。我这样说，并非戏言之意。（关于雪芹世系，拙著多处皆论及，可参看。）

如今再回到郭令公的女儿赵夫人的话上来。

她说，周昉所画，所以超过韩绘在于他能"移其神气"。

请把这话和上文所引"移生动质，凝神定照"二句再来合参互印一下，我想就不难确认，这"移生""凝神"是画人的至上精义，也就是写人的至上精义。

雪芹写人，专在"移其神气"，得其"情性、笑言之姿"。

这就是中华文化审美层次的最高境界。

所以，雪芹在开卷原来写的是"作神传"，而不是"作奇传"。认"奇"就迷失了《红楼》艺术的本真，走向岔路。

《淮南子》有两段极为精辟的"画论"，他说：

寻常之外，画者谨毛而失貌。

画西施之面，美而不可说［悦］；规孟贲之目，大而不可畏——君形者亡焉。

"寻常"是丈尺度量——距离。只知谨细于微琐的毛发，遂至迷失的是整个儿的体貌。这是一层。再一层就更加重要：画个美人，粉艳脂红，柳眉杏眼，可只是个"娃娃脸"，而人看了并无真正动人的妍媚。画个勇士，豹头环眼，狮鬣虎睛，然人看了不觉其雄武逼人。这是由于何故？淮南子指出：只因主宰形貌的那个"内质"没有了，只是空壳而已！（"君"，动词。）

什么是主宰形貌的那个内质呢？这就有许多词字都在表达：神、气、韵、生、灵……就是"移生动质""凝神定照""移其神气""气韵生动"（谢赫首创绘艺"六法"之第一原则），也就是俗言所谓的"灵魂"。就在活人而论，相术上也有"目大无神"之说，何况艺家画人——这所画之人都非寻常猥琐之辈，岂能失掉那"君形"的主宰？

实际上，这些问题还在今日艺苑普遍存在。醉心于外洋流派的作家画者，只在"谨毛"上用心思（即"描写""刻画"……）。戏台上，小旦小生的化妆，面美而不可悦，目大而无点神，比比皆是。面对这些现象，益知雪芹的写人"秘诀"，并不复杂，而不过两条：

一、不谨毛而失貌；

二、不规形而亡神。

这就是"传神写照"的中华一切文学艺术的总原则、大精义。

宋代大诗人陈师道，见过两幅欧阳公（修）的肖像，一藏其家后代，一藏苏东坡，两家各以为自己的那幅好。陈师道评曰：

盖苏本韵胜而失形，家本形似而失韵。失形而不韵，乃所画"影"尔，非传神也。

这论肖像画警策之至。合而言之，"神韵"不离；分而言之，先须神传而后韵出，盖韵者神之所生，而特有文化素养之表现也。而肖像一类之外的画人，更可知了^①。

读《红楼梦》，大家都有一个"共感"：提起书中某男某女，无不活灵活现，"呼之欲出"，可是若问他（她）的"模样儿"，谁也说不出来——因为根本没有"交代"过。男的不必说了，就连黛、钗、湘三大女主角，前两个还有几句"亮相"式的交代，而湘云则连那也一字皆无！然而湘云也如"活"的"欲出"。这是什么道理？有些只会讲"形象塑造"的，就没了办法来解说——因为她根本没有"形象"！

这才是本章要讲这些中国绘画之事的用意所在。不然的话，就必然会使读者疑问：讲这个，又与《红楼梦》有什么关系呢？

说到此处，方知雪芹写人，绝不谨毛，亦不规貌，满纸悉是神采气韵——这方是中国所说的"写真"的"真"，亦即"写照"的"照"。

脂砚斋批语说雪芹只一二句间，即"追魂摄魄之笔！"正是此义了。

［附记］

    杜甫诗所云"画肉不画骨"，骨不可作"骨头""骸骨"理解，"骨"是中华艺术上的一个术语，意谓"风骨""神骨""骨气"，即神采气质。这点十分重要，却易误会原旨。

———————

① 本章借画论文之写人，重在遗貌取神这一要义，惟其是文而非画，理更可思。若于画艺而言，则亦不过强调形之与神，总须兼备：必不得兼，宁可取神，而决不可徒形而无神，而非谓绘画可以完全不顾形貌。故凡涉艺理，须善会其旨，而勿以辞害义。

第五章　一喉两声　一手二牍

　　上一章用绘画来比喻雪芹写人的精义所在。本章则用歌唱与书法来比喻他的用笔的奇迹。

　　自有《石头记》以来，最早在艺术角度来评赏的，莫过于戚蓼生的那篇序文，他写道：

　　　　吾闻绛树两歌，一声在喉，一声在鼻；黄华二牍，左腕能楷，右腕能草。神乎技矣——吾未之见也！今则两歌而不分乎喉鼻，二牍而无区乎左右；一声也而两歌，一手也而二牍：此万万所不能有之事，不可得之奇——而竟得之《石头记》一书，嘻。异矣！

　　他这篇序，堪称中国文艺批评史上的奇文。这奇文，移之于任何另一部书，也绝不适用，只能是《石头记》，才能对榫。这是人类文字写作上独一无二的最难相信的奇迹！可是，戚先生真真感受到了，并且真真说到"点子"上了！高山流水，千古知音，佳例良证，洵不虚也。

　　他举例说：

第观其蕴于心而抒于手也，写此而注彼，目送而
手挥；似谲而正，似则而淫；如《春秋》之有微词，史
家之多曲笔。

这儿，所谓微词曲笔，允宜善解，盖此等最易滋生误会，
引入"索隐"一派，前代之例已多。倒是注彼写此，目送手挥
二句，实关重要——这有待下文稍加申绎。他接云：

写闺房则极其雍肃也，而艳冶已满纸矣。状阃
阅则极其丰整也，而式微已盈睫矣。写宝玉之淫而
痴也，而多情善悟，不减历下琅琊。写黛玉之妒而尖
也，而笃爱深怜，不啻桑娥、石女。

所举四例，质类并不雷同，也待析解。于是他又总结一段
赞叹说：

盖声止一声，手止一手，而淫佚贞静，悲戚欢
愉，不啻双管之齐下也。噫，异矣！

雪芹这支妙笔，为古往今来，绝无仅有之奇，致使戚先生
惊得目瞪口呆；而称奇道异，竟不知如何措一新语方可表达，
只能又凑出一句——"其殆稗官野史中之盲左腐迁乎！"这实
在是无可奈何的一种比拟，将左丘明与司马迁二大历史文学家
拉了来，聊以充数。（当然，他始终以历史大师来比喻雪芹，也
不是不值得注意的一个要点。）

好了，这儿又提出了一个"双管齐下"的问题。连同"注

彼写此""目送手挥"，我们合在一处，看看其中所包含的艺术要义，到底都是些什么？

注彼写此，有无出典？我愧未详。这大约有点儿像武术上的"指东打西"、战略上的"声东击西"，或者有似乎"明修栈道，暗度陈仓"的谋略。用"大白话"说，就是：你读这些字句，以为他就是为了写"这个"，实则他的目标另有所在，是为了写"那个"！

目送手挥，倒是有典可查的：晋代的阮籍，最擅操琴（七弦古琴），记载说他弹奏时是"手挥五弦，目送归鸿"——手倒是在弦上，眼却一意地跟随着遥空的飞雁而远达天边了！

这说的是手之与目，音之与意，迹之与心，是活泼泼而神通而气连的，然而又不是拘拘于一个死的形迹之间的。

这与"声东击西"有某点形似，然而也不尽同。双管齐下，则确乎是"左腕能楷，右腕能草"了，但实际上这个词语比喻却更近于"一喉二声"，而不是真强调他有"两支笔"。换言之，就是"一笔二用"的意思。

我曾把这个中华文笔艺术概念简化为"复笔"这一词语。

"复笔"者何？与其说是一个文句含有"双重"语义，不如说是一处文字实有"两处作用"，因为这样更恰切，没有滋生误会的弊病。

这种复笔，有点儿貌像"活笔""侧笔"，但也不一样。这确实需要多费些笔墨申解，因为若欲懂得中国文学艺术，忽视这些是不行的。

"活笔"是针对"死笔"而言，"侧笔"是针对"正笔"而言的。死笔者，就是要说山只会用"山"字，连个"远岫""遥岑"都不会用的。"正笔"者，如要说树高，则只会说"这棵大树长得真高"，而不知道还可以改说蔽日参天，拿云攫月；也不能构想一句"登到三层楼上仰望，还看不到那顶枝伸到何处"。所以活与侧，只是"一样话，百样说"的方式问题，而不涉于涵义的单复的实指问题。"复笔"与此，即不雷同了。这仍然可以回到已举的比喻"明修栈道，暗度陈仓"，貌似双面，实为一边：只为度陈仓，修栈道是烟幕而已。但"手挥五弦，目送归鸿"则与此大异："弹琴的高士并非一心只看大雁，手中弹奏只是漠不经心"，不是的，他是曲音与意想两面都"到"的，都高妙超逸为常俗所难及的。正如钟子期听俞伯牙弹琴，深知其巍巍乎洋洋乎志在高山，志在流水，并非是说弹出的每个音阶就都在"说"高山或流水，更不是说他弹的连个曲调也没有或也不是。并非此义。盖即使不深明其志之所在，只听那琴音；它还是自为曲调，美音可赏。这似乎更接近于"注彼而写此"的本旨。这确乎是一种用笔的妙手，也是文心的奇境。但世上有了俞伯牙，就有个钟子期。有了个曹雪芹，就有个戚蓼生。倘非钟、戚，俞、曹势必千载之下亦无知者。所以这又不是什么慨叹"士"与"知己"的有无离合，而是要说明在中华这方大地上孕育产生的文学艺术，其自身特色是不在表皮上"浮"着的，一眼可以"看到底"的浅薄的不禁咀含的东西；它深厚有味，往往需要领悟到几个层次。中国的诗、乐、书、画，莫不如是。

雪芹在第二十四回中写了卜世仁与倪二的一段故事，毫无疑问，在"这儿"是为了写贾芸谋求在荣府的一个差使而遭到的"炎凉世态"（书的开头交代过，《石头记》所要写的乃是"离合悲欢，炎凉世态"），他本人的聪明精干、茹苦孝亲，以及荣府的权威势利。可是，人们只看到"这儿"，总难想到：写这个是为了后半部中荣府事败，贾芸为了搭救凤姐与宝玉于惨境，曾大大得力于醉金刚倪二等这些心性义侠的"市井"小人物——所谓"注彼"者，那"彼"都在后面呢，全出读者斯时只见他"写此"的一切想象之外！

又如仍以贾芸为例，也在第二十四回，他以宝玉的戏言为机缘，趁假装真，"认"了"父亲"，因此还得到宝玉的一句话，说他可到园中去看宝玉，以便谈会，诫其勿与一般下流俗人相近。贾芸因此到外书房求见等候，第一次，"失败"了——却认识了红玉（小红）。第二次成功了，进入怡红院，得到宝玉的接待，袭人亲自奉茶，目击屋室之精美绝伦，宝玉之尊贵娇养。这在全书，一个园外男性，能被"写进"怡红院，除了医生大夫，绝无此事。这真是一个极触目的特例！费了很大事，倒是写到"入院"了，然而却又没有什么真"内容"，不过谈说谁家的丫鬟好、戏子好……不久，宝玉就有倦色，机灵的芸哥儿就起身作辞了……

这都为了什么？这究竟是否闲文赘笔——甚至是"败笔"？我们应如何理解与赏会雪芹的文心匠意？

第一，在"这儿"，是自从贾政视察（今之"验收"是也）园子工程之后，此方是第一次实写怡红院——贾政看到的，只是个"房框子"死物，贾芸见的才是"生活"真相。写怡红院，从一个"外来人"目中意中下笔，正如写凤姐所居，也是从一个外来人（刘姥姥）目中意中下笔是同一机杼、同一用意。看"这儿"，已是目眩神迷，如入天宫仙府，令人惊叹——倒不一定就是"羡慕"。但雪芹的这"写此"，却是为了后文的"注彼"：迨到宝玉落难，贫困至极，无衣食，无宿处（传闻是住在打更的更夫或叫花子的"鸡毛房"），是为了写贾芸那时去救宝玉时，目中所见，心中所想，是与他到达怡红院时形成怎样的口不能言、目不忍睹的对比！

因提贾芸，还有第三例可举。

第三十六回，书到"四九"之数，是《红楼》艺术的一大节奏点，从此才展开了"诗格局"的结构脉络。诗社的主要起因人物有二：一是探春起意，二是贾芸启题，这才构成的海棠诗社。海棠是全书一大主题者由此点醒。而海棠由何而来？却又是贾芸忽然送来孝敬宝玉的。为什么不是别人送花来？送花为什么非送海棠不可？笔笔寓有深意，亦即处处还是注彼而写此。

这"此"，就是宝、探、黛、钗、湘、纨等盟社品句精彩场面——那"彼"又是什么呢？说穿底蕴吧，就是史湘云这个重要女主角的命运与结局！

关于湘云，她的地位与意义，对一般读惯了一百二十回伪"全"本的人来说，是个难解的题目。雪芹在全书中如何写湘云，喻湘云，象征湘云，请看后文专章讲释。如今只说，海棠是她的"代表"或"化身"，怡红院中的"蕉棠两植"的意义，即在寓写怡"红"快"绿"的实指，而绿指黛而红指湘。所以湘云抽得的花名酒筹，也正是一枝海棠，背面镌有"只恐夜深花睡去"——东坡咏海棠之名句也！

原来，在雪芹原书的"后半部"中，黛钗俱不享年，最后是历尽了悲欢离合、炎凉世态的湘云，再与宝玉重逢于惨痛之境中。湘云如何得与宝玉重逢的？上文刚说过，是贾芸（与小红夫妇二人）解救扶持了落难的贾宝玉，然后他又访得了湘云的下落，这才使二人终获重聚。——试看，在"这儿"，是贾芸送来的海棠，众人决议咏她，而诗社的真正"结穴"，也正是当场（盛时）湘云不在，而正场过了，方是湘云压场出现，并且也只有她一人作诗二首，得到了全体"社员"的评赏，认为"这才不愧作海棠诗"。所以，海棠结穴的"正文"，是"写此"也；而另有"注彼"远在后文。

这些事（情节），我们将在另章再述。如今草草示例，只为了讲明什么是"注彼而写此"的奇笔妙法，值得我们叹为古今与中外，绝无而仅有！

举例总是片断的。从根本与整体上说，有一点更为重要无比：雪芹原书共一百零八回，以第五十四与五十五回之间为分水岭，将全书"界"为两大扇；而前扇的这半部五十四回书，是完完全全的"写此"，后半的五十四回则完完全全地是前半所"注"的那个"彼"。这是整体结构的意匠，是最大的注彼写此法则！

这一层，戚先生却未必悟到——因他是只就八十回本而讲话的。但这却无须乎断断而辩，鳃鳃而争，更不必纠缠，因为，"写此注彼"法本身原可包括不同层次与曲折，而我此际借戚先生点破的用语，来阐明我自己的领会处，又有何不可？但为了免除常见的无谓纠葛，还是声说一下为好。

现在要说的最末一点——还是戚序提出的，却更耐人寻味。他说：

> 然吾谓作者〔虽〕有两意，读者当具一心，譬之绘事：石有三面，佳处不过一峰；路看两蹊，幽处不逾一树。必得是意以读是书，乃能得作者微旨。如捉水月，只把清辉；如雨天花，但闻香气。——庶得此书弦外音乎？

这可真有点儿像"以矛攻盾""自己反对自己"了。他这样出尔反尔，是否首鼠两端、骑墙双跨呢？

　　我不敢聪明自作，硬替戚先生自圆其说，我只能试作寻绎，揣其本心，或许他的"玄言"是告诫后来：此书虽有两声二牍之奇致，但又不可理会为"写此"的本处本身的文章既无妙处可赏，更不可忽视了"这儿"的好文章而一味去穿凿"注彼"的"隐微"，那也会弊窦丛生，失掉文心慧眼；如果雪芹之笔仍只有一个单面之美可赏，那也就无奇可言，构不成前人罕有的复笔的绝技妙法了。换言之，他可能要读者"且领当前一义"，久而久之，自能更悟其后还有妙境。

　　如果戚先生是这样的用心，那么我觉得他的话确实有理，而不同于自己否定自己提出的论证。他是唯一的一位领会到雪芹奇笔的文学评论家。

第六章　巨大的象征

什么是象征？据现时通行版《辞海》，其定义是这么写的：

> 用具体事物表示某种抽象概念或思想感情。
>
> 文艺创作的一种表现手法。指通过某一特定的具
> 体形象来暗示另一事物或某种较为普遍的意义，利用
> 象征物与被象征的内容在特定经验条件下的类似或联
> 系，使后者得到强烈的表现。

我自己非常害怕读这种"科学的抽象思维"和"理论术语"，觉得又啰嗦又糊涂。为了此刻的方便，我斗胆自创一个简单好懂的解说："象征者，取象于物，以表喻人或事（境）之特征也。"

象征包含着譬喻的因素，但譬喻并不总能构成象征。比方说李纨是个"佛爷"，是说她一问三不知，与世无争，"超然物外"……只是个比喻。"佛爷"还不能为她的"象征"。等到群芳夜宴，祝寿怡红，李纨伸手一掣，掣得的是一枝老梅（花名酒筹），正面镌的是梅枝，反面刻着"竹篱茅舍自甘心"一句古诗——这，才是她的象征。两者的分际，倒确是微妙的。

在这第六十三回（"七九"之数），写此一大关目，与第

二十七回"钱花"盛会是遥相呼应，其妙绝伦！每个抽得的签，都是以名花来象征抽签者；湘云是海棠，探春是红杏，黛玉是芙蓉，宝钗是牡丹，袭人是桃花……最后麝月是荼蘼！这真好看煞人。这才地地道道是象征手法。其实在中国小说中，人物的别称、绰号，都是今之所谓象征，并不新鲜。

这些，读者能悟，原不待多讲。研究者论析雪芹艺术的，若举象征，总不离这一佳例。这是不差的。但是，《红楼》一书中，另有一个总括的、特大的象征，论者却忽视了，这也可以戏比一句俗话："小路上拣芝麻，大道上洒香油。"只顾细小的，丢了巨大的。

若问：此一总的大的象征端的何指？便谨对曰：就是大观园之命脉，曲折流贯全园，映带了各处轩馆台榭的那条溪水的名字——沁芳！

"沁芳"二字怎么来的？值得从"根本"上细说几句。

原来，整部《石头记》，到第十八回（"二九"之数）为一大关目：元妃省亲。古本第十七、十八两回相连不分，是一个"长回"，前半就是专写建园、园成、贾政首次入园"验收"工程，并即命宝玉撰题匾对。是为有名的"试才题对额"的故事。在此场面中，宝玉的"偏才"初次得以展显。宝玉当日所提对联匾额虽然不少，但有一个高潮顶点，即是为了给那个入园以后第一个主景——压水而建的一座桥亭题以佳名。这段故事写来最为引人入胜，也最耐人寻味。试看——

那是贾政初见园景，满心高兴，上得桥亭，坐于栏板，向围随的众清客等说道："诸公以何题此？"

须知，只这一句，就是为了引出这通部书的一个主题、眼目。

众人所对答的，是引据宋贤欧阳修的名篇《醉翁亭记》，提出名之为"翼然亭"。贾政不赞同，指出此乃水亭，命名焉可离水而徒作外表形容（旧套滥词）？自己倒也顺着原引的欧记，想出了一个"泻"字，又得一客足成了"泻玉"二字的新名来了！

诸君，你怎样领略《红楼梦》的笔致之妙？亟须"抓"住这一关键段落，细细玩味——这"泻玉"，比方才那"翼然"（只形容建筑的"飞檐"）真是不知要高明多少倍！而这一佳名，纵使说不上锦心绣口，但出自素乏才思、不擅词章的"政老"之启示，那意味之长，斤两之重，就是断非等闲之比了！

可是，在贾政展才、众人附和的情势之下，独独宝玉却提出了尖锐的批评意见。

宝玉说：第一，欧公当日用了一句"泻于两峰之间"的"泻"字很妥当；今在此套用则欠佳。第二，此园乃省亲别墅，题咏宜合"应制"的文格，如用了"泻"字，那太粗陋不雅了。

他总括一句说："求再拟较此蕴藉含蓄者。"

务请注意：宝玉并没说反对"泻玉"的构思——即内涵意义。只是评论了：它措词的文化层次不对，造成了意境上的很大缺陷。

到此，贾政方说：诸公听此议论若何？既说都不行，那听听你之所拟吧。

这样，文心笔致，层层推进，这才"逼"到了主题，让宝玉的命名从容地（实是惊人地）展示于我们面前。

宝玉说：与其有用"泻玉"的，何如换成"沁芳"二字，岂不新雅？！

那位严父，从不肯假以颜色的，听了此言，也再难抑制内心的惊喜赞赏——但外表则只能是"拈须点头不语"！很多今时读者对此并不"敏感"，视为常语，无甚奇处；而当年那些清客却都窥透政老的"不语"即是大赞的"最高表现"，于是"都忙迎合，赞宝玉才情不凡！"。

你看，"沁芳"二字，是这样"推出"的呢。

请你体会中华汉字文学的精微神妙：为什么"泻玉"就粗陋？又为什么"沁芳"就新雅？二者对比的差异要害，毕竟何在？答上来，才许你算个《红楼》爱好者"。

泻与沁，水之事也。玉与芳，美者之代名也。措词虽有粗雅之分，实指倒并无二致。

贾政又命拟联。宝玉站在亭上，四顾一望，机上心来，出口成章，道是——

绕堤柳借三篙翠，隔岸花分一脉香。

贾政听了，复又"点头微笑"，众人又是"称赞不已"。

这些妙文，真不异于是雪芹的自评自鉴。

粗心人读那对联，以为不过是"花""柳"对仗罢了，没甚可说。细心人看去，则上句似说柳而实写水，下句则将那"沁芳"的芳，随文借境，自己点破了"谜底"。

在过去，人们对"沁芳"二字等闲看过，甚者以为这也无非是"香艳"字眼、文人习气而已，有何真正意义可言？自然，要说"香艳"，那也够得上；香艳字眼在明清小说中那可真是车载斗量——哪处"香"词"艳"语中又曾蕴涵着如此深层巨大的悲怀与宏愿呢？

"沁芳"二字何义？至此应该思过半矣。

雪芹苦心匠意，虽然设下了这个高级的总象征，心知一般人还是悟不透的，于是他在省亲一事完结、娘娘传谕、宝玉随众姊妹搬进园中居住之后，第一个"具体"场面情节（此前不过四首即景七律诗"泛写"而已），便是"宝玉葬花"——人人都知有黛玉葬花，画的、塑的、演的……已成了"俗套"，却总不留意宝玉如何，不能悟知宝玉才是葬花的真正主角。

这是怎么讲的呢？试听雪芹之言——

那一日，正当暮春三月的下浣（古时每十日一休沐，故每月分为上中下三浣），早饭已罢（不是现在晨起后的"早点"，是每日两主餐的上午饭，约在今之十点钟左右），宝玉携了一部《西厢》，来到沁芳闸畔，在溪边桃花树下一块大石上坐了，独自细品王实甫的文笔。当他读到"落红成阵"这句时，偏巧一阵风来，果然将树上桃花吹落大半，以至满头、满身、满地都是花瓣。宝玉最是个感情丰富而细密之人，他心怜这些残红坠地，不忍以足践踏污损，于是用袍襟将落花兜起，撒向溪内，只见那些残花，随着溪水，溶溶漾漾，流向闸门，悠悠逝去！

这是写故事、写情景吗？这就是为给"沁芳"二字来作一次最生动最痛切的注脚！

其实，雪芹还估计能读他这书的人，必然是熟诵《西厢》的有文学修养的不俗之士，所以他有很多"省笔"，留与读者"自补"。即如此处，分明"省"去了《西厢》开卷后崔莺莺唱的第一支《赏花时》：

> 可正是人值残春蒲郡东，门掩重关萧寺中。花落
> 水流红！闲愁万种，无语怨东风。

你看那触目惊心的五个大字——

花落水流红！

这就是一部《红楼》的主题诗，也就是雪芹从王实甫"借"来的象征意匠，——而"沁芳"，又是那五个大字的"浓缩"与"重铸"！

所以这叫新雅——粗陋的对立面。所以这是象征。它象征的是书中众女儿，正如春尽花残，日后纷纷飘落，随着流水逝去。这才是全部书的总主题、"主旋律"。

这其实也即是第五回早已暗示过的：警幻仙姑款待宝玉的是：一、千红一窟（哭）；二、万艳同杯（悲）；三、群芳髓（碎）。

雪芹著书，"大旨谈情"，这情并非哥妹二人之事，乃是为了千红万艳的不幸遭遇与苦难命运。这哭，这悲，在一百年前刘鹗为《老残游记》作自序时，已经悟到了，并以此为全序的结穴。他是雪芹的知音者，高山流水，会心不远。

但雪芹还怕人心粗气浮，又在本回之末，写了黛玉在梨香院墙外闻歌，一时间将"落红成阵""花落水流红""流水落花春去也"……诸篇名句，联在了一起，不禁"心痛神驰，眼中落泪"，支持不住，也坐于石上……

石头，它是"沁芳"的见证人。

还有，第五回宝玉初到"幻境"时，尚未见有人出来，已闻歌声，唱道是——

春梦随云散，飞花逐水流。
寄言众儿女，何必觅闲愁。

你听，那分明点醒：等到残红落尽，随水东流，那时红楼之梦便到散场之时了。虽说仙姑的口吻是"劝诚""指迷"，但那儿女"闲愁"，又正是"花落水流红，闲愁万种"的隐指。这愁虽"闲"，可是万种之重啊！

如此看来，雪芹的开卷之笔，实际是若断若连，一直贯串在全书之内。这是何等的文心，何等的笔力！

中华文事，到此境界，方具其不可言传的魅力。

第七章　伏脉千里　击尾首应

　　蛇这东西，在人们普通生活中，似乎是个不受欢迎的角色。先民对它就"印象不佳"，据说古语"无它"就本来是说"没蛇"，用以表示平安无恙，今日看"它"，篆文作⿱，倒确实像个"眼镜蛇"挺颈攻人的势派。可是在文学艺术上，它就不那么讨厌了，时常用着它，古书法家说他草法之悟，得自"二蛇争道"，坡公也说"春蚓秋蛇"。画家呢，画个蛇添了脚，却传为话柄。诗人东坡则将岁尾比作大蛇归洞，尾尖也捉不住。至于文家，则蛇更见宝贵了，比如，单举评点家赏论雪芹的橼笔妙笔，就有"三蛇"之例。

　　何谓"三蛇"之例？一是脂砚斋，有两次用蛇来譬喻，说那是"草蛇灰线，伏脉千里"，又说是犹如"常山之蛇，击首则尾应，击尾则首应，击腹则首尾俱应"。一是立松轩，他曾说雪芹之用笔就像"怒蛇出穴，蜿蜒不驯"，此"三蛇"之喻，遂表出了雪芹艺术的又一巨大的特色。

　　在中华，几千年来，文章巨匠们凭他们的创造与鉴赏的经验，梳理出很多行文用笔的规律与程式，是中国文学理论与实践的重要法则——就连人们纷纷笑骂的"八股"，其实它的可笑也主要在于内容要"代圣贤立言"，而不在文章用笔之一无可取；

"八股"程式其实也是丰富积累的文章做法的总结归纳——从西方的习惯说，那也是一种值得研讨的"议论美学"。即如"伏脉千里"等比喻，并不始于脂砚斋，金圣叹早就喜用，但是雪芹把这一"叙述美学"中的手法运用得真是达到了出神入化的高境界，所以批书人强调此点，是完全出于有目能识，而不只是蹈袭前人的陈言旧套。

据说，有文艺理论家反对讲这种"伏脉"，也不承认它的道理与存在的实例，声言一切文学艺术都以"自然"为极则，作文只有"信笔"才最高，一切经营缔造都是"下乘"云云。我想这原因可能有二：一是他缺少体会的能力，二是他把"自然"真义弄错了[①]。文学艺术，指的是人类的创造，正是"人工"，原与"天巧"并列而对比；其貌似"自然"者，实为他那"人工"的造诣的一种浑成美，不再显露他辛辛苦苦的"斧凿痕"——如此而已。世上岂有"全归自然"的艺术作品？

鲁迅先生在其伟著《中国小说史略》中，为《红楼梦》设了第二十四篇一个专章，他在论及续书之优劣时，明白提出一个评判要点，即与雪芹原书的"伏线"是否"不背"的这一标准。这就说明，先生是承认行文确有此法，而雪芹之书是运用了它的，——而且，这同时说明了一大重要问题：雪芹"埋伏"于前半部书的许多"灰线"，乃是为了给后半部书设下的巧妙的暗示或"预卜"；不承认这个至关重要的文笔手法，等于是连现

---

① 中国传统文艺理论中如《文心雕龙》首提"自然之道也"，论者即常有误解之例，以为是指注重"自然"，反对"人工雕琢"云云，实则那本是说人类所以发生文艺活动与成就，乃是一种自然的产生：宇宙万物皆有文采，人更不例外，"人文"本是"人工"结晶，不过高手能达到泯其"斧凿痕"如"天衣无缝"的境界而已。绝无为文只须"纯任自然"之意。"雕龙"正是代表"人工"极品的一个比喻修辞，何等明白，岂容误说？

存的八十回"前书"也给"消灭"掉了——因为大量的伏笔看不懂，或觉奇怪，或讥为"赘文"，于是从这个巨大的艺术杰作中抽掉了它的一根大动脉、大经络，不但使它的"身体"成了严重残疾，而且连它的"生机""生命"也给剥夺了。

雪芹的暗线伏脉法，似乎大致上可分两类：一类是一般读去时，只要静心体察，能看得出来的；一类却是难识得多，非经过专门研究论证无由获得认识的。后者更为重要无比——也才是雪芹在这个行文美学上的独特的创造与贡献，古今中外，罕有其匹。

如今我先取鸳鸯的故事中的一二小例，试作说解。

鸳鸯在全书中是"十二钗再副册"中一大主要人物，关系着贾府家亡人散的大事故，也是群芳凋落中结局最惨的女儿之一。雪芹对她，大脉络上的伏笔计有三层。

鸳鸯的悲剧惨剧，系于贾赦这个色魔。根据杭州大学姜亮夫教授早年在北京孔德学校图书馆所见旧钞本《石头记》的异本（即与流行的百二十回程、高本完全不同）所叙，贾府后来事败获罪，起因是贾赦害死了两条人命。贾赦要害谁？显然其中一个是鸳鸯。证明（其实即是伏笔）就在第四十六回——

鸳鸯［向贾母哭诉］："……因为不依，方才大老爷越发说我恋着宝玉，不然要等着往外聘——凭我到天上，这一辈子也跳不出他的手心去！终久要报仇！我是横了心的，当着众人在这里：这一辈子别说是宝玉，便是宝金、宝银、宝天王、宝皇帝，横竖不嫁人就完了！就是老太太逼着我，我一刀抹死了，也不能从命！……老太太归了西，我也不跟着我老子娘哥哥去。或是寻死，或是剪了头发当姑子去！……"

再听听贾赦的原话是怎么说的——

　　"……'自古嫦娥爱少年'，他必定嫌我老了，大约他恋着少爷们——多半是看上了宝玉，只怕也有琏儿。若有此心，叫他早早歇了，我要他不来，以后谁还敢收他？……第二件，想着老太太疼他，将来自然往外聘作正头夫妻去。叫他细想：凭他嫁到谁家去，也难出我的手心！除非他死了，——或是终身不嫁男人，我就服了他！……"

请你"两曹对案"，那话就明白了。

这儿的奥妙在于：宝玉似主，实为配角；贾琏似宾，却是正题。这话怎么讲？原来，有一回贾琏这当家人被家庭财政给难住了，一时又无计摆布，想出一个奇招儿，求鸳鸯偷运了老太太的体己东西，押了银子，暂渡难关。鸳鸯是个慈心人，就应了他。谁知这件事很快由邢夫人安插的"耳报神"传过消息去，贾赦也就听见了。故此，这个大老爷疑心鸳鸯与琏儿"交好"，不然她怎肯管他这个事？此事风声很大，弄到两府皆知。

　　你看第五十三回，到年底下了，乌进孝来送东西了，贾珍向他说起西府那边大事多，更是窘困。这时贾蓉便插口说：

　　"果真那府里穷了：前儿我听见凤姑娘和鸳鸯悄悄商议，要偷出老太太的东西去当银子呢。"

这是一证——其实就是一"伏",一"击",一"应"。

等到第四十八回,贾赦逼儿子贾琏去强买石呆子的几把好扇子。贾琏不忍害人,他老子怒了,把他毒打了一顿,他卧床难起——此用"暗场"写法,我们是读到平儿至蘅芜苑向宝钗去寻棒伤药,才得知悉。试听其言,虽是因扇子害得人家破人亡、用话"堵"了贾赦,但还有"许多小事"夹杂在一起,就没头没脑不知用什么打起来,"打了个动不得"!这些"小事"里,就暗含着赦老爷的变态心理"醋意"在内——因鸳鸯"看上了"自己的儿子贾琏。

这事贾琏之父母皆心有嫉妒,邢夫人一次向他告艰难要钱,贾琏一时拿不出,邢太太就说:你连老太太的东西都能运出来,怎么我用点钱你就没本事弄去了?

所有这些,就是后来鸳鸯果然被贾赦逼杀、死于非命的伏线。所谓"草蛇灰线,伏脉千里",放眼综观,真是一点儿不差。

当然,在不明白这种笔法与结构的时候,读雪芹的那层层暗点,茫然无所联系,甚者遂以为"东一笔,西一笔",浮文涨墨,繁琐细节,凌乱失次——莫名所以。更由于程、高等人炮制了四十回假尾,已将原来的结构全然打乱与消灭了,读者就更难想象会有这么一番道理了。

说到这里,我才摆出一个"撒手锏",让你大吃一惊!那就是上一章刚刚讲过的"宝玉葬花"一大象征关目之后,是以何等文情"截住"的?那就在第二十三回——

……便收拾落花,正才掩埋妥协,只见袭人走来,说道:"哪里没找到,摸到这里来!——那边大老爷身上不好,姑娘们都过去请安,老太太叫打发你去呢。快回去换衣服去罢。"

于是，宝玉赶回院中。回房一看时（已入第二十四回）——

果见鸳鸯正在床上看袭人的针线呢。

她见宝玉来了，就传述了老太太的吩咐，叫他快换衣前去。在拿衣服的小当口儿，宝玉便爬向鸳鸯身上，要吃她口上胭脂！

请你看看！葬花一完，便先出来了鸳鸯，而鸳鸯之出现，是因与"大老爷"相联着的。

这简直是妙到极处了。我不知哪部书中还有这等奇笔绝构？这真当得起是"千里"之外早"伏"下了遥遥的"灰线"。它分散在表面不相连属的好几回书文当中，不察者漫不知味。而当你领悟之后，不由你不拍案叫绝，从古未有如此奇迹。

这个例，讲于本章，为了"伏脉"之说明。其实，善悟者即此又已恍然：原来"两声""二牍"、"手挥目送""注彼写此"的复笔法，也就同时而深信无复疑其夸张、玄虚了。

[附记]

伏线的笔法，遍布于《红楼梦》全书，举例也只能略窥一二，无法多列。一般来说，谈伏线似乎多指个别人物情景，即多元伏线，也较分散零碎。此种举例尚属易为。但书中还另有一种情况，即第七十二回全部都是后文的伏线，而且条条重要得很。这在我们小说史上是个极突出的文例，原宜着重论述才是。但从结构学上讲，第七十二回是"八九"之数，后半部书全由这里开展，处处涉及"探佚学"的探究，事繁义复，这就绝非本书体例及篇幅所能容纳了。再三考虑，觉得只好在本书中暂付阙如。但我应该先将此点指出，方能对雪芹的伏线笔法更为全面地寻绎和理解——特别是因为很多人对这个第七十二回的内容、笔调、作用，都感到不甚"得味"，以为它是"多余"的"闲文"。可知这回书是小说笔法上的新事物。

鸳鸯大案，至第七十四回又特出凤、平二人大段对话提醒，以伏后文，而程、高本竟删此二百余字之要紧结构机杼，其篡改原著之居心，读者当有所悟。

第八章　勾勒·描写·积墨

王国维最崇尚周邦彦的词，他在《人间词话》中曾说：别人作词，"一勾勒便薄"，而周词则"愈勾勒愈厚"。王先生这是用绘画术语来比方词曲文学。勾勒者何？是画家用笔的一个方法。这正如前章提到的"传神写照"，那原是晋代大画家顾恺之论画的话，但后世用它，反而绝大多数是比喻文笔之妙了。

勾勒合言，为一整词，"大白话"就是用"线"（今多曰"线条"）勾出一个物形的轮廓或"框架"（framework）。而分言时，两字又有不同：勾是顺势运行，勒则逆势回挽。中国的文家、书家，没有不明此道此理的。在实际上，有两个很有趣的成语（也是术语）可以帮助讲解：唱戏的净角，"花脸"，上装时自己对镜画"脸谱"，叫做"勾脸"。旧时考试出榜，列取中的名单，在最末一名的下边，用朱笔画一大"√"，表示"到此为止"，任何姓名字样不得羼入——这一朱笔俗称"红勒帛"。勒就是"打住"的意思了。所谓"勒马"，即勒控前行速度，使之变缓或停止。可知这个勒，完全是"逆境"的力量。

在书道的"八法"中，把横画这一笔法特名曰"勒"，而且古人定的书写此画的原则是"贵涩而迟"。还有"鳞勒"一词（参看拙著《隶学》，见《永字八法》，论述此词与"轥轹"的关系），皆可证明勒是顺滑的反面涵义。

王先生的原意，到底是侧重什么？不敢妄揣；我个人觉得他用此词语，并无深意，也不细分二字本义，不过是泛泛比喻，略如现时一般人常说的"刻画""描写"。若细究严核，他用来并不精恰，因为勾勒大抵在好手笔下是"一槌定音"，一气勾定，而绝不容三番五次涂改——所以王先生那个"愈勾勒愈厚"的"愈"字，显得有点儿"外行"了。勾勒是要求手眼稳准，落笔"算数"，岂有"愈"（越来越厚）的余地可言？

如果我们不以词害义的话，那么王先生本意所指，也许是"积墨"与"三染"等法度，——这与雪芹的笔法，可就大有关涉，亟宜一究了。

在讲"积墨"之先，需连带讲讲"描写"。

当今之世，大凡谈说文学之事的，口里总离不开"描写"二字。诸如"描写细腻"呀、"描写深刻"呀、"描写入微"呀等等，好像人人都懂，用不着再问一句"什么叫描写？"。可是口言此词的人十有九个并不知道这也是以绘喻文的一种术语。

描写，与勾勒有一点相似：也是合为泛言，分为两义。描写实际上是包含了"工笔"与"写意"的两种很不一样的意度与技法的一个"合成词"。要讲《红楼》艺术，不明这个合成词以及离合之际的微妙关系，那也实在是囫囵吞枣，不得其味了。

雪芹是个大画家，他的好友敦敏赞他作画是"奋扫如椽笔"，可见其"盘礴"（用《庄子》典）的气魄。我们看，这样作画的，肯定是"写意"无疑。但雪芹精不精于"工笔"画？我以为是非常精的（证据是：张宜泉诗说他"苑召"，贵官曾请他到宫内画苑如意馆去画功臣肖像。参看拙著《曹雪芹新传》或《文采风流曹雪芹》），这也没有问题。现在就发生了一个极大的奇迹问题——

大家读《红楼梦》，总感觉他是写了一巨幅"工笔画卷"，可实际上他整部书用的却是"写意"手法！

感觉与实际，恰恰相反！这"怪"事从来不曾发生在别人身上，而单单发生在雪芹手下！你说奇也不奇？！

因此，我们才需要既讲"积墨"，又讲"描写"。

"描写"一词，有不少人会认为，这只是从外文如 describe 译来的一个文艺概念。比如若查这个外文的定义，则大致列有三点：

①说出它像什么。给出一个文字的图画。

②说出它具有的质量。

③标出，画（符号性）。这很有趣，英国人的这个 describe，也以绘画来打比喻作解说。当然，在他们的意念中，任何譬喻修辞法都可说是描写，那与中国绘事就不同科了。但最应注意的是：外文 describe 含义大部分是与文学艺术无关的泛指。

查一下现行《辞海》，对"描写"下的定义——

始言"文学艺术创作的基本手法"，中言是对人、事、境的"描绘"与"刻画"，"以直接再现"对象的"多方面的性质为特征"。下言分类，如"动作描写""心理描写"等是像、事、境以外的分类等。

在这儿，就显露了困难。用"描摹""描绘""刻画"等来解说"描写"，等于"什么也没说"！还有"直接再现"的这种文艺理论观念，是来自西方的文化产物，讲中国文学如《红楼梦》，那是差之毫厘，谬以千里，引人进入艺术"误区"而难以自返。中国文艺的审美观，并不是什么"直接再现"。这种提法所能说明的，误执彼义，流弊滋生。特别是讲《红楼》艺术，它如果一味从"直接再现"去寻求雪芹的"描写"奥秘，那真会成为在刻舟求剑之外，还要防缘木求鱼了。

描，在日常俗语中表现得很清楚：闺中有"描眉画鬓"，有"描龙刺凤"，这描都是极其工细地勾画之义，"描龙"是指"描花样子"（刺绣之前先将图样细勾在织品之上）。小儿第一次学写字，不是"写"，只是描——所谓"描朱""描仿影儿"（"仿影"是摹写的范本），就是"照样儿勾画"。所以凡是建筑、机械、生物标本等图样画，都极为工致，一笔不能"草"起来，这些"画"，其实都是描，并非真"画"（"绘画"通常所指）。在《红楼梦》中，第四十二回叙及描园子图样，第二十七回叙及寻笔描花样子，例证俱很分明。

由此可悟，描这个技法，有正副双意味：好的一面是非常工细可爱，坏的一面则指它更多的是照葫芦画瓢，不但无艺术创造，也无神气情味可言——如生物标本画，堪称"须眉毕现""纤毫无失"，可就是索然无生气，都是一幅死形骸，略无神采气韵可寻。而"写"，则异于彼，它是大笔一挥，粗豪洒落，但望上去却神气活现，活起来了！

要弄清这二者的本义特点，然后才会真懂得中国的"描写"一词的真谛。换言之，只有这样，才能真正明白雪芹的描写，到底是"工笔"还是"写意"，还是二者相兼，还是有所侧重偏好。

"描"是书法的大忌。字是"写"而万不能像小儿之描，也绝不可一笔落纸不好，想再"收拾""修理"一下——那也叫"描"！在画艺中，则全不容以词害义，或与书法之用语一概混同。比如画艺工笔，仍然是"描"而不容"写"笔羼入。"写意"虽然是避免了"描工"的"匠气"之病，而弊端也就在于将中华古画传统废弃殆尽，一味追求简率自如，其后果遂流为"假大样"，没有真功夫造诣，只凭几笔假相博取外行的谬赏。

这儿应该提出一个要义：真正的高超的写意，没有不是从工笔的基本功夫中化生出来的。写意的真假，只在有无工笔本功这点上分辨！

谈了这些，只为了如何理会雪芹的"描写"问题。他的描写到底属于工细？属于写意？属于相兼？

上文我已说过了：雪芹这支笔的奇迹，就在于，他运用的主要是写意画法，而给观者的感受却是工细人物楼台景色的"画卷"！

这真不能不令我们称奇道异：何也？真吗？他怎么达到这个"效应"的？

窃以为，这个问题乃是戚蓼生所提出的那一复笔奇迹之外的又一绝大奇迹。

戚先生的任务，只是提出来并表示两声"噫，异矣！"他就不管了；我则没那么轻松，还得试着作作解答。解答不一定对，期望来哲纠补。

我以为这儿至少有两层原因，造成了我们感觉上与雪芹用笔上的"差异"或"幻觉"。

第一层是雪芹笔下所写的这些人、物、境，都与别书（比如《三国》《水浒》《儒林》……）不同。《红楼》中的人物，其衣食住行，与《水浒》相比，大是两个境界，施耐庵[①]写绿林好汉的吃，只需说"大碗的酒，大块的肉"就"完成任务"了，而雪芹则不能那么办，他得写出许多高级"名色"来。衣饰也

---

① 近年学者多以为《水浒》实作于明代，施氏其人亦非实有，此处不讨。随文设词，不必拘看。

是如此，可以类推。只因那些"名色"本身似乎带着若干"工笔性"，于是遂使观者产生了一种"错觉"，以为："这描写多么细致呀！"其实，雪芹也只不过开了一个"单子"，罗列出什么缎、什么袄、什么花色……不过如此，更无什么"细致刻画"。这是货真价实的"写意"笔法，而现象上却显得"绚丽多彩"了，这就给人一个"工笔感"。这个原因是明显易见的，可是它的"造幻"力量却十分巨大，让人迷眩了。

第二层，则是个要费些事情的缘故，我想不出好办法，乃又借绘画中的"积墨"与"三染"之法来作譬喻，希望这样或能解说雪芹奇笔奥秘的一小部分。

什么叫"积墨"？据权威的释义是——

> 中国山水画用墨由淡而深、逐渐渍染的一种技法。北宋郭熙云：用淡墨六七加而成深，即墨色滋润而不枯。元黄公望云：作画用墨最难，但先用淡墨积至可观，然后用焦墨、浓墨分出畦径远近，故在生纸上生出许多滋润处。
>
> ——汉荣书局《艺术大辞典》

这是论山水画，真可谓"墨分五色"，古人之精义如此。但那道理也不限于画山水。我闻画家说人物衣饰的着色，也是此理：比如说仕女红裳蓝带，都不是简简单单涂上一层颜色的事，而是先用何色作底，后用何色递加，如此几道工序，而后那色彩厚润，迥与单薄之气味不同。我想，脂砚斋在评论笔法时，就提到过"此画家三染法也"，应该就是同一意义了。

这种笔法，"框架"本来实在是个"写意"的轮廓，只因他随着文情的进展，不断地一层又一层地"积墨"与"三染"，于是我们感受到的印象，已不再是"粗线条"了，倒像他用笔十分之工细了。奥妙端的就在这里。

墨，要"六七加"呢！"三"也是"多"的代词，并不止三。你看，中国艺术的精湛，断非"外人"所能想见。

事实上，雪芹写人物，是这个人初上场，只给你一个"写意"（粗线条）的"框架"，后来此人每出场一次，便往他身上加"墨"加"染"一次——如此者积至很多"加"，于是那人可就不再是个"扁"的"呆"的了，变成了"凸"的和"活"的了。

出场次数少的人物，没有积墨加染的太多余地，主角们可就清楚极了——我以为最好还是以第一主人公宝玉为例最为首选。这须专设一章，别见于后文。在这儿，我不妨说几句看似无关、实则相涉的话：

雪芹佩服顾虎头（恺之），所以借贾雨村讲"正邪两赋"而来之人时，所列之人即有这位画苑大师。雪芹从他得来"通灵"一词的启示（恺之自言，他的画通灵了），而又欣赏他另一则名言佳话，即"倒食甘蔗，渐入佳境"。这其实也就是一种艺术法则。雪芹写宝玉，在"试才"时反对粗陋，求再"蕴藉含蓄"者，亦即一义的不同表述。盖凡高级的艺术，没有让你一下子"得昧"，"入口蜜甜"的，而且那"甜"必然无甚余味可享了。蕴藉含蓄，正是其真美在内，久而愈光，而不是浮光外铄，立刻都"摆在眼皮子底下"。雪芹的写人，所以要运用积墨、三染法，也正是要服从顾虎头的"渐入佳境"的艺术准则。

第九章 "奇书"之"秘法"

　　《石头记》开卷后，还不到正文，只在"引子""序幕"中，有叙及此书"至若离合悲欢，兴衰际遇，则又追踪蹑迹，不敢稍加穿凿、徒为供人之目而反失其真传者"，在这段话的书眉上，甲戌本独有朱批一条，大是要紧——

　　　　事则实事，然亦叙得有间架，有曲折，有顺逆，有映带，有隐有见（按：古与"现"通），有正有闰。以至草蛇灰线，空谷传声，一击两鸣，明修栈道，暗度陈仓。云龙雾雨，两山对峙，烘云托月，背面傅（按：原误抄为"传"）粉，千皴万染，诸奇书中之秘法，亦不复少。余亦于（按：原误抄为"干"）逐回中搜剔刳剖。明白注释，以待高明再批示误谬。

　　这条眉批，实是对于《红楼》艺术最早的评论者[①]，也是非常懂得雪芹笔法的赏析者。后来的评点诸家，总看不这么清

---

① 很晚出了一个张新之，"太平闲人"，前章引浦安迪教授的论文时，曾提到他，他的"红学观点"我不太赞同，但我曾在拙著中指出他对雪芹的文笔有极好的见解，此外难有别家令人印象较深的评艺的批语。

楚，说不这么真切。

脂砚此批，有一值得注目之点，即她特别点出："以至"以下所举列的，乃是"诸奇书"中已见的秘法，雪芹引而申之，大而化之，故曰"亦复不少"。这个事情令浦教授的创立"奇书文体"一说的命题，得到了重要的印证。当然我是按我的读法来断句的。有断为"……千皴万染诸奇。书中之秘法，亦复不少"。将"奇书"分割为二处了，那样句读，就把"奇书"传统这层意义消灭掉。脂砚那时候批书，心目中是继承四大奇书各有批者而发此论的。故愚见以为"奇书"不可读断割裂。

我每读此批，便惊喜感叹，又带着自惭与自馁。惊喜的是批得如此切中肯綮。感叹的是觉得雪芹之后便无来者。自惭的是人家如不提撕，我就看不清这些笔法的全部神奇。自馁的是如要我讲上一讲，我将怎样把自家的见识文字提升得足以胜任之？那内容太丰富了，如何都讲得出？

然而，面对着这等重大的中国"叙事美学"中的课题，视而不见，置而不论，掩耳盗铃，是对不住中华文化，枉为中国人了，所以又必须努力尝试，来为之做些解说——或者只是揣测之言，扪叩之见，够不上解说，正不妨姑作"郢书燕说"，倒由此引出"义外"（不是意外）的妙绪来，亦未可知。

先说那批语明分两部分：前半是文章结构为主，后半是描写技巧为主。因为后文将有专讲结构的章节，我拟纳归那儿去讲前半，如今只拣后半所列先来试说。仔细一想，千皴万染相当于"积墨"之理，"一击两鸣"略近乎"两声二牍"之妙（也还有精微的分别），"草蛇灰线"之奇，"明修暗度"之致……在前几章中，都已有了粗略的讲说，暂且以待后文再作补语，如今且就"烘云托月""背面傅粉""空谷传声""云龙雾雨"诸条，稍稍一窥其意度何似。

"烘云托月"已经成了俗常习用的成语，但它本是绘事中的一个手法，也简言而只说"烘托"。本是画艺一法，却被文家借去，成为"描写"的一个妙招儿。月本难绘，只用线勾出一个圆圈代表满月，或者一个弓形代表新月或残月，不是不能让人看懂，只是那太"符号化"了，丝毫不能表现出月的情致意味来。怎么办？于是画师在"勾圈""画弓"之笨法以外，想出"弃线法"，却另用淡彩浅墨去渲云，在云的中间，空出一个圆月或钩月来，——此是笔只画了云，而像却显了月，此之谓烘云以托月，托者，衬而出之之义也。

烘字在此与"火烤炙"无关，倒是用水调色渲散布染成一片的意思，宋贤范成大写欲雪而转晴的诗，曾说"朝暾不与同云（彤云）便，烘作晴空万缕霞"，写这个"烘"字最为得神了[1]。

烘云托月四字常见，清人魏秀仁所著小说《花月痕》第三回书评云："此回传红卿，实传娟娘也。善读者可悟烘云托月、对镜取影之法也。"此处用它来讲文笔中之一法，确是比喻得极恰。记得明末才人张岱在《琅嬛文集》中说过：你要写泰山，那怎么能够？泰山的气象气魄，无言词可以正写，你只能写泰山的"四周围"，周围的一切景物都写好了，得神了，则泰山本身自然也就不写而自显了。这番文论，恰恰就是烘云托月的一个很好的"例证"，因为张岱为泰山写了一篇长文，一字不及泰山"本体"，写的全是它四周的人、事、景、象、买卖的兴旺、香火的规模、游客的盛况……他的意思是说：没有泰山的伟大，是招不来形不成这种奇观的，而这种奇观就是泰山伟大的写照

---

[1] 这个烘，也许就是"渹"字的讹写。兹不枝蔓。

（今之所谓"反映"）。

在《红楼梦》中，最需要这种手法，因为：主体的贾府，实在庞大华贵，虽然比不上是座"泰山"，却真的非同小可，若用正笔"死写"，那是难得写尽，费却十分傻力气也不能引人入胜，不能令人真的领略那种势派。你看雪芹怎么办的？

他先"派"了冷子兴、贾雨村二人在维扬酒座上那么一"演说"，是第一笔烘染，很淡的，很"疏"的，有点儿朦胧的远围一烘。然后到黛玉坐轿，从京东门进城，来到宁荣街，写她目击"忽见街北蹲着一对大石狮子"，在那"三间兽头大门"外，"列坐着十来个华冠丽服之人"，门之上方有"敕造"的大匾。又见正门是不开的，人们只从角门出入。这是从"近围"第一笔烘染。

黛玉是千金小姐，她永世也无缘立在那大门外，更不会与那"十来个"人打任何交道——这就得留给另一个意想不到的人——刘姥姥。（姥姥，北方话外祖母也，古钞只作"老老"，加"女"旁是俗写。"姥"本音读"母"，如"斗姥宫"即其例，没有"斗老宫"的读音。今只能从俗而书。）

毕竟如何"勾勒"这座大府？似乎连雪芹这位奇才也不是不曾费过神思的。在未写刘姥姥之前，他先垫上了两笔："按荣府中一宅人，合算起来，人口虽不多，从上至下，也有三四百丁；虽事不多，一天也有二三十件：竟如乱麻一般，并无个头绪可作纲领。"这看似闲文，却正是大笔如椽，总冒了全部书的"涵量"。然后这才写到刘姥姥从拟议商量，到梳洗打扮，真进了城，也来到黛玉所见之处——

　　……找到宁荣街，来至荣府大门石狮子前，只

见簇簇轿马——刘姥姥便不敢过去，且掸了掸衣
服，……蹭到角门前，只见几个挺胸叠肚、指手画脚
的人，坐在大板凳上，说东谈西。

刘姥姥壮了胆子上前打交道，他们耍她，幸有一个年老心
肠较好的指点她到府后门上去寻亲——

刘姥姥听了，谢过，遂携了板儿，绕到后门上。
只见门前歇着些生意担子，也有卖吃的，也有卖顽耍
物件的，闹闹吵吵三二十个小孩子在那里厮闹。

请你着眼：这还并未正笔写那荣府一字，然而经这"三染"，
已经将一个潭潭大府的气象声势烘托得"合目如见"了！

写府是如此。写人，亦是异曲同工。比如写刘姥姥要找的
周瑞家的，从"情节"上讲似乎只是用她来带领引见，但若只
知此"一"，不明其"二"，便呆看了《红楼》艺术之妙处。写
周瑞家的身份、言谈、举止、心肠、才干……不单是为了写她
这个"太太的陪房"，正是更为了借下人写她们的主子，——要
知道，在那时代大家子挑选亲近的男女仆役侍从，那标准要求
是非常严格的，一般庸才没有"特殊关系"是很难及格被挑中
的。写这位大身份的仆妇，也正是一种烘云——还是为了托那
主题的"月"。

领悟贵乎举一反三，我就不必也不能逐一絮絮而列陈了。

然后是"背面傅粉"值得先提它一提。

背面傅粉其实大范围也属于烘托，只是有了一层正与反的
区分。烘云是从旁，旁也是正面。而妙法却又生出一个从"反

面"来烘染的奇招儿。

在文章中讲背面，自与绘事不能全同，因为所有比喻都只是"善巧方便"（释家讲经说的技巧）的启示而已。如在《红楼》艺术上讲，则可以看出这种背面傅粉之法约有两式：一式是贬，一式是赞，而两式表里倚辅，相反相成，共臻奇绝。

就拿宝玉作例最是醒目——

先是黛玉目中初见时，一段形容，前章论"叠笔"时已引，那段最末的两句是：

> 天然一段风流，全在眉梢；平生万种情思，悉堆眼角，——看其外貌，最是极好，却难知其底细。

下面就引出来那两首"后人"的《西江月》：

> 无故寻愁觅恨，有时似傻如狂。纵然生得好皮囊，腹内原来草莽。　潦倒不通世务，愚顽怕读文章。行为偏僻性乖张，那管世人诽谤！
>
> 富贵不知乐业，贫穷难耐凄凉。可怜辜负好韶光，于国于家无望。　天下无能第一，古今不肖无双。寄言纨袴与膏粱：莫效此儿形状！

请看此二词，没有一句是"好话"！作者还特为点明"批宝玉极恰"！这"批"，可谓贬之已到极点了。

再看王夫人向黛玉"介绍"的话，那就更妙：

> "但我不放心的最是一件：我有一个孽根祸胎，是

家里的'混世魔王'，今日因庙里还愿去了，尚未回来，晚间你看见便知了。你只以后不要睬他，你这些姊妹都不敢沾惹他的。"

然后即又是黛玉回忆，早听母亲说过这个表哥如何"顽劣异常"，想象此人不知是怎样一个"惫懒"人物——

> 王夫人笑道："你不知原故：他与别人不同，自幼因老太太疼爱，原系同姊妹们一处娇养惯了的。若姊妹们有日不理他，他倒还安静些，纵然他没趣，不过出了二门，背地里拿着他两个小幺儿出气，咕唧一会子就完了。若这一日姊妹们和他多说一句话，他心里一乐，便生出多少事来。所以嘱咐你别睬他。他嘴里一时甜言蜜语，一时有天无日，一时又疯疯傻傻，只休信他。"

这么多的话，一色是贬。你再自去检看"莲叶羹"那一回书，傅家两个婆子的对话，就更妙不可言（今不备引）了！

这全属"背面傅粉"的妙法的范围。

再一种则又另有妙趣。我举薛蟠——读者有谁会认为呆霸王薛大傻子能是宝玉这个人的"知音"吗？大约没有。然而说也奇怪，有一回，端午佳节之前，薛蟠送来瓜、藕、猪、鱼四色奇品，说了一句奇语：

> ……我想了一回，只有你还配吃！……

所以，莫把薛大爷看"简单"了，他对宝玉，也竟能"相赏于牝牡骊黄之外"呢！

这也还是"背面傅粉"的妙法。是贬是赞，休只死拘字面形迹外表，要品嚼深处的厚味，才得雪芹真意。

再有对凤姐，也是正面背面交互傅染，因为后文还要专论她的事，此处暂且"按下慢表"为是。

这之外，还有一个"空谷传声"。

"傅粉"的时候，不管正背哪面，总还得有"纸"，才分反正面。但"空谷"更奇了，这儿连"纸"也没了，遑论什么正面背面！它借"空际"传音，可谓"四无倚傍"。这神通就更大了。

例子是什么？《红楼梦》中，实在并非绝无仅有。试看冯紫英，说他与"仇"都尉家子弟挥拳打架，伤了对手，却绝口不言来龙去脉，所因何事。又说铁网山打围，又说"不幸中之大幸"。隐隐约约，涵蕴着几多事故，重大关系，一不"勾勒"，二不"皴染"，笔法突兀奇绝。此一例也。

再如，书中只写过宝玉与秦钟的结识交情，未涉任何他人。可是到了后来，忽出一段宝玉与柳湘莲的私谈，提到他惦着为秦钟添坟（坟是土堆起的，经一年风雨，便见颓毁，故每岁清明要重新培修加土，是为添坟），只是有心无力，还让茗烟去上坟，见已添新了，还很纳闷——至此方知湘莲早已办到了。秦、柳二人友情，从未叙过。柳又密语，不日他即将远走高飞，后会有期，二人有依依之感。而对此种种，却再无"交代"。

还有，宝玉怎么私交蒋玉菡？忠顺王府来人寻，方说出城中人十停倒有八停都说是宝玉藏起玉菡了。这是骇人听闻的"大案"，怎怪得贾政又惊又怒又急又怕。然而，书中何尝写过这些？

　　说这是"补笔""倒叙"之法，也许不能算不对，但我要提醒的正是：这不仅仅是那么简单的"补"，正是空谷传了无限"外音"，关系不是重在已发生的事，——重点是为后文的伏脉而设。

　　一击两鸣，双峰对峙，得隙便入，脂砚在第五回前幅即一一点出了，今不细述。与"横云断岭"相对峙的，还有一个"云断山连"法，俱见后文，今亦不必一一絮语了。

第十章 "补遗"与"横云断岭"

何为补遗？在著述中，已截稿，已印行，后有新获，或发现旧日疏漏不足之处，或本人，或子弟门生，或他人，为之补缀脱漏缺失，或附卷末，或另成编，谓之补遗。至于写一部小说，又哪儿来的补遗？你若知道是"遗"了，当时就该"补"入，方为顺理成章的"作品"，又何补遗之可言？然而，雪芹在他那奇书里，竟有"补遗"之笔。这就更奇了。在文学史、小说史上，这种"补遗"未听说过。

但是，小说中有"补遗"这个命题，非我杜撰，乃是脂砚提出的。第二十六回，有一处批云：

> 你看他偏不写正文，偏有许多闲文——却是补遗。

"闲文"到底不"闲"，竟是补遗拾阙，此千古未闻之奇也。

我们且看一看，脂砚这是针对哪段正文而讲话的呢？

原来，这回开头就是佳蕙来找小红——那时小红（红玉）方对贾芸渐渐发生了一段心事，正在神魂不定之际，怡红院的另一个小丫头佳蕙来叫："姐姐，可在屋里？"

于是二人谈起来，佳蕙把刚才因送茶叶与林黛玉而得了赏钱，交与小红代存，——

佳蕙道："你这一程子心里到底觉怎么样？依我说，你竟家去住两日，请一个大夫来瞧瞧，吃两剂药就好了。"红玉道："那里的话，好好的，家去作什么！"佳蕙道："我想起来了，林姑娘生的弱，时常他吃药，你就和他要些来吃，也是一样。"红玉道："胡说！药也是混吃的？"佳蕙道："你这也不是个长法儿，又懒吃懒喝的，终久怎么样？"红玉道："怕什么，还不如早些儿死了倒干净！"佳蕙道："好好的，怎么说这些话？"红玉道："你那里知道我心里的事！"

佳蕙点头想了一会，道："可也怨不得，这个地方难站。就像昨儿老太太因宝玉病了这些日子，说跟着服侍的这些人都辛苦了，如今身上好了，各处还完了愿，叫把跟着的人都按着等儿赏他们。我们算年纪小，上不去，我也不抱怨；像你怎么也不算在里头？我心里就不服。袭人那怕他得十分儿，也不恼他，原该的。说良心话，谁还敢比他呢？别说他素日殷勤小心，便是不殷勤小心，也挤不得。可气晴雯、绮霞他们这几个，都算在上等里去，仗着老子娘的脸面，众人倒捧着他去。你说可气不可气？"红玉道："也不犯着气他们。俗语说的好，'千里搭长棚，没有个不散的筵席'，谁守谁一辈子呢？不过三年五载，各人干各人的去了。那时谁还管谁呢？"这两句话不觉感动了佳蕙的心肠，由不得眼睛红了，又不好意思好端端的哭。只得勉强笑道："你这话说的却是。昨儿宝玉还说，明儿怎么样收拾房子，怎么样做衣裳，倒像有几百年的熬煎。"

红玉听了冷笑了两声，方要说话，只见一个未留头的小丫头子走进来，手里拿着些花样子并两张纸，说道："这是两个样子，叫你描出来呢。"说着向红玉掷下，回身就跑了。

文情至此，恰巧又碰上了另一个笔法，叫做"横云断岭"。稍后再讲。如今且说，那脂批针对的，就是由佳蕙口中"补"出的前文所"遗"而不叙的情景！

但最妙的则是脂砚在此一连就下了八叠的批点语，实令人叹为奇观——

一、当佳蕙说到给林姑娘送茶叶、老太太也正送钱给黛玉时，批云："是补写否？"

二、当说到林姑娘生得弱，时常吃药时，有批云："是补写否？"

三、当说到"就像昨儿老太太因宝玉病了这些日子"时，有批云："是补文否？"

四、当说到"各处还完了愿"时，有批云："是补写否？"

五、又说到叫把跟的人都按等有赏时，有批云："是补写否？"

六、当说到"昨儿宝玉还说，明儿怎么样收拾房子"时，又有批云："还是补文！"

七、及至说"前儿一支笔放在那里了？"，又有批云："是补文否？"

八、及想起"是了，前儿晚上莺儿拿了去了"时，也有批云："还是补文！"

请看，这就是中国小说评点——文学赏析特殊形态的特殊格式！批者连举八处例，连同首一条"总论"共成"九叠"之文，或者正人君子老古板儿嫌他"这太贫气""讨厌得很"，但批者何以这等不厌其烦而采此格式？他自然也有一番道理：就是为了给读者用力加强印象，加深说服力，加重这一笔法的意义。

全书中这样的补遗之文，随处皆有。如书已到第五十四回，方从贾母说话中补出袭人自幼随侍过湘云的往事。又自凤姐口中补出了王夫人已因其母丧而赏过四十两银子的现下之事。而且还连带补出了鸳鸯也在为母服孝的处境。一切自然之至，不觉其枝蔓琐碎；而又令人感到"幕前"事已够繁，但"幕后"之各种情状更是丰富得多，如此方不单薄。

这儿便又需要说明两点：

第一，这也就同时是前章所提出的"得空便入"之法。

第二，在一般文章、史传或小说中，也是常有追叙的部分，并不为奇；说评书的管这叫做"倒插笔"，是"插"者，即"楔入"之义也。但是，雪芹的那种"补遗"法却与俗套的不同——俗套的办法是笨法子：明截硬揭，即用"看官有所不知，原来在此之先"，曾有如何如何之事情发生了……云云。这样的追叙，是死笔，是下品——仅仅令人明白了此前有事，除此略无意味。雪芹那笔可不是这样，你看他，那简直活极了，似流水行云，毫无滞碍，"行所无事"的一般，实则正是他的灵心慧性、锦心绣口、机杼暗运的结果。

像这样的"补遗"，《红楼》随处可逢。比如宝玉平素的许多为人所不解的言谈、行径，常常不是用正叙死法展示于"当前"，而是在"补文"中闲闲透露——若无其事一般，却正是关键要害。

这除了用"话"来补，也还有别法别式。我今只再举一二。

宝玉过寿日了（实为首夏四月二十六日，即"饯花盛会"之日），好不热闹！许多人总以为元春归省、两宴大观园、元宵开夜宴……才是热闹情节，殊不知"寿怡红"方为真正的团花簇锦的奇文！在这场精彩"戏目"中，有一个小"镜头"：宝玉忽然发现在砚台底下压着一个纸条儿，拿起来——不看则已，一看时，几乎跳起来，连问是谁接的，怎么不正式告知一声？几经追究，这才说明白，是昨儿妙玉亲自送来的，专为"遥叩芳辰"！

宝玉惊喜万分，才要写回谢的帖子——

你看，这文字可不好看煞人？

假如你读熟了，轻视了这种笔法，那么我可以替你设一"反面思维"，假如那原文是如下面的写法的——

　　且说那妙玉，独自在庵中静坐，也闻得园中十分热闹，心中早知已到宝玉的生日了，她心有所感，于是拿出一张红笺，研好了墨，自己恭楷庄书"遥叩芳辰"等字，写毕，袖了这帖儿，亲自来到怡红院，叩开院门，将帖子递与了开门的丫鬟，这才转身返回拢翠庵来①。

看官，你读了这一段，又作何感想？要想到，那伪续《红

---

① 拢，通行本作"栊"。经详校深研，"栊"是误写，"拢"才是正字。

楼》的拙劣文字，有的连这也不如呢！

雪芹补文，是闲闲插入，令人不觉其突兀死僵，也是"得空便入"之一个妙招儿。至于"横云断岭"，则又是正说到"热闹中间"，读者亟待下文时，却横空"插入"一个人、一句话、一声响……突然将上文截住了，——然而又不同于"异峰突起"，人来了不一定压众，话来得不一定惊人，它起过"断岭"作用后，即"收拾"过去，大有"重作轻抹"的意味。上面所举的，小红与佳蕙对话，愈说愈转入深的一层。重重递进，将人引入沉思与感叹，不由自禁地便期待着她们的下一个"话题"了——正在此时，却被一个慌慌失失的小丫头子给打断了，那有深意厚味的对话再也续接不上了！这使我们感到十分怅然惘然！

这个，才是真的横云断岭法。大约雪芹不喜欢任何粗浅浮露，处处"适可而止"，留下有馀不尽之音韵，也为更后的文章设下千里的伏脉。

脂砚也说过，雪芹绝不令文字变成"放闸之水""燃信之炮"，只这"一下子"，然后就什么都没有了。——那不叫艺术，更不是中华文化境界中所会出现的"无境界"的浮光闪影。

雪芹所说的"粗陋不雅"，再求"蕴藉含蓄"者，意味最深。中国讲究神与韵，神即生命之不朽永存，韵即文化素养之有味：所以方能不灭而无尽。只讲"生命力"，那么毒蛇猛兽比人胜强十倍，但那只能是"野"，而不会是"文"。是以孔子很早就说过："文胜质则史，质胜文则野。"那个野字是耐人寻味得很。雪芹的笔下，并无纤毫的粗、野、鄙、陋的气息，其何以至此，因素甚多，但他不肯犯那"燃信""放闸"的浅薄病，懂得到什么"火候"应当勒笔，方有"断岭"之云，横空而出。这又与"卖关子""弄悬念"的俗套是两回事情，请君细辨。

"补遗"与"断岭"，看上去似乎东土西天、胡越秦楚之不相及，其实目的则是一个，即：用最精简经济的笔墨表达最繁复的内涵，所谓殊途而同归者庶乎近之。我选引的书文只这一段，脂砚说他"偏有许多闲文"，是从一般读者眼光理解度来讲话的，"闲文"不闲，作用实多而且至关重要，不但令人眼界中忽然扩展出很多未知的情景事故，而且许多惊人之语是从小红口中说出的，具有巨大的伏脉意义。在凤姐"曲子"里早已点出的"家亡人散各奔腾"，单单从小红口中再一皴染，其故何也？"怡红"而不能"容红"之处所，小红后来被知赏者（人才的伯乐）凤姐要了去，她们主仆是家亡人散时的重要角色，小红（与贾芸）甚至可谓之为收拾残局之人。一般人只知书中有个林黛玉，以为她最重要，而不悟"林家二玉"，一黛一红（小红本名林红玉），红比黛重要得多。小红的重要，连早年的脂砚都不懂得，批为"奸邪婢"，后来方知她是对宝玉有大得力处之人——因此我说，只这一段"闲文"，却"说"出了无限的内涵与远景，正是以最少的最经济的笔墨来表达了最繁富的要义。

有些人，尤其是西方的"评红"者，却公然宣称雪芹的叙事"啰嗦"（古作络索）特甚，令人"厌烦"云云。我看了那种议论，真不知啼之与笑，两者是何滋味。当我提到这一点时，我并无讥嘲叹慨之意，因为这实不足怪——"责怪"西方读者之先，要想到我们与他们之间的文化背景之差异是多么巨大！两方各有其"道统"与"文统"，习俗观念太不同了，他们又非"中国通""汉学家"，怎能指望他们看得明白（接受得了）《红楼梦》这样的奇书？所以问题绝不是谁讥嘲谁，而是双方怎么办、做些什么工作，努力把彼此的文化理解沟通交流不断提高加深起来，以期这部伟著所代表的中华文化精神获得世界人类的共同宝爱珍重①。

---

① 本人试撰的《曹雪芹新传》一书（1992年外文出版社印行了中文本），就是朝这个方向迈出的一小步。

第十一章　怡红院的境界

以上各章，涉及的略属写人的一小部分之外，都是叙事艺术的范围。至此，似乎要转入写景方面来了，还真不是。我在本章讲的仍然是个象征的美学课题。

一部《红楼》，一个大圈里套着小圈：最外层是京城——书中族姓人员，大抵是从南方"上京""大都"的，这是哪儿？总不明点。这京城圈内，套着一个"区"，区内有条"宁荣街"，街内有座荣国府（毗连着宁国府）。此府的圈内，套着一个大花园，题名"大观"。大观园内，又套着一处轩馆，通称"怡红院"。这个院，方是雪芹设置的全部"机体"的核心。

怡红院的位置，距园门不太远。进园以后，先得越一大土山戴石、长满花木的"翠嶂"。一过翠嶂，便见架水高建一座桥亭——前章讲过：特名"沁芳"。此亭跨溪，左右可通，一边通潇湘馆，一边通的即是怡红院，两处隔水相望，在全园中也相距最近，彼此过桥就到。潇湘馆的命名，在中国文化上是水与竹的典故联系，那儿有翠竹丛篁（实际上另有谐音寓意："消香"之地，谓"香消玉殒"也）。那么，"怡红"又算怎么一回事？"名不见经传"呀！

原来，在园子建成，工程告竣后，贾政"验收"时，已经

写明（后又加上刘姥姥闯院时的一层勾勒）。最后来到的，有一
处院落——

　　绕着碧桃花，穿过一层竹篱花障编就的月洞门，
俄见粉墙环护，绿柳周垂。

这是何处？就是怡红院（此时尚无此名也）的外景。

　　一入门，两边都是游廊相接。院中点衬几块山
石，一边种着数本芭蕉。那一边乃是一棵西府海棠：
其势若伞——丝垂翠缕，葩吐丹砂。

然后有一段对此海棠的赞美与题咏，真是全回书文中的一
大特笔！
　　就在众人称赏评题中，雪芹特让宝玉点破：此处乃是“蕉
棠两植”，品题不能顾一而忘二。
　　这也就是他在这“试才”之时为此院题了一个四字匾额，
命之曰“红香绿玉”的缘由。
　　等到上元佳节那一夜，元妃真来了，又当众亲试，命宝玉
作“四大处”的五言律诗，他仍然“坚守”兼顾“两植”的宗旨，
诗中颈腹两联道是：

　　绿玉春犹倦①，红妆夜未眠。

---

① 倦，与下句“眠”字紧对。通行本作“卷”，从唐钱珝咏芭蕉“芳心犹卷”
而来。但宝玉原稿为“绿玉”，玉岂有先用“卷”字（因非“绿蜡”之典也）
为形容之理？故宝钗只议改一“蜡”字，未及他字。可知作“倦”为原文，
“卷”乃后人所改耳。今从俄圣彼得堡藏本作“倦”。

凭阑垂绛袖，倚石护青烟。

而首尾两联明标"两两"与"对立"。扣题扣得极其精严美妙。

可是不知何故，元春不喜欢宝玉原拟的"红香绿玉"，给改了"怡红快绿"。

由于这一改，宝钗建议宝玉，悄将"绿玉"句也改成了"绿蜡春犹卷"了。

这就可见，"蕉棠两植"又是全部大书的"核心之核心"，其重要无与伦比！

那么，蕉棠一绿一红，又是何义呢？十分显明，绿蕉喻黛玉，红棠喻湘云：此二人方是书中重要女角，而这院中竟无宝钗的地位。

这就又是全书中一大象征手法。此与前章所揭"沁芳"同属大象征。但蕉棠是结构上的大象征，而沁芳是主题上的总象征，两者有分有合，合而成为《红楼梦》的独特艺术的真精髓。

但是，这就又出来了一个难解的问题：既然已经清清楚楚是"两两出婵娟"，"对立东风里"了，那为何此院后来一直只叫"怡红院"而不见了"绿"字？众人品题时，一客题以"崇光泛彩"，宝玉以为极好，又可惜只题了海棠，忘了芭蕉，是为不可——才别拟的"红香绿玉"，那如何后来他对"怡红院"一称总未见"抗议"，反而在诗社的"作品"下署上了"怡红公子"了呢？第六十三回，群芳夜宴，共寿怡红，怎么不说"寿快绿"呢？

这是个不容回避或曲解的大问号。

其实解答也并非十分繁难，而关键在于一般人被流行的程、高本的"钗黛争婚"假相给引入歧路与迷宫了,所以根本不再想到需要时刻不忘那蕉棠的重大寓意。事实上,雪芹几乎是从第二十一回让湘云初次上场之后,方到第三十六回海棠开社,已是把笔的重心从黛钗逐步而鲜明地转向湘云身上来了。紧接着菊花诗,已是湘云做那一会的主人(做东请客)了。菊花诗十二首,首首是暗写后来的湘云。湘云也是重起"柳絮词社"的带头人。湘云还又是凹晶馆中秋夜联句与唯一同伴黛玉平分秋色之人。湘云更是芦雪广(音"掩",真本原字,非今之简化字。其义为广阔而简素的大房屋)争联即景诗的"争"得大胜的诗豪!不但如此,到烤鹿肉时①,就由从南方新来、未谙北俗的李婶娘口中,说出了惊人的一句:

> "怎么一个带玉的哥儿和那一个挂金麒麟的姐儿,那样干净清秀,又不少吃的,⋯⋯说的有来有去的。⋯⋯"

这在全书,乃是石破天惊之文——第一次正面点破了"金玉姻缘"的真义。一条脂批也说:

> 玉兄素所最厚者,唯颦、云二人②。

凡此种种,都显示着一大要点:在雪芹原著中,本来是黛、

---

① 此乃清代北京腊月的年节风俗之一,市上即可买到关外来的鹿肉,并非异事珍闻。

② "湘云"二字,本亦暗用湘妃娥皇、女英二人之典,故黛之居处与湘之名字各占一个"湘"字。此等皆是精细的中华文化艺术,务宜参会。

钗、湘"三部曲"，黛、钗皆早卒，惟有湘云尚在，而惨遭不幸。大约是沦为贱役了。历尽辛酸苦难，最后忽然得与宝玉重会，是一位"收拾残局（亦即全局）"的女主人公。

若明此义，便悟何以宝玉院中单单只有蕉棠两植的布局，何以经过了题匾、试诗、改名的曲折之后，剩下的"定名"只是"怡红"一义了。

盖"红"者实乃整部《红楼》的一个"焦聚"，宝玉有"红"则"怡"，平生有个"爱红"的奇癖，而雪芹失"红"时，则又特书"悼红"之轩——你还记得前章我举出的"沁芳"一名，实即"花落水流红"的变换吗？在"千红一哭"中，湘云独占红首，而不是钗、黛诸人。这在俗本中，因程、高已加篡改，全然不可复见了，因此很难为一般读者所能想象。

湘云是宝玉的幼时密侣，早在黛玉之先，书中也是用了"补遗"法我们才得明了的（如袭人有时透露的，老太太也有时提起）。所以二人感情最厚，雪芹写得也最为感人。比如一次湘云来了，没有聚会够，却又怕婶娘法严，不敢不回家，临行时眼含着泪，到二门口，特又转身向送她的宝玉叮嘱：你可想着，叫老太太打发人去接我！（每来了，先问二哥哥在哪里，以致黛玉嘲讽。）

说实在的，我读到这种地方，要比读"宝黛爱情"的场面要感动得多。

关于宝玉和湘云，在后文还会讲到，在此处不宜离开本题怡红院的境界，故只得暂且按下慢表。从本题讲，怡红院除了这个两植的象征外，还有一个绛芸轩，它可又是核心之核心，宝玉小时候自取的轩名，这时移到园中来了。此处新轩的设计，出人意表，精美绝伦，院外之男女，本族只一贾芸得入一开眼界；外姓人则只有刘姥姥与胡庸医。此一凡人难到的洞天福地，取名又叫"绛芸轩"。前文已经说过，此名早早隐伏下小红与贾芸的一段后文大事。巧得很，偏偏小红或林红玉也占了两个要害字眼：一个是红，一个是玉！你是否还能记起：当宝玉最初注意到小红这个丫头时，次日早起再去寻看踪影，初时不见，随后方看到隔着花坐在廊上的正是她——隔的什么花？妙极了，就是海棠！然则，绛芸者，一本又作"绛云"，这莫非又巧寓一层含义：绛者，绛洞花王（作"主"者非）——宝玉自号也；芸或云者，即谐湘云之名也。

你如认为我这是乱加揣测，故神其说，那么我就问你一句：雪芹写海棠诗社，湘云为暗中主题人物，那海棠哪儿来的？

谅你不能不答：是贾芸送来的呀。

妙啊！湘云在抽花名酒筹时，抽的也还是海棠，筹上刻的诗，也是东坡咏海棠的名句"只恐夜深花睡去"（黛玉才打趣她，说要改成"只恐石凉花睡去"，嘲湘云曾醉卧石凳上也），而这句诗的全篇是——

> 东风袅袅泛崇光，香雾霏霏月转廊。
> 只恐夜深花睡去，更烧高烛照红妆。

这就是缘何宝玉极赞一位清客相公初题怡红院匾，拟的是"崇光泛彩"之妙（坡诗又从《楚辞》"光风转蕙，泛崇兰些"脱化而来，故怡红身边有名蕙的丫头），并且也就是宝玉写出"红妆夜未眠"的真正出典。

草草言之，已有如许之多的艺术层次，将多种手法错综在一起，来拱卫着一个遥传湘云之神采的总目标。你看奇也不奇？美也不美？

宋人评论吴文英的词，有一则出了名的话头，说是"如七宝楼台，眩人眼目，拆碎下来，不成片段"。这一贬辞，惹起后世很多异议，为文英作不平之鸣，——当然也先迷惑了不少人。那个喻辞的不合理，在于艺品原是一个整体，谁让你把整体杰构硬是拆碎了再欣赏的？任何东西，一经拆碎，总成片段，何独责难于七宝楼台？——何况即使成了"片段"，到底还是七宝（而非瓦砾）！奈何以此来诟病吴文英这位奇才高手？

我们因为要讲《红楼》艺术，不得不"分"开"析"去，各列名目，这只不过是为了方便。雪芹之写怡红院，正是一座绚丽璀璨的七宝楼台，岂容拆碎乎①？

---

① 凡涉湘云，处处点"红"字红义。就连在行那"三宣牙牌令"时，只独她的牌副是九点全红（两张地牌，一张幺四，都是红点，故名"樱桃九熟"。牙牌点，只有幺与四是红色的，二、三、五、六，概为绿色）。其精心设计的艺术手法，精到无以复加。余如她送人的礼品也是"绛纹石"的戒指，没有离开红义。至于"白海棠"，则是隐寓她曾是嫁后孀居的容色，而仍是海棠，苦心密意，皆含在内。

第十二章 "诗化"的要义

读《红楼梦》，当然是"看小说"，但实际更是赏诗。没有诗的眼光与"心光"，是读不了的。所谓诗，不是指那显眼的形式，平平仄仄、五言七言等等，更不指结社、联句、论诗等场面。是指全书的主要表现手法是诗的，所现之情与境也是诗的。我这儿用"诗"是来代表中华文化艺术的一个总的脉络与精髓。勉强为之名，叫做"境界"。

境界何义？讲文学的人大抵是从王国维《人间词话》论词时提出的有无境界以分高下的说法而承用此一词语的。按"境界"本义，不过是地理区域范围，并无深意（见郑玄注《诗》，对待"叛戾之国"，首先要"正其境界"，不可超越侵略）。但后来渐渐借为智慧精神上的范围疆域了（如佛经已言"斯义宏深，非我境界"，便是领悟能力的范围了）。境是地境，地境即包括物境，是以有"物境""境物"之语。《世说新语》所记大画家"痴绝"的顾恺之的名言，"倒食甘蔗，渐入佳境"，已经更明白地引申为"知味"之义，即感受的体会的境地了。于是，境就兼有物境（外）与心境（内）两方的事情。涉及"内"境，就不再是客观地忠实地"再现"那外境了，而文学艺术并不存在真的"再现"——即貌似"写境"，亦实为"造境"（此二者王国维先生也同时提出了）。大约正因此故，《人间词话》先是用"境界"，而后部分改用"意境"一词了。

这正说明：即使"写境"，也无法避开作者的"意"——他创作出来的，并不是纯粹简单的"再现"，而是经过他的精神智慧的浸润提升了。

中国的诗，特别注意这个"境界"或"意境"。而《红楼》艺术的真魅力，正是由这儿产生的——并不像有人认为的只是"描写""刻画""塑造"的"圆熟""细致""逼真"的事。

因此，我说《红楼梦》处处是诗境美在感染打动人的灵魂，而不只是叙事手法巧妙得令人赞叹。

只有这一点，才突出了《红楼》与其他小说的主要不同之特色异彩。何以至此？正因雪芹不但是个大画家，而且是位大诗人。他的至友们作诗赞他时，总是诗为首位，画还在次。当然，中国画所表现的，也不是"再现"，还是一个"诗境"——故此方有"无声诗"的称号。东坡"诗中有画，画中有诗"，也早成名言，但我要为之进一解：不妨说成"诗即是画，画即是诗"。雪芹擅此二长，所以他的文字真的兼有诗画之美，只用"古文八大家"和"八股时文"的"文论"来赏论《红楼》，则难免买椟而还珠之失。

雪芹写景，并没有什么"刻画"之类可言，他总是化景为境，境以"诗"传——这"诗"还是与格式无涉。

我读《红楼》，常常只为他笔下的几个字、两三句话的"描写"而如身临其境，恍然置身于画中。仍以第十七回为例，那乃初次向读者展示这一新建之名园，可说是全书中最为"集中写景"的一回书了吧，可是你看他写"核心"地点怡红院的"总观"却只是：

粉墙环护，绿柳周垂。

八个字一副小"对句"，那境界就出来了。他写的这处院落，令局外陌生人如读宋词"门外秋千，墙头红粉，深院谁家？"，不觉神往。

你看他如何写春——

第五十八回，宝玉病起，至院外闲散，见湘云等正坐山石上看婆子们修治园产，说了一回，湘云劝他这里有风，石头又凉，坐坐就去吧。他便想去看黛玉，独自起身。

从沁芳桥一带堤上走来，只见柳垂金线，桃吐丹霞。山石之后一株大杏树，花已全落，叶稠阴翠，……

也只中间八个字对句，便了却了花时芳讯。再看次回宝姑娘——

一日清晓，宝钗春困已醒，搴帷下榻，微觉轻寒。启户视之，见苑中土润苔青——原来五更时落了几点微雨。

也只这么几个四字句，就立时令人置身于春浅余寒，细雨潜动，鼻观中似乎都能闻见北京特有的那种雨后的土香！也不禁令人想起老杜的"随风潜入夜，润物细无声"的名句，——但总还没有"土润苔青"那么有神有韵[1]。

---

[1] 老北京都深知北京的土很特别，雨后土发清香，而且它很易生苔，雨季更是到处苔绿。

再看他怎么写夏？

开卷那甄士隐，书斋独坐，午倦抛书，伏几睡去，忽遇奇梦（石头下凡之际），正欲究其详细，巨响惊醒，抬头一望，只见窗外：

> 烈日炎炎，芭蕉冉冉。

夏境宛然在目了。又书到后来，一日宝玉午间，"到一处，一处鸦雀无闻"，及至进得园来，

> 只见赤日当空，树阴合地，满耳蝉声，静无人语。

也只这几个四字对句，便使你"进入"了盛夏的长昼，人都午憩，只听得树上那嘶蝉拖着催眠的单音调子，像是另一个迷茫的世间。

有一次，宝玉无心认路，信步闲行，不觉来到一处院门，

> 只见凤尾森森，龙吟细细。

原来已至潇湘馆。据脂砚斋所引，原书后回黛玉逝后，宝玉重寻这个院门时，则所见是：

> 落叶萧萧，寒烟漠漠。

你看，四字的对句，是雪芹最喜用的句法语式，已然显示得至为昭晰。

这些都还不足为奇。因为人人都是经历过，可以体会到的。最奇的你可曾于深宵静夜进入过一所尼庵？那况味何似？只见雪芹在叙写黛、湘二人在中秋月夜联吟不睡被妙玉偷听，将她们邀入庵中小憩。当三人回到庵中时，——

> 只见龛焰犹青，炉香未烬。

又是八个字、一副小对句，宛然传出了那种常人不能"体验"的特殊生活境界。我每读到此，就像真随她们三位诗人进了那座禅房一般，那荧荧的佛灯，那袅袅的香篆，简直就是我亲身的感受！

当迎春无可奈何地嫁与了大同府的那位"中山狼"之后，宝玉一个，走到蓼风轩一带去凭吊她的故居，只见——

> 轩窗寂寞，屏帏倚然。……那岸上的蓼花苇叶，池内的翠荇香菱，也都觉摇摇落落，似有追忆故人之态，……

第七十一回鸳鸯为到园里传贾母之话，于晚上独自一个进入园来，此时此刻，景况何似？静无人迹，只有八个字——

> 角门虚掩，微月半天。

这就又活画出了一个大园子的晚夕之境界了。

请君着眼：如何"写景"？什么是"刻画"？绝对没有所谓"照搬"式的"再现"，只凭这么样——好像全不用力，信手拈来，短短两句，而满盘的境界从他的笔下便"流"了出来。

必有人问：这是因何而具此神力？答曰：不是别的，这就是汉字文学、中国诗的笔致与效果。

我以上举的，可算是一种"类型"。但《红楼》艺术的诗笔诗境，却不限于一个式样。方才举的，乃一大特色，很可能为人误解《红楼》诗境就是摘句式的词句，而不知还有"整幅式"的手法，更需一讲。今亦只举二三为例。

比较易领会的是"秋窗风雨夕"那回书文。

读者听了，也许立即想到我要讲的离不开那黛玉秋宵独坐，"雨滴竹梢"的情景吧，此外还有什么"境界"？猜错了，我要讲的是这回书的"宏观"境界，不指那雨声竹影的细节——虽然那细节理所当然地也属于此处书文诗境的一个小小的组成部分。

这回书写的是宝钗来访黛玉，因谈病药之事，勾起了黛玉的满怀心绪，二人谈说衷曲，黛玉深感宝钗的体贴、关切、慰藉（此时二人早已不是初期互有猜妒之心的那种"关系"了，书中所写，脉络很清，今不多作枝蔓）。宝钗不能久坐，告辞而去，答应一会儿给送燕窝来。黛玉依依不舍，要她晚上再来坐坐，再有话说。宝钗去后，黛玉一人，方觉倍加孤寂，十分难遣万种情怀。偏那天就阴下来了，继以秋雨——竹梢的雨滴，只有在"助写"此情时，方具有异样警人的魅力，而不是"摘句"之意义。正在百端交集之时，忽闻丫鬟报说：宝二爷来了！黛玉惊喜望外，正在秋霖阻路之时，他万无夜晚冒雨而来之理——但他竟然披蓑罩笠地到了！这比盼望宝钗再来（料无雨中再来之望了）别是一番况味。二人见面一段情景，我不必复述，如画如诗，"短幅"而情趣无限。宝玉也只能小坐，然后呢？——然后穿蓑戴笠，碧伞红灯，丫鬟陪随，出门向那沁芳亭桥而去。而恰在此际，另一边溪桥之路上，也有灯伞之迹远远而来了：那是何人？正是宝钗不忘诺言，打发人来将燕窝送至。

你看，这个"宏观"情节，这张"整幅"画面，是何等地充满了诗意！——这样说仍然落俗了，应该说：这不是什么"充满诗意"，而是它本身一切就是诗，诗的质素灵魂，而不再是"叙事"的"散文"！（可惜，画家们总是画那"葬花""读西厢""扑蝶"等等，而竟无人来画一画这回书的诗境。）

再看宝玉私祭金钏这一回书。这儿也有"诗"吗？不差，有的。此例前章略略引过，却并非从这个角度着眼。如今让我们"换眼"重观，则在那过寿日的一片热闹声中却传出这么一段谁也意想不到的清凉之音。那日凤姐的生辰，宝玉与她，叔嫂相知，从秦可卿的始末缘由，便可尽明（从首次到东府游宴午憩那回，即宝、凤同往；以后探病、赴唁、送殡、郊宿，总还是二人一起。此为书中正脉）。况是老太太高兴主持，人人迎奉，宝玉应该比他人更为尽情尽礼才是；但他却于头一日将茗烟吩咐齐备，当日清晨，满身素服，一言不发，上马从北门（即北京德胜门）奔向城外。在荒僻冷落的郊外，小主仆二人迤逦觅到水仙庵。入庵之后，并不参拜，只瞻仰那座洛神的塑像，见那惊鸿素影，莲脸碧波，仙姿触目，不觉泪下。然后特选"井"边，施礼一祭，心有所祝，口不便言——茗烟小童知趣，跪下向那被祭的亡灵揣度心曲，陈词致悃：你若有灵，时常来望看二爷，未尝不可！……

你说这是"叙事"散文？我看这"事"这"叙"，实在是诗的质素、诗的境界。

到底文与诗怎么区分？在别人别处、某家某书来说，那不是什么难题；但在雪芹的《红楼梦》，可就令人细费神思——想要研究、查阅"文论""诗论"的"工具书"了。

先师顾羡季先生，是著名的苦水词人，名随，清河人，诗、词、曲（剧）、文论、书法诸多方面的大师，昔年讲鲁迅小说艺术时，指出一个要义：对人物的"诗化"比对大自然的描写重要得多，后者甚且不利于前者。他在《小说家之鲁迅》中说：

> 我说小说是人生的表现，而对于大自然的诗的描写与表现又妨害着小说的故事的发展、人物的动力。那么，在小说中，诗的描写与表现要得要不得呢？于此，我更有说：在小说中，诗的描写与表现是必要的，然而却不是对于大自然。是要将那人物与动力一齐诗化了，而加以诗的描写与表现，无须乎借了大自然的帮忙与陪衬的。上文曾举过《水浒》，但那两段，却并不能算作《水浒》艺术表现的最高境界。鲁智深三拳打死了镇关西之后"回到下处，急急卷了些衣服盘缠细软银两，但是旧衣粗重都弃了，提了一条齐眉短棒，奔出南门，一道烟走了"。林冲在沧州听李小二说高太尉差陆虞候前来不利于他之后，买了"把解腕尖刀带在身上，前街后巷，一地里去寻。……次日天明起来，……带了刀又去沧州城里城外，小街夹巷，团团地寻了三日"。宋公明得知何涛来到郓城捉拿晁天王之后，先稳住了何涛，便去"槽上鞁了马，牵出后门外去，袖了鞭子，慌忙地跳上马。慢慢地离了县

治；出得东门，打上两鞭，那马拨喇喇的望东溪村踅将去；没半个时辰，早到晁盖庄上"。以上三段，以及诸如此类的文笔，才是《水浒传》作者绝活。也就是说：这才是小说中的诗的描写与表现；因为他将人物的动力完全诗化了，而一点也不借大自然的帮忙与陪衬。

就我所知，讲中国小说，由鲁迅讲到《水浒》，抉示出这一卓见的，似乎以先生为独具巨眼。我因此悟到，如《红楼梦》，何尝不是同一规范？雪芹对自然景物，绝不肯多费笔墨，而于人物，主要也是以"诗化"那人物的一切言词、行动、作为、感发等，作为首要的手段。在"素服焚香无限情"一回中，正复如是。你看——

天亮了，只见宝玉遍体纯素，从角门出来，一语不发，跨上马，一弯腰，顺着街就赶下去了。茗烟只得加鞭跟上，忙问：往那里去？宝玉道：这条路是往那里去的？茗烟道：这是出北门的大道——出去了，冷清清地，没有可玩的。宝玉道：好，正要个冷清地方。说着，加上两鞭，那马早已转了两个弯子，出了城门。

这真好极了！我数十年前就曾将此意写入初版《红楼梦新证》，顾先生见了，写信给我，说他见我引了他的文章（当时尚未刊行，我保存了他的手稿），在如此的一部好书中作为论助，感到特别高兴，与有荣焉！这充分表明，先生是赞成我这样引来《水浒》之例，互为参悟的做法与见解的不差[1]。

[附记]

　　王国维所用"境界"一词，似即取自佛经。如《华严经》即有《入不思议解脱境界普贤行愿品》，可证佛门所说的境界，是一种修持证入的精神造诣，而非具体事物的实境。佛门的境界，有极多的不同等级层次，是相对的程度地步的严格界分，也不是一个绝对的标准义。王氏借用到文艺创作与欣赏领域来，有其方便性，而不尽同于原义。但由此正可参悟：在文学境界上讲，实属高层修养与精神感受能力的范围，没有足够修养与感悟力的人，面对高超的文学境界，也是不能知见、不能感受的。这是文学鉴赏中必然发生不同"眼光"的一大问题（即如大家对程、高伪续的看法与评价，也正是一个例证）。

---

[1]　顾先生因拙著《新证》，引起极大兴致，自云数十年不读《红楼》，如今兴趣高涨，以至立刻设计了一部巨稿的纲目，专论《红楼》的一切方面，已写出一章（论人物），并言非由我引发，哪有这一部花团锦簇的文字？自己十分欣喜，是少有的得意之笔。事在 1954 年上半年。不久运动开始，先生只得搁笔，从此遂成绝响。

第十三章　热中写冷　细处观大

雪芹的诗化高手笔，给《红楼》带来了无限的"非诗的诗境"。除前章所引宝玉出郊私祭一节，不妨再看两个佳例。我想举的，恰好都是冬夜的事情。

一次是上元灯夕，元宵佳节。这个节日，是中华民族的最富诗意的、最美妙的创造：在每岁的第一个月圆之夜，展现出万盏花灯，使得天上地下，灯月交辉，万户千门，笙歌鼓乐，完全另是一种人间仙境——即是诗境！所以从古以来，咏"元夕"的诗词，数量之多，文采之美，情思之富，堪称文学奇迹，哪个国家的节日诗文怕也望尘莫及。但这个佳节，对《红楼梦》来说，却是又吉又凶，又乐又悲，更是翻天覆地的一个巨大关纽。你当记得，甄家祸变，英莲失踪，是元宵。元春归省，盛极必衰，是元宵。所谓"好防佳节元宵后，便是烟消火灭时"，不单咏甄，实亦吟贾。所以到第五十四回，恰恰是原著全书的一半，——也恰恰是第三次再对元宵放笔特写！

这已经跨入结构学的畛界了，须容后章再述。此刻还只能从诗境的角度来欣赏参悟。

在这回书，是全家的最后一次盛景乐事了，雪芹不能不多用正笔勾画，——要敲"鼓心"了。但也正在此时，他还是要在"鼓边"上发挥他的"侧笔"的特长绝技。本回开头,接写上回大家看戏,演的是《西楼会》(这书中凡各出戏目,俱有寓意,此种艺术手法,须另章稍及),因科诨博得满台的赏钱;然后合家子侄正式向贾母等长辈敬酒承欢。而戏台上接演的已是《八义记》的《观灯》,正在热闹场中——然而宝玉却离席往外,要去走走(因素习不喜喧哗热闹的戏文,在很早的宁国府中看戏时等处,一再表明此点)。贾母便叮嘱:小心花炮火纸落下来烧着——一笔又补出戏厅以外的元宵乐事,一大府宅中各处都在放烟花炮仗。宝玉出来,随侍的只有麝月、秋纹与几个小丫头。贾母不放心,便问袭人为何不来伏侍,王夫人连忙为之解释,说了许多理由,身带"热孝"(不吉利)不便前来,屋里要照管灯火……贾母这才点头——娓娓写来,先伏下袭人在屋独守的一层缘由。

正是在这"空"中,雪芹的笔即又得之便"入",一片行云流水,出现了一段:贾母因又叹道:"我想着他从小儿伏侍了我一场,又伏侍了云儿一场(是以湘云总与袭人情谊最厚),末后给了一个宝玉魔王(与王夫人开头向黛玉介绍宝玉时,说他是'家里的混世魔王'遥遥相应),亏他'魔'了他这几年!他又不是咱们家根生土长的奴才,没收过咱们什么大恩典。……"这不但是"得空便入"法,也是"补遗"与"三染"的妙趣。

然后这才"正面"叙写宝玉,"且说宝玉一径来至园中,众婆子见他回房,便不跟去,只坐在园门里茶房里烤火,和管茶的女人们偷空饮酒斗牌"。你看雪芹的笔,是不是像一架"无所不在"的摄像机?能把常人不能感知、不屑入纸的"边沿"人物、情景,一齐收入镜头中。

宝玉至院中，虽是灯光灿烂，却无人声。麝月道："他们都睡了不成？咱们悄悄的进去唬他们一跳。"于是大家蹑足潜踪的进了镜壁一看，只见袭人和一人对面都歪在地炕上，那一头有两三个老嬷嬷打盹。宝玉只当他两个睡着了，才要进去，忽听鸳鸯叹了一声，说道："可知天下事难定。论理你单身在这里，父母在外头，每年他们东去西来，没个定准，想来你是不能送终的了，偏生今年就死在这里，你倒出去送了终。"袭人道："正是，我也想不到能够看父母回首。太太又赏了四十两银子，这倒也算养我一场，我也不敢妄想了。"宝玉听了，忙转身悄向麝月等道："谁知他也来了。我这一进去，他又赌气走了，不如咱们回去罢，让他两个清清静静的说一回。袭人正一个闷着，他幸而来的好。"说着，仍悄悄的出来。

且看这短短的一节文字，开头"灯光灿烂，却无人声"八个字两句，又是前章所引的许多句例的同一意度，用最少的字写出了元宵节下大园雅院的一片景象的神髓。麝月要吓他们一跳的话，恰恰是对下文的反跌：宝玉隔壁一听是袭人、鸳鸯的对话（也那么淡淡数语，似有若无，绝不"用力"啰唣），他连屋也不进（莫说"吓他们一跳"了），转身退出。

这儿，便又随文循脉，托出了宝玉永远是以一片真情去体贴别人，而不管自己——他白回来了一趟，在自己的房中，竟无"容己"之念！天下几人有此一段痴心挚意、不懂自利自私为"何物"？我们读《红楼》的凡人，岂不该向此等微处细领其弘旨？

庸手俗肠，写到此处，便没的"文章"再能继美而增妍了，谁知雪芹的真本领，却刚刚在此"开头"，他写宝玉转身退回，并不"结束"，跟着即又转出新一层丘壑：

　　宝玉便走过山石之后去站着撩衣，麝月、秋纹皆站住背过脸去，口内笑说："蹲下再解小衣，仔细风吹了肚子。"后面两个小丫头子知是小解，忙先出去茶房预备去了。这里宝玉刚转过来，只见两个媳妇子迎面来了。问是谁，秋纹道："宝玉在这里，你大呼小叫，仔细唬着罢。"那媳妇们忙笑道："我们不知道，大节下来惹祸了。姑娘们可连日辛苦了。"说着，已到了跟前。麝月等问："手里拿的是什么？"媳妇们道："是老太太赏金、花二位姑娘吃的。"秋纹笑道："外头唱的是《八义》，没唱《混元盒》，那里又跑出'金花娘娘'来了。"宝玉笑命："揭起来我瞧瞧。"秋纹、麝月忙上去将两个盒子揭开，两个媳妇忙蹲下身子，宝玉看了两盒内都是席上所有的上等果品菜馔，点了一点头，迈步就走。麝月二人忙胡乱掷了盒盖，跟上来。宝玉笑道："这两个女人倒和气，会说话，他们天天乏了，倒说你们连日辛苦，倒不是那矜功自伐的。"麝月道："这好的也很好，那不知礼的也太不知礼。"宝玉笑道："你们是明白人，耽待他们是粗笨可怜的人就完了。"一面说，一面来至园门。那几个婆子虽吃酒斗牌，却不住出来打探，见宝玉来了，也都跟上了。来至花厅后廊上，只见那两个小丫头一个捧着小沐盆，一个搭着手巾，又拿着沤子壶在那里久等。秋纹先忙伸手向盆内试了一试，说道："你越大越粗心了，那里弄的这冷水。"小丫头笑道："姑娘瞧瞧这个天，我怕水冷，巴巴的倒的是滚水，这还冷了。"正说着，可巧见一个老婆子提着一壶滚水走来。小丫头便说："好奶奶，过来给我倒上些。"那婆子道："哥哥儿，这是老太太泡茶的，劝你走了舀去吧，那里就走大了脚。"秋纹道："凭你是谁的，你不给？我管把老太太茶吊子倒了洗手。"那婆子回头见是秋纹，忙提起壶来就倒。秋纹道："够了。你这么大年纪也没个见识，谁不知是老太太的水！要不着的人就敢要了。"婆子笑道："我眼花了，没认出这姑娘来。"宝玉洗了手，那小丫头子拿小壶倒了些沤子在他手内，宝玉沤了。秋纹、麝月也趁热水洗了一回，也沤了，跟进宝玉来。

他写宝玉山石后小解，众丫鬟背脸回避，因而又写到茶房备水，为了净手，写小丫头心细，写大丫鬟责怪水冷，小丫头解说，而适有老妈妈提开水来，写如何索水，如何不给，如何"压服"——正见宝玉的娇贵的地位，这便已是几层曲折。还不止此，又夹上媳妇子送食盒与"金、花"二位姑娘，以与贾母的话互为呼应，又有用戏名来打趣的妙笔。还有如何热水洗手，如何用沤子搽手护肤（沤［ōu］子，旧日油类软膏，那时还没有现在的各种"雪花膏"类化妆品）。娓娓而谈，情景如画——如画，亦如诗。假使不懂得这是一种"诗化"的生活写照，那么定会有人批评了：写这些细琐之极的闲文，有何"意义"？曹雪芹怎么这样"不懂文学创作的规律"？

在写一个如此潭潭大第中上元佳节的巨丽场面，一味死笔正写"热闹"，便脱不出庸手俗套的范围。如今偏偏热中出冷，先写两个离群索居的鸳、袭谈心，已是奇笔，落后一直写的是奴婢层中各色人等，小丫头、中年媳妇子、老年妈妈们，——还有茶房里的女人们，她们如何"过元宵"，寻自己的乐趣。写主子的欢乐，很少人还"惦记"着这一群为了"上边"欢乐而服务劳役的人们。然而一切出之以诗，诗的手法，诗的境界，已经再不是什么"小说"的传统气味了。打个不太相近的比方：向来都赞赏宋人姜夔的"自制新词韵最娇，小红低唱我吹箫。曲终过尽松陵路，回首烟波十四桥"，以为风致高绝。我曾写文论之，末尾提到：这是白石词人的除夕诗呀，无一丝俗事俗笔——但那儿还有一个摇船的，为他和小红不停地劳动，而不得在家里吃"年饭"，谁又写首诗咏咏他呢？以此相推类比，难道不也看出雪芹的心中目中，境界何等广阔博大。我在本书开头说他手里似有一架高性能的摄像机，这话其实未得本源，因为不管机器如何中使，关键仍然在于那个会使的人的胸怀意度、巧手灵心。

　　他的诗心诗眼，正是在日常生活中别人不知也不屑去留心措意的场合里发现和捕捉诗的境界。

　　繁华热闹的局内人，不会知道诗境是个什么意思或况味，只在局外，冷眼旁观的，又太"客观"，他没有"进入"过，很难说他真正地体味了如何才叫热闹繁华。人去过了，又出来了，回首一顾一思，这才领会了诗境在于何时何地。宋词高手辛弃疾，享名的《青玉案》，写的是什么？是历尽了上元灯夜的繁华、热闹，而在寻找一个什么无以名之的况味——"众里寻他千百度，蓦然回首，那人却在，灯火阑珊处。"这名篇感染了古今万千读者，而心中说不清那个"发现""捕捉"的悲喜难名的复杂情味到底是个什么"东西"。只参死句的人，也会"死"于那被"寻"之人的脚下（是男？是女？谁在寻谁？）。灵智高一层的，又说这只是一种"寄托""寓怀"——即仍然是《楚辞》的那种美人香草的比喻"修辞格"。理解不一。但我此处引来，却是为了助我说明：雪芹的写上元灯夜，他在寻觅什么或何人？宝玉的意中人，尔时都在席上，即繁华热闹的"核心"里，他反而出来了。为什么？有人说，他一心惦着袭人。这也许是不错的，但他既然探视已毕了，抽身回来了，为什么还要为那些事、人、景……再费笔墨呢？

这时，席外的一片佳节夜境，一片各色人等的来往活动，席内人是不知的，也是从未想及（欲知）的。只有宝玉这个真正的（质素的而不是形式的）诗人，他在繁华热闹中出来，感受了那种常人所不能感受的况味——灯火阑珊处，方是真的诗境。

这自然还不必扯上什么"诗者穷而后工"的话头。

现代人们常说的，作家必须要"体验生活"，"生活才是创作的源泉"，这都是真理，但人们却往往又忘了再问一句："生活"怎么才叫"体验"了？你从哪个立足点、哪个水准线、哪个心灵层次与精神高度去"体验"？体验完了你捕捉发现的是些什么？你都能写得出吗？

曹雪芹这位伟大的特异天才作手，他的艺术具有与众不同的魅力，这是没有争议的事实；但仔细想来，要充分理解他的艺术的来源，则殊不容易。我们至今还只能理解领会其某一部分，这又因为什么？这就是因为我们若欲达到一个相当的理会的境界，先得把我们自己不断地提高起来。

这儿，确实有个"接受美学"的课题了。天津乾嘉时名诗人梅树君（成栋），张问陶弟子也，他给"铁峰夫人"（孀居才妇）的《红楼觉梦》作序时说："近岁曹雪芹先生所撰《红楼梦》一书①，几于不胫而走；属在闺门孺稚，览之者罔不心羡神往，以为新奇可喜：大都爱其铺陈缛丽，艳其绮思柔情，愁香怨粉之场，往往堕入于迷窟，而于当日著书之意反掩。……"这也正如南朝文论大师刘勰论楚骚时所说的："故才高者菀其鸿裁，中巧者猎其艳辞，吟讽者衔其山川，童蒙者拾其香草。"道出了读者的才识的高下，是决定鉴赏名作的先决条件。

恰好，刘大师评楚骚时又有四句话——

故其叙情怨，则郁伊而易感；述离居，则怆怏而难怀；论山川，则循声而得貌；言节候，则披文而见时。

此所谓"山川"，实只"景色"的代词。我们如将这后两句借来以赏论雪芹写灯夕的诗情画意，大约是不为不切当的吧。

---

① 梅氏是张问陶（船山）的弟子，张氏则是高鹗的妻兄，而梅序中正言《红楼》为雪芹所撰，不及高鹗名字。此盖不愿以伪续后四十回而掩雪芹之光焰也。张诗中曾明言《红楼》为高鹗所补，"补"即指伪续。

第十四章　冬闺夜景

上一章讲到"体验生活"一义。其实，这不单是作者的事，也是读者的事。如读者没有一点儿生活体验，他也就谈不上真能读懂别人的作品，更谈不到欣赏其中的艺术审美。但是，有一桩奇事，就是我个人的感受经验也好像与"常理逻辑"有些不同。比如《红楼梦》写的许多场面，我虽然绝未经历过那种高级的程度，也还可以用"以小拟大"来推理想象，也就是说，毕竟领略过某种相似的情景局面。但是，奇怪的是，有些情节场合，我是绝对没有过（不发生任何"有过"的条件）的，可当我读时，却全然像我是在"经历"那一番情景况味一样，自己"进入"了书中！我哪儿来的这种生活体验？我怎么会与他同感的？奇矣！妙矣！

我今次单举第五十一回。

那是年尾隆冬的时节。袭人之母忽报病危。因袭人并非荣府的"家生奴"，自有家属另居，便不得不告假回家视母。凤姐将她安排打扮，叮嘱周详，打发去后（此情俟另叙），便又特召怡红院管事的（今日"负责的"）老嬷嬷，指示派出暂代袭人的大丫鬟二人，并坐夜值班，督诚宝玉早眠早起等事。老嬷嬷领命去后，回报是派了晴雯、麝月二人在内室打点宝玉的事情——于是，一篇新奇绝妙的好文章由此展开了，供与我们审美享受。

先看麝月如何与晴雯"挑战"：

> ……晴雯、麝月皆卸罢残妆，脱换过裙袄。晴雯只在熏笼上围坐。麝月笑道："你今儿别装小姐了，我劝你也动一动儿。"晴雯道："等你们都去尽了，我再动不迟。有你们一日，我且受用一日。"麝月笑道："好姐姐，我铺床，你把那穿衣镜的套子放下来，上头的划子划上，你的身量比我高些。"说着，便去与宝玉铺床。晴雯喀了一声，笑道："人家才坐暖和了，你就来闹。"

"人家"者，本义指别人也，可是在日常说话中却时有变例：用为自称的代词（大抵嬉戏顽笑或抱怨对方时用以自拟，十分有趣的口吻）。

宝玉听见了，原先暗虑袭人忽遭变故，此刻便自己下来把镜套收拾妥当，不让晴雯再动，而晴雯又想起汤婆子（冬夜被褥间暖足之具，中贮热水）还未拿来……

> 晴雯自在熏笼上，麝月便在暖阁外边。至三更以后，宝玉睡梦之中，便叫袭人。叫了两声，无人答应，自己醒了，方想起袭人不在家，自己也好笑起来。晴雯已醒，因笑唤麝月道："连我都醒了，他守在旁边还不知道，真是个挺死尸的。"麝月翻身打个哈气笑道："他叫袭人，与我什么相干！"因问作什么。

宝玉要吃茶，麝月忙起来，单穿红绸小棉袄儿。宝玉道："披上我的袄儿再去。仔细冷着。"麝月听说，回手便把宝玉披着起夜的一件貂颏满襟暖袄披上，下去向盆内洗手，先倒了一钟温水，拿了大漱盂，宝玉漱了一口；然后才向茶格上取了茶碗，先用温水温了一下，向暖壶①中倒了半碗茶，递与宝玉吃了。自己也漱了一漱，吃了半碗。晴雯笑道："好妹子，也赏我一口儿。"麝月笑道："越发上脸儿了！"晴雯道："好妹妹，明儿晚上你别动，我伏侍你一夜，如何？"麝月听说，只得也伏侍他漱了口，倒了半碗茶与他吃过。麝月笑道："你们两个别睡，说着话儿，我出去走走回来。"晴雯笑道："外头有个鬼等着你呢。"宝玉道："外头自然有大月亮的，我们说话，你只管去。"一面说，一面便嗽了两声。

这又是她们二人的一个"回合"。你只看雪芹笔下，那些琐琐碎碎，小儿女的话语与举止，便活现出一片大家绣户冬闺中的无人得见的夜景——这就是我再三点醒的诗的境界。

说来十二分奇怪：我每读至此，便当下感到自己不再是"书外"读者，而已身入其所写境中，与书中人同感同受，也"活"在了一片冬闺之夜，如彼其寒冷而又温馨。我生于僻里寒门，莫说丫鬟不曾共处，就连姊妹也不曾有过——那么，我往哪儿去"体验"那种"生活"？又怎样竟能与之"发生共鸣（同感）"的呢？

---

① 暖壶，非今日水银玻璃之保温"暖瓶"，乃旧时用棉套罩严的茶壶。

这个问题，因我不是文艺理论家，无力解答，我只能指出雪芹这种的艺术魅力，有奇异的效应，迥非其他小说所曾有过——而我所有的略为近似的经验感受，只有读诗（包括词曲）时，才不时遇到。

且说麝月出去后，晴雯便要跟去唬她顽，下了地，只披一个小袄，便蹑手蹑脚、轻步无声地向外走。宝玉忙劝，说提防冻着，非同小可；晴雯只摆手——

随后出了房门，只见月光如水。

只这四个字，又是一片诗境，如在目前。

忽然一阵微风，只觉侵肌透骨，不禁毛骨森然。心下自思道："怪道人说热身子不可被风吹，这一冷果然厉害。"一面正要唬麝月，只听宝玉高声在内道："晴雯出去了！"晴雯忙回身进来，笑道："那里就唬死了他？偏你惯会这蝎蝎螫螫老婆汉像的！"宝玉笑道："倒不为唬坏了他，头一则你冻着也不好；二则他不防，不免一喊，倘或唬醒了别人，不说咱们是顽意，倒反说袭人才去了一夜，你们就见神见鬼的。你来把我的这边被掖一掖。"晴雯听说，便上来掖一掖，伸手进去渥一渥时，宝玉笑道："好冷手！我说看冻着。"一面又见晴雯两腮如胭脂一般，用手摸了一摸，也觉冰冷。宝玉道："快进被来渥渥罢。"

这儿，目的在于写出果然一冻病生，为下文"补裘"预为铺垫；但宝玉之所虑一段话，尤为重要——宝玉并不是一个无知"胡闹"的人，他心里事事洞彻，又专门体贴别人。不但如此，这也为后半部书园中因琐故讹生祸变设下了千里伏脉，与前文写茶房女人婆子们吃酒斗牌以致后来酿成大祸是同一伏脉法。

　　一语未了，只听咯噔的一声门响，麝月慌慌张张的笑了进来，说道："吓了我一跳好的。黑影子里，山子石后头，只见一个人蹲着。我才要叫喊，原来是那个大锦鸡，见了人一飞，飞到亮处来，我才看真了。若冒冒失失一嚷，倒闹起人来。"一面说，一面洗手，又笑道："晴雯出去我怎么不见？一定是要唬我去了。"宝玉笑道："这不是他，在这里渥呢！我若不叫的快，可是倒唬一跳。"晴雯笑道："也不用我唬去，这小蹄子已经自怪自惊的了。"一面说，一面仍回自己被中去了。麝月道："你就这么'跑解马'似的打扮得伶伶俐俐的出去了不成？"宝玉笑道："可不就这么去了。"麝月道："你死不拣好日子！你出去站一站，把皮不冻破了你的。"说着，又将火盆上的铜罩揭起，拿灰锹重将熟炭埋了一埋，拈了两块素香放上，仍旧罩了，至屏后重剔了灯，方才睡下。

　　我不禁又要多话：前文已有一个"移灯炷香"（今时人有电灯的，已不懂这个"移灯"了，顾随先生讲鲁迅小说的"诗化"之笔，正亦举过一个移灯之例），这儿又有了一段对火盆的特写（以小铜铲把燃着的炭用盆内的极细的炭灰埋上，是为了过夜不熄——如同"闷炉火"是一个道理）。这节特笔，直将冬闺深夜的"氛围"烘染得追魂摄魄。

但还未真的"睡"了——

晴雯因方才一冷，如今又一暖，不觉打了两个喷嚏。宝玉叹道："如何？到底伤了风了。"麝月笑道："他早起就嚷不受用，一日也没吃饭。他这会还不保养些。还要捉弄人。明儿病了，叫他自作自受。"宝玉问："头上可热？"晴雯嗽了两声，说道："不相干，那里这么娇嫩起来了。"说着，只听外间房中十锦格上的自鸣钟当当两声，外间值宿的老嬷嬷嗽了两声，因说道："姑娘们睡罢，明儿再说罢。"宝玉方悄悄地笑道："咱们别说话了。又惹他们说话。"说着，方大家睡了。

请你从开头晴、麝二人卸妆起，迤逦至此，整个儿回顾一下，品味一番，这毕竟是一般小说概念中的哪一类"情节""故事"？是文还是画？都难"归类"。只有一个最恰当的称呼：以诗心察物，以诗笔画人，以诗境传神，以诗情写照。一句话：他能把一切要叙写的对象都加以"诗化"。这才是雪芹的第一等难以企及的艺术奇能、文章绝擅。

还请你不要以为我只欣赏那两个丫鬟的神情意态、口齿心灵；我同样欣赏那外间屋的值夜的老嬷嬷的声音。因为这也是组成那个诗境的一部分。雪芹的笔，到此收煞一段夜境，不仅仅是为了与开头凤姐的吩咐相为呼应。他从老嬷嬷那里又传出了另一个角度的"摄像"。他总不是只会站在一个死点上用一个死视角、死焦聚的低级的摄影者。

在这所举之例中，更易参悟顾随先生的"诗化"的小说理论。也充分证明了他所说的行动的诗化，并不凭借于对大自然（客观环境景色）的过细描写。行动的诗化，并不限于英雄侠士；你已看见两位丫鬟的行动是如何地让雪芹大诗人的妙笔给以诗化的成就了，他正是对自然环境等"外物"惜墨如金，一字不肯多费——晴雯从后房门到得院中，只有"只见月光如水"一句，实仅用了四个字便足够了，而对行动的诗化，则曲折周至，一笔不曾疏略。此中消息，首先参透悟彻的，端推顾先生一人。

我也曾与若干位文艺界工作者如影视导演等人士有过一些交往，我方发现他们大多数把我所说的"诗境"理解得非常表面和狭隘：一提这个意思，他们"反应"出来的总会是"一片湖波，柳丝拂水……"，"一座花园，花木楼台，山石掩映……"之类。除去这个，他们不知道还有更广大更复杂、更丰富的非自然景色的诗境，对我所要求的人物行动的诗境，简直是全然钝觉。这使我深感失望，也加倍思索，在我们中华传统戏剧舞台上，昔时的艺术大师们创造的那些奇迹——我常举最易领略的二三实例。如果只知道杜丽娘与春香二人《游园》那叫诗境，就必然不能懂得《山门》的鲁智深、《夜奔》的林教头、《起解》的玉堂春（苏三），那才是真正的诗境。

为什么说这是诗境？因为这早已超越了西方戏剧理论观念的"逼真"与"再现"的艺术层次。一个粗鲁胖僧，不守戒律，抢酒喝醉，拆亭毁寺……这怎么"逼真""再现"？再现了能让观众在台下"击节"审美大大享受吗？落难逃命，慌不择路，残月昏宵，人亡家破，急奔梁山……；冤沉大狱，诬为杀夫，受尽屈辱，发解太原，自忖自祷，柔肠百结——这不幸之妓女，是个蓬首垢面的死囚！要把这些"逼真""再现"，怎么可能？有何"看头"？可是，请你看看咱们中华文化的舞台艺术吧！这是怎么一回事？是个什么奥秘？

不是别的，就是我们的民族智府灵源中的善于"诗化"的宝贵质素和本领才华。《红楼梦》则是在小说形态领域中的一个特立独出的范例。

在《红楼》之前、之后，都找不见这么好的榜样，尤其是之后，尽管伪续、仿续、效颦的小说车载斗量，似乎再也没有出现一部能运用诗境的小说。勉强搜寻，我觉得只有刘鹗作《老残游记》，有时暗向雪芹学艺，却达到了相当的水准，凤毛麟角，令人弥足珍贵——也愈觉怅惘了。

第十五章　明修暗度

脂砚在"诸奇书之秘法"中，提出了"明修栈道，暗度陈仓"一法。这个典故原本出自楚、汉相争时，刘邦将从汉中攻打项羽，故意明修栈道，暗中却绕道奔袭陈仓，取得胜利。脂砚意中所指以何为例？暂且不管，我如今借它来举示雪芹写《红楼》的一大关目，即他如何来写宝玉这个核心人物，真主角。我的领会是：他一面明修，一面暗度；明修是假，暗度为真。这与军事家用兵的策略本是两回事，但在写一个人，却从明暗两面一齐用笔，则实为小说文学中的首创之奇迹，别家也是再没有与之比肩望背的。

前章已曾略涉雪芹如何传宝玉之神的"描写"问题，那只是从一个题目或层次来讲论，如今则宜更从明暗两种笔法来重温续理。

如前所举，宝玉是何如人？他是通了灵性的一块未得补天之用的神石，因受屈抑歧视，不甘寂寞，要下世为人，经历红尘中的享受。但他赋气殊常，秉性特异。第一场冷子兴向贾雨村"介绍"，已把这个孩童说得十足地不成样子。王夫人向黛玉的"介绍"，更为"严重"可怕！真是天下难逢、人间罕见的一个"怪物"。此即明修是也。甚至还又加上了两首"显眼"的《西江月》，大书特书，将此宝玉直贬得是一无可取，浑身是病。其至直到写了宝钗入府之后，大得人心，黛玉有所愤愤不平，那时方叙宝玉与黛玉的熟惯亲密，还是要给他加上一个"愚拙偏僻"的"考语"（"鉴定"也）。请看，雪芹在使用明笔时，不但不肯"省力"，不肯"留情"，而且是着实地加重渲染勾勒，绝不含糊。

可是，贾雨村听了冷子兴的话，就曾正言厉色地指点说：非也，你们都弄错了，不懂这孩童的"来历"——他的聪明灵秀，居于万万人之上！

然后，那是到了第五回，宝玉在秦可卿房中午息，"神游"幻境，遇见了那位多情的"警幻"仙姑，从她口中也"援引"了宁荣二公先灵的话："唯嫡孙宝玉一人，禀性乖张，生情怪谲。"又加重了一层明修之笔。这真是"一之为甚，岂可再乎"？岂可再三再四乎？

然而，石破天惊——仙姑所引宁荣二公之言，跟着又出现了一句——

聪明灵慧。略可望成。

这已奇了。更奇的是仙姑自己又加上了一句：

如尔，则天分中生成一段痴情。

仙姑因而明白表示"吾所爱汝者"，此也。

这就是好例：在明笔中，猛不防给了一个暗笔！暗笔分量很微，而且中间又总带着明笔来"掩护"——如仙姑也说他"未免迂阔怪诡"，是也。

雪芹行文至此，到底读者领会的是什么？好还是坏？他就"悉听尊便"，不遑恤矣。

还有奇的，"知其子者莫若父"，读者以为贾政给人的"印象"，总离不开一条：见了宝玉就瞪眼，申斥，排揎，骂"畜生""孽障"——以为他对宝玉是"恨之入骨"的了。这真真是"被作者瞒过"（脂砚语）。今时人已不懂二三百年前八旗大家父子的关系，严厉至极，不能当众表现出一点儿抚爱之情——于是都大骂贾政"封建势力"。其实又弄错了。——怎么说？如何会错了？

我请你看看这一例：

第二十三回，元春怕园子荒闲，传命姊妹宝玉等可以入园居住。那贾政遂召集子女，都先到了，只宝玉不敢来（怕又是责斥），"一步挪不了三寸"。及至到了房门，赵姨娘打起帘子，宝玉低身挨入（也许是倚门而立。门口侧立，是旧时晚辈进屋后的侍立的"合法"地位）。那贾政举目一看，——

见宝玉站在跟前：神采飘逸，秀色夺人。

请看这八个斤两奇重的大字！这一种"描写"，又是诗的传神句法，画的"颊上三毫"。但这种夺人的神采，不由黛、钗或任何一位女儿心目中传来，却偏偏从严父的心臆中流露而出。那笔似乎轻轻一点即止，实则其力千钧，因为整部书中贾政也从不曾"假以词色"的，漫说如此着语了。

这又是一层似明而暗、似暗又明的写法。

以上，人人都说宝玉的禀性乖张奇僻，到底是怎么一个样子？书中又是在哪儿写的？这是直到第二十一回，袭人箴宝玉，这才首次"正"写；然而回目既标上一个"箴"字，可知雪芹是"又要蒙蔽读者"（脂砚语），他总是先从俗常"正统"观念的角度去"明"写宝玉之"短"之"病"，而只在"暗"里淡淡傅彩，轻轻勾线——透露的真情何在？让我们自去"参禅"，自寻悟境。

袭人为什么要"箴"他？所"箴"者皆是何纲何目？这就说来话长。在宝玉的原来禀赋上，从"神游"起，又更加上了新的乖僻、迂阔、荒诞……所以在第五回回后，戚序本有一段总评，说得最好：

> 将一部（书）全盘点出几个（人物），以陪衬宝玉，使宝玉从此倍偏，倍痴，倍聪明，倍潇洒，亦非突如其来。作者真妙心妙口，妙笔妙人！

这正是一位最懂得（理解）宝玉和雪芹的人，才批得出这样的妙语。你看他虽只用排句举出四点，也恰恰是世俗贬者的与知音见赏者的高层评赞的两大"对立面"。这就可知，袭人之箴，大约不出那"偏""痴"的栏目之外了。

那是元春省亲既罢，史湘云首次见面——她总是在热闹繁华局面之后最末一个出场，她来后，立即有"四个人"的妙文（黛、钗、湘与玉）。湘宿黛处，宝玉恋恋，夜不知归屋，晨不待其梳洗；情湘云为他打辫子，透露了压辫珍珠竟送了密友（至于要吃胭脂，被湘云打落，与前文见了鸳鸯便要吃她唇脂一脉相连，都不遑细论）……这种"无晓夜地和姊妹们厮闹"，引起了袭人的不悦，掀起了小小一场风波。这又纯属明笔。若只认这些"不肖"行径，便会忽略了别的层次。原来这一回并非"初笺"，在第十九回"花解语"时早已"笺"过了一次了。那时所笺何条何款？何以要笺他？——

> ……袭人自幼见宝玉性格异常，其淘气憨顽自
> 是出于众小儿之外；更有几件千奇百怪、口不能言的
> 毛病儿。近来仗着祖母溺爱，父母亦不能十分严紧拘
> 管，更觉放荡弛纵，任性恣情——最不喜务正。

此皆一个丫鬟的了解与理解。她之所笺者：

一、不许说"疯话"（如愿她们永守不离，直到化灰化烟、没了知觉形质为止……）。

二、假装喜欢"读书"（按：此特指八股文章的事情，不可误会），不许当众讥诮"读书上进"的是"禄蠹"，说前贤之书都不可信，……惹父亲生气、打嘴……。

三、不许再毁僧谤道。

四、不许调脂弄粉。

五、不许吃人嘴上搽的胭脂与那"爱红的毛病"。凡此，尽属"明"的一面，是"暴露"和"揭发"的性质。

但是紧跟着下文是什么呢？是听曲文，喜得击节不已，几乎"唾壶尽碎"。又仿作，又作偈，还又"续《庄》"。用最简单的话来说：他何尝不喜读书？只不过"书"是不同的，《西厢》《牡丹》《庄》《骚》……他简直入迷了——也就是说：他有一面为俗常人诧讶难容的"不肖形景"，他又另有一面同样为世人不解的高层次的精神追求探索、审美品味。但这一面，总是不用正笔，总带着"贬词"，或只"暗度"，——并且绝无孤芳自赏、骂世嫉俗的任何口锋，叹惜伤感的气味。

在这两三回书中，方是专写宝玉性情气质、天分才华的真正文章，而你已可看得分明，雪芹写人，毕竟都是怎么运笔传照的。这就是《红楼》艺术的一大绝技。

旧日的欣赏批点者，并不是用今天我们这种语文和方法来表达他们的感受的，他们用的是咱们中华传统的方式，且引一二则来，似乎也可以佐助浚发今日读者的灵智。第十九回之前有一绝句，写道是——

彩笔辉光若转环，心情魔态几千般。
写成浓淡兼深浅，活现痴人恋恋间。

同回回后又有一段总评云——

若［欲］知宝玉真性情者，当留心此回：其与袭人，何等流连；其与画美人事，何等古怪；其遇茗烟事，何等怜惜；其于黛玉，何等保护！再，袭人之痴忠，画［美］人之惹事，茗烟之屈奉，黛玉之痴情，……千态万状，笔力劲尖，有水到渠成之象，无微不至——真画出一个上乘智慧之人，入于魔而不悟，……

批者的理解力是高级的，也正说明了《红楼》艺术的非凡超众，使他心折不已。（我略去的一些"警悟"语，其实也是当时为了公开，不得不周旋世俗的障眼法而已。）问题落到今日我们这一代人，是否也还能同样赏会那支劲（简净健举）尖（深刻锋利）而运掉自如的彩笔呢？

至于宝玉究为何等人？批者所指最为中肯：乃一上乘智慧之人。但本书旨在谈艺，不能多涉此义①；为晓雪芹笔法之妙，且再引二例，以为本章收束。一例是宝玉病起，出户行散，杏花谢尽之时；一例是他"不肖种种"挨打之后，莲叶尝羹之际。

那日正是清明佳节，天气甚好，宝玉饭后闷倦，袭人因劝他园内散散：

> 宝玉听说，只得拄了一支杖，靸着鞋，步出院外。因近日将园中分与众婆子料理，各司各业，皆在忙时，也有修竹的，也有剔树的，也有栽花的，也有种豆的，池中又有驾娘们行着船夹泥种藕。香菱、湘云、宝琴与丫鬟等都坐在山石上，瞧他们取乐。宝玉也慢慢行来。湘云见了他来，忙笑说："快把这船打出去，他们是接林妹妹的。"众人都笑起来。宝玉红了脸，也笑道："人家的病，谁是好意的，你也形容着取笑儿。"湘云笑道："病也比人家另一样，原招笑儿，反说起人来。"说着，宝玉便也坐下，看着众人忙乱了一回。湘云因说："这里有风，石头上又冷，坐坐去罢。"

这已又是诗境了，中间还夹着湘云对他病中疯状的戏谑，也是一种暗笔"三染"，然后——

> 宝玉便也正要去瞧林黛玉，便起身拄拐辞了他

---

① 请参看拙著《红楼梦与中华文化》中编，专论这个主题。

们，从沁芳桥一带堤上走来。只见柳垂金线，桃吐丹霞，山石之后，一株大杏树，花已全落，叶稠阴翠，上面已结了豆子大小的许多小杏。宝玉因想道："能病了几天。竟把杏花辜负了！不觉倒'绿叶成荫子满枝'（晚唐杜牧之句）了！"因此仰望杏子不舍。又想起那岫烟已择了夫婿一事，虽说是男女大事，不可不行，但未免又少了一个好女儿。不过两年，便也要"绿叶成荫子满枝"了。再过几日，这杏树子落枝空，再几年，岫烟未免乌发如银，红颜似槁了，因此不免伤心，只管对杏流泪叹息。正悲叹时，忽有一个雀儿飞来，落于枝上乱啼。宝玉又发了呆性，心下想道："这雀儿必定是杏花正开时他曾来过，今见无花空有子叶，故也乱啼。这声韵必是啼哭之声，可恨公冶长不在眼前，不能问他。但不知明年再发时，这个雀儿可还记得飞到这里来与杏花一会了？"

这才真是"活画出一个上乘智慧之人"的"心情魔态"，令人不胜其感叹，为之震动，为之惆怅。

但是，正在这一点上，他与世俗的"价值观""利害观"都发生了冲突，世人如何能理解这么一个"怪物"？说他是疯，是呆，是愚拙乖僻，所谓"万目睚眦，百口嘲谤"了。他父亲不是不爱他，只是不"懂得"他；加上了诸事凑泊，最后贾环使坏，诬陷他"强奸母婢"，才激怒了贾政，誓欲置之死地——怕他今后会惹出"弑君"的大祸来！这怎怪得那时代的一位严父？宝玉吃了亏，死里逃生，卧床不起，这引出莲叶尝羹一段故事。这都"不算"，最妙的是偏偏此时傅秋芳女士家婆子来看望慰问，宝玉一段痴心，看在秋芳的面上，破例让婆子进来了。及婆子告辞，出了院门，四顾无人，她两个悄悄对话起来——

那两个婆子见没人了，一行走，一行谈论。这一个笑道："怪道有人说他家宝玉是外像好里头糊涂，中看不中吃的，果然有些呆气。他自己烫了手，倒问人疼不疼。这可不是个呆子？"那一个又笑道："我前一回来，听见他家里许多人抱怨，千真万真的有些呆气。大雨淋的水鸡似的，他反告诉别人'下雨了，快避雨去罢。'你说可笑不可笑？时常没人在跟前，就自哭自笑的；看见燕子，就和燕子说话；河里看见了鱼，就和鱼说话；见了星星月亮，不是长吁短叹，就是咕咕哝哝的。且是连一点刚性也没有，连那些毛丫头的气都受的。爱惜东西，连个线头儿都是好的；糟踏起来，那怕值千值万的都不管了。"两个人一面说，一面走出园来，辞别诸人回去。不在话下。

请你且慢开颜捧腹，请你掩卷一思：雪芹是何等样人？他怎么想出来的这个笔法？写一位全部书的核心主角的外貌内心，却让两个陌生的、无文化教养的婆子来给他下"考语"，写"鉴定"！你道奇也不奇？古今中外，小说如林，可有哪一部是这么用笔的？

这个，我真不知道在新的文艺理论上用什么术语来标名此一艺术奇迹？所以在孤陋寡学的无可奈何中，我只得借来了"明修暗度"的提法。

自然，你也会更为明白什么叫做"背面傅粉"了吧？

第十六章　众生皆具于我

　　1980 年夏，在美国举办了一次首创的国际红学研讨会，八十余人参加，大聚餐时又达一百一十多人。其中有余珍珠女士一篇论文，引我最大的注意。她登台演讲那一日，我作了即席的（特别动议的）发言，指出这一论文的价值。嗣后她重新写过，又寄给了我。（巧极了，1987 年 4 月 1 日，我到普林斯顿大学去讲《红楼结构学》，又见她在座，会后并来致意，不知她怎么得到讲演消息的。）我认为她那次专论宝玉被笞那一特殊场面，是第一个触及雪芹艺术奥秘之一面的青年学人，识解不凡。她的主旨是说，在此巨大而奇特的场面中，每个在场之人都有他（她）自己的感受、心情、处境、表现……，如此之各不相同，如此之复杂深刻，而写来却又如此之自然而生动，感人心魄……[①]。

　　她能把这个场面"抓住"，而提出了与俗常不同的鉴赏，确实可贵——俗常只认为贾政这个"封建势力"对"叛逆者"的压迫是如何心狠手辣等等。那诚然太浅，太死，太不懂得雪芹

---

① 　此系我凭记忆用自己的措词略述余女士的大旨，不一定精确。她后来又有中文本论文，其用语似为"多元感情"的提法，值得参考。

的小说是怎么一回事了。

这个例子十分重要。但要讲它，还宜稍稍退到正题之前，看他是如何地层层递进，一步一步逼向高潮"结穴"的。

细按这一条大脉，从二月二十二日搬入大观园，不久就开头子。雪芹笔下明白：宝玉自入园之后，心满意足，每日尽情享受，不但书画琴棋，还与丫鬟们描鸾刺凤，斗草簪花……无所不至——

> 谁想静中生烦恼。忽一日不自在起来，这也不好，那也不好，出来进去，只是闷闷的。

由此方引出偷读小说戏本来。此实"不肖"行径之始。

意外灾难，"魇魔法"害得几乎丧生。好容易历劫复命，迤逦已至夏天。由第二十八回，在薛蟠开宴，席上结识了蒋玉菡，此为一大关目。恰好同时元春赐下了端午节赏，有红麝串之暗潮。这时已接上了史太君清虚观一大段精彩场面（但此刻不遑叙它，须入另章），却又因张道士提亲，引起了一场特大风波（宝黛大吵闹，贾母生气伤心），为全书中所仅见。好容易二人和好了，又因"借扇"说话不慎，惹恼了宝钗，罕有地破了浑厚的常态，翻脸痛刺了他一下！

这已"够受"的了。谁想因看"画蔷"遇雨挨淋，跑回怡红院（途中跑丢了怀中宝物金麟，是暗笔），叫门不应，怒踢了开门的——却是袭人，惹了一场重伤吐血的愧悔之事故。

犹不止此，因为跌损扇子，又和晴雯闹出了一场少见的气恼，又是一场巨大的风波（不吉的预兆）。

——犹不止此！因为暑日会客，心中烦厌，精神异常，阴错阳差，误向袭人诉出了惊骇世俗的肺腑之私，以致吓坏了袭人（日后才向太太王夫人密谏，让宝玉离开大观园）；而且，他在这等羞、急、烦、虑的心绪下，去会了贾雨村，心不在焉，神情应对，也大失常仪，使贾政甚为不悦——此亦暗笔，后文方知。

这样，方才"逼"向了致命的一幕：他午间独自进入母亲房中，与大丫鬟金钏戏言，又惹怒了假寐的太太！太太的翻身一巴掌，使金钏无法再活，投井自尽。

这个祸，可就惹大了！

但这还是家门以内的事，以外的呢，书中了无正叙之文，却又暗中自有一段与蒋玉菡秘交的情由，隐在幕后。可是他不知道这下子激怒了忠顺王爷！

贾政哪儿梦想得到，祸从天降，王府找上门来了，索讨戏子小旦蒋琪官，说是满城的人都知道宝玉藏起来了。贾政不听则已，听了震撼了心魂——王府一级的事故，弄不好会引来杀身灭门之祸！他正待详究，却不料贾环这小小年纪的孩童，急中生"智"，诬告了哥哥一状："强奸母婢"！

贾政此时已经气得愤不欲生，自责生了逆子，辱没了祖德家风，非要把宝玉处死不可了。

必须将以上脉络，理会得了然于胸，才能谈得上如何赏析写宝玉被笞的这一特大事件的艺术奇迹。

——我这儿的任务并不是要复述故事情节，只是为了叙清脉络，以便赏析余珍珠女士提出的那个主题的艺术特点。叙脉络，不算难事，要赏析笞打的正文场面及人物，可就很不易为了，因为这在文艺鉴赏领域中，想找类似的例子和评论来助我讲说，都是无处可寻的。

我只记得清代的一位《红楼》评赏家，说过几句话，很早引起我的共鸣。

他大意是说：读《红楼》一书，时常感动得下泪；但只有读贾政答宝玉一回书，他流泪最多！

何也？奇怪吗？他为什么单在这一回书上流下最多的泪？他是否只不过疼惜宝玉受了苦楚？

对此如回答不清或答得全错，就说明答者是还不大能够理解雪芹笔境与心境之美是不可及的。

贾政气怒已然难以形容，他下了最强烈的决心，将宝玉打死，封闭了内宅的消息，嫌掌板子的手软，一脚踢开了他，自己夺过来狠下毒手。直打得宝玉到后来已经失去了呼痛的微力，先是王夫人已闻讯赶到，一见宝玉的形象，也就痛哭失声。因她提起亡儿贾珠，贾珠之寡妻李纨也就再难禁忍，顾不上妇仪，也就放了声。此时此际，满堂的人众，无不泪下。正在不可开交处，只听窗外传来了老太太的喘声："先打死我，再打死他！"

母子一场对话，句句掷地千钧之重。贾母表示了与贾政的决裂（断绝母子关系），贾政谢罪，只见老太太抱着一息奄奄的爱孙放声大哭。

那贾政呢？——他见此情状，环顾众人，耳听哭声，再看宝玉，方悔打得太厉害了，他自己心里如割如焚，也只见他口不能言，泪如雨下！

这一场巨大的风波，复杂的关系，本来是万言也写不清的，但在雪芹笔下，也只用了大约三千字，便令我们一清二楚，如见如闻。而且，你在被他的神笔感动之下，根本不是产生了一种什么谁"好"谁"坏"、谁是谁非的分别较量的意识，而是只觉得每一个局中人都有他（她）极合理合法的思维、感受、举动的缘由和依据，都有各自的酸辛悲痛，苦境愁肠，这儿并不再是哪个人有意要伤害谁、毁掉谁的问题，也不再是一切只为自己一个人打算图谋的问题。我们最强烈的感觉是：他们每一个人都很可怜可敬，可歌可泣！

然而，作为一个写作的人，他要写这个局势与内容，并要达到这个效果，他得有多大的神力？这种神力将如何才能够孕育产生？

我不禁嗟叹：雪芹先生，他的灵性，可以贯彻人生万相，天地间的众生，各有离合悲欢，万千变化，个个殊异，但在他心里笔下，一一皆能显示真实，如影传形，如镜示相。这是个多么巨大的奇迹！

我们怎样表述这种伟大的心灵涵纳与文艺本领呢？左思右想，无以名之。我自己于是想起孟子好像有这么一种说法："万物皆备于我。"我仿照此意，杜撰了一句话，以赞佩雪芹的博大与伟大——我题的是：

众生皆具于我。

我为雪芹能深解任何一个人的表相含思、外仪内美，一切众生，都在他的鉴照与关切之下。

我想，具有如此胸怀的人，大约只有释迦牟尼可与比并相提。我说这话，并无宗教意识，也非有意夸张。我读《红楼》，真实的感受是如此亲切不虚的，故我此处只是如实以陈，推心对语。我希望在读者中，会有与我同感共鸣的反响。

我在本书开头用过"一架高性能的摄像机"的比喻。与此章相较，那是新式科技的观念了。而且摄像的毕竟摄不得心。

说众生皆具于一架机器，岂不太觉浅薄可笑。在中华民族传统文化中，从来不仅仅是个"像"的问题，——这在前章以绘画作比时，也已略略触及。此其一。

其二，就现代文艺理论而言，"体验生活"，"进入角色"，早属习闻之常言。二百数十年前的雪芹，写一部《红楼梦》，几百个男女老少、尊卑贫富的"人物画廊"（西方名词与观念：Gallery of characters），他又是怎么样体验的和"进入"的呢？真是不可思议，难以想象。

然而我们有了雪芹这么一个实例，并不玄虚。我们讲《红楼》艺术，除了赞叹佩服，也还是为了探讨与解释，从这个探讨解释中或许可以得到某些有利再生"雪芹第二"的希望。正是——

万物众生具于我，二喉两牍见之谁?

第十七章　两次饯花盛会

　　读《红楼》的人，往往只知道有一次"葬花"，而不知实有两次。又往往只知道有一次"饯花"，也不知实有两次。葬花第一次在第二十三回，是暮春；第二次在第二十七回，是孟夏。首次葬的是桃花，二次葬的是石榴、凤仙等杂花。著名的《葬花吟》是二次的事，但人们（包括讲者、画者、演者……）常常弄混了，以为都是一回事。但这毕竟容易澄清。若讲饯花也有两次，就要费劲儿了。

　　首次饯花，书有明文，检阅自晓：那是四月二十六日正值芒种节，"尚古风俗"，女儿们要举行饯花之礼，因为时序推迁到芒种，乃是百花凋尽、花神退位之期，故此盛会饯行。脂砚对此批云：这个说法不管它典与不典，不过只取其韵致就行了。这其实又是雪芹设下的与"沁芳"相辅而行的另一巨大象征意境：从此与三春长别，纪群芳最末一次的聚会——过此以后，花落水流，家亡人散，"各自干各自的"去了。

　　那一日，真是满园的花团锦簇，盛况非常，第二十七回不难检读，故不必多赘。倒是我所说的二次饯花，须得细讲方明。此刻，我要先表出一点：饯花会的参与者是诸芳群艳，但饯花的"主人"却是宝玉。我们如果回忆雪芹令祖曹寅自号"西堂扫花行者"，那么我就要送给雪芹一个别号，曰"红楼饯花使者"。这个号，加之于他，很觉切当。

说到此处，请君重新打开第六十三回吧，那回目是：《寿怡红群芳开夜宴》。

虽说是夜宴为正题主眼，可是大观园里那日从白天就热闹起来了，那盛况恰与第二十七回依稀仿佛，园里众人的聚会，怕是最全的一次了。

有人会置疑：这是写给宝玉过生日祝寿，这和饯花会是风马牛之不相及，如何说得上是"一次""二次"？

你忘了，回目是"群芳"，夜宴行酒令，掣的又是花名签，都为什么？老梅、牡丹、芙蓉、海棠、红杏、夭桃……都掣归其人了，最末收局的又偏偏是"开到荼蘼花事了"，又为什么？而且签上又特笔注明："在席者各饮三杯送春。"这又为什么？对此一无所悟，那么读《红楼》也就太没意思了，"絮絮烦烦地太惹厌了"（一种外国人读后的反应语）。

这一场夜宴，名为介寿怡红，却正是为了一个"花事了"，百花凋尽，众女儿举杯相送，——也送自己。而这种饯花之会的主人公，则正是宝玉。

君不闻秦可卿对熙凤告别之言乎——

　　　　三春去后诸芳尽，各自须寻各自门。

饯花葬花，群芳沁芳，象征的、拱卫的一个大中心，就是：宝玉之诞生，不过是为了让他充当一次"饯花使者"而已！

不知你可想到过：那四月二十六日的首次饯花之会，暗笔所写，也正是宝玉的生辰寿日。讲《红楼》艺术，不明此义，也就买椟而还珠，得筌而忘鱼了。

原来，书中众人的生辰日期，都曾明文点出过，如黛玉是二月十二（花朝所生，故为"花魂"代表）；探春是三月初三上巳日，宝钗是正月廿一日，连贾母、元春、凤姐……都不例外，而惟独不言宝玉实生何日。怪哉！

但不管雪芹的笔法如何"狡狯"（脂批之语），我们也能"破译"他设下的迷阵。他运用的又是明修与暗度的另一种交互配合之妙法：在第二十七回，只言日期，不点生辰；在第六十三回，又只言生辰，而不点日期。盖雪芹相信：当时后世，自有慧心人识破奥秘，何愁不遇赏音知味。在雪芹的"脾性"上说，纵使千秋万世并无一人看懂，这也无妨；他绝不为了讨人的好懂，而把一切都摆在浮面上。记住这一点，便获得了他的艺术特点的骊龙颔下之珠。

在首次盛会中，有一段特笔，单写那天宝玉足下穿的一双鞋，引起了他与探春兄妹二人避开大家一旁谈心的细节，这双鞋出于探春的超级精工，是特送宝玉的，而其精美引出了两个反响：一是老爷（贾政）见了不悦了，说这么浪费人力物力，不足为训；二是赵姨娘见了，又生妒心——因为探姑娘从来没给她的同胞弟环儿做过这么一双令人惊叹歆羡的好鞋！此皆何意耶？难道又是一大篇"令人生厌"的琐琐絮絮的闲文？盖后人已不能知道生日送幼少年新鞋新袜，是那时候的家庭与近亲的古老风俗。雪芹这一段话，除了兼有别的含义作用，就在于暗写宝玉生日。

如果仅有此一段"鞋话"，那还是单文孤证，不足为凭。紧跟着，五月初一那天，清虚观内，张道士就又发出了一篇"奇言"：

"……只记挂着哥儿，一向身上好？前儿四月二十六日，我这里做遮天大王的圣诞，人也来的少，东西也很干净，我说请哥儿来逛逛，怎么说不在家？"

这话妙极了，单单在这个"四月二十六"，出来了一个什么"名不见经传"的"大王"的圣诞！那"遮天大王"是何神道？让聪明人自己去参悟吧！奥妙就在于：等到第六十三回明写宝玉生辰时，却又出来了这么一段——

当下又值宝玉生日已到。……只有张道士送了四样礼，换的寄名符儿。

你看奇也不奇？宝玉过生日，头一个送礼的就是"做遮天大王的圣诞"的张道士！他该记不错这个重要的日子。再看——

……王子腾那边，仍是一套衣服，一双鞋袜，……其馀家中人，尤氏仍是一双鞋袜。……

怪呀！一再突出这个"仍是"者，年年照例也；年年所照之例者，"一双鞋袜"也！

这下子你可恍然大悟了吧？我说前边第二十七回写的，不说生日，实为"圣诞"；后边第六十二、三回写的，明言生日，不说月日——让你会心之人自去参互而观，两次"饯花"皆在宝玉生辰四月二十六，昭然若揭矣！

雪芹为什么这样喜弄狡狯之笔？难道只图一个新奇和卖个"关子"？非也。那就又太浅薄太俗气了。他不肯昌言明写，是另有缘故。

这缘故就是：四月二十六日本来就是他自己的生日。雪芹这些笔墨，是用以曲折表达自己的平生经历，无限的悲欢离合，世态炎凉，正像他之历世是来为这一群不幸女儿（嘉卉名花）来饯行一般，自他降生之这一天，便标志出了一个"三春去后"的可悲可痛的局面："花落水流红！闲愁万种，无语怨东风。"王实甫的这一支名曲，使得他眼中流泪，心又沥血，禁不住要牺牲一切而决心传写他所亲见亲闻的、不忍使之泯没的女中俊彦——秦可卿所说的"脂粉队里的英雄"！

这就是说，雪芹的艺术特技特色，是由他本人的身世和选题的巨大特点而决定的，而产生的。

但是我们同时也看得十分清楚：假使雪芹不是一位罕有前例的异才巨匠，那他纵有特殊的人生阅历与选题的特定宗旨，那也是写不出《红楼梦》这样一部奇书的。

我在前面和本文就"沁芳"与"饯花"这一巨大象征主题粗陈了我自己读《红楼》的感受，似乎让人觉得是从第十八回"试才题额"才开始的。实则又不可那么拘看。例如已引过的早在第五回中，宝玉一到"幻境"，首先入耳的是一位女子的歌声。她唱的是什么词？

　　春梦随云散，飞花逐水流。
　　寄言众儿女：何必觅闲愁！

众儿女，指的是全书中的所有不幸女子（在原书最末《情榜》上是共列出了一百零八位）。那"闲愁"也就是王实甫让崔莺莺唱出的"闲愁万种，无语怨东风"。这笼罩全部的总纲，而梦随云散，花逐水流，又正是"沁芳"溪上，"香梦沉酣"（寿怡红时，湘云掣得的花名签上的镌题，亦即《醉眠芍药裀》的变幻语式），此一大盛会，终归尽散，因而那歌声唱出的正是"红楼"之"梦"的离合悲欢的巨大主题。在这一点上，雪芹也是"积墨""三染"，也是重叠勾勒，而每一层次的线条色彩，皆不雷同，无有呆板的重复、惹厌的絮聒；每出一法，各极其妙，使人感到目不暇接，美不胜收。若悟此理，你再去重温一遍《葬花吟》与《桃花诗》，便觉以往的体会，太不完全了，对雪芹的艺术，看得太简单了。

第十八章　鼓音笛韵（上）

第五十四回除夕的家庭乐趣，有"击鼓传花"一段好文字。雪芹写了鼓艺的特色，这与他写中秋闻笛，可谓"一对"。雪芹的手笔之高与艺境之妙，也正与鼓、笛之韵大有相通之处。

且听雪芹如何写鼓——

> （凤姐）便笑道："趁着女先儿们在这里，不如叫他们击鼓，咱们传梅，行一个'春喜上眉梢'的令如何？"……忙命人取了一面黑漆铜钉花腔令鼓来，……戏完乐罢，……便命响鼓。那女先儿们皆是惯的——或紧或慢。或如残漏之滴，或如迸豆之疾，或如惊马之驰，或如疾电之光而忽暗。……

你听，这雪芹一支笔，竟传出了中国鼓艺的绝活妙境。这种令鼓，不是单皮鼓，不是手鼓、腰鼓，是长筒落地鼓，鼓面黑漆乌润，鼓边铜钉金亮，而鼓腔上绘着彩纹，那鼓音渊渊然，富有余韵。击起来，令人耳悦神怡。雪芹写的那鼓艺，是妙手，是灵音，不是那种使满劲擂得喧天震地式的"村里迓鼓"；六个"或"字的排句比喻，写尽了中国鼓艺的高境界。"腊鼓催年""钟鼓乐之""箫鼓元宵"……无鼓不成欢，中国的鼓，有各种"鼓段子"的不同击法，也有独特的乐谱，不是现今洋式"电子琴"里的那种单调乏味的重复"打拍子"。雪芹在这个体会上是深的，这是艺术节奏的妙用，也是两个手腕（双鼓箭子或鼓槌儿）的绝技。在行文的艺术节奏中，正合了那"或紧或慢，或如残漏之滴，或如迸豆之疾"的章法变幻。

但此际讲鼓以比文，我之用意却更侧重在节奏之外的鼓音的轻重亮暗的艺术。这是击法与击处的双重艺术。击法有单点，有联珠，有正应，有侧取，有实填，有空音（闪板），而击处则还有鼓心与鼓边之别，——鼓边还分几个距鼓心远近度，甚至也击鼓帮一二下的配音法。

这儿就发生了一个问题：鼓心之音最响最正，为何放着那中心点不击，却去击侧击边？难道俗话"敲边鼓"倒是好的不成？

让我提醒一下，在雪芹令祖曹寅的先辈文友周亮工所编的《尺牍新钞》中，引过他友人信笺中的几句话，大意是说作文如同敲鼓，大部分是敲鼓边——而中心也少不得要敲它几下！

就我所见，以鼓喻文之例，莫妙于此。这听起来太觉奇特，说那话者究为何义呢？盖画家可以"墨分五色"，鼓师却也正是"手有五音"，一张鼓面上，他能敲出多样音韵来。只拿京戏来说，几槌轻鼓，配上两三下"仓"然泠然的轻锣——更鼓三敲了，立时让人觉得那真是夜静更深、万籁俱寂之境。忽一阵紧点子突然震响，便使人真感到"渔阳鼙鼓动地来"的"杀气"声势，耸然神动，便知局面大变。但一支鼓曲，若槌槌打中心，便不成艺——有句极不雅的民间歇后语"××打鼓——一个点儿"，正谓此也！思之可令人大发一噱。那么可知，鼓不能总是敲中心，文也不可只会用"正笔"。

以鼓喻文，除了节奏的疾徐轻重、繁简断连之外，最要紧的是这个"鼓心""鼓边"的问题。而我讲《红楼》艺术，把这一点作为大题目来给以位置，绝不是末节细故之事。因为，鼓之中心正击，就好比文之正笔死写，毫无活气生趣，令人生昏昏欲睡之思了。只用"一个劲儿"（力度），总是敲那正中心，岂但不成乐音，且会成为噪音，人的"音乐耳"，听来是"受不了"的。文章也正是这个道理。所以文有正笔、侧笔之妙用，取"中"取"边"之微旨。

书法艺术中也有"正锋（中锋）""侧锋（偏锋）"之别"①，也与文事相通，但文中所谓"侧笔"，含义似乎还要广泛一些，它指的是如何从"边"处着手用功，而目的却正是以此来表出那个"中心"——他不敲鼓心而鼓心"更响更亮"！雪芹写人写事，极善此法，他虽不是专用侧笔，而侧多于正则是晓然易见的。

雪芹在整部书中写了几百个人物（低统计言三四百，高统计言六七百），在这多人中，他用笔最多最重的显然是熙凤、宝玉以及钗、黛、湘、晴、袭、鸳、平等一二十人。哪位专家如能把写这些人的正笔、侧笔、正侧交叉用笔的实例作出系统研析，那将是一个最大的贡献。

"中锋""正笔"，在书法上是写篆字唯一用笔法；"侧锋""偏锋"则是隶、楷书的基本用笔法：两者区分至为清楚（俗

---

① 请参看拙著《书法艺术答问》，专论此事。顺便提及一点：《红楼梦》涉及书法也有二例，一次是众姊妹代宝玉写字搪塞贾政的盘查，写的是"钟王小楷"，钟繇是"章楷"的代表书家，王羲之是今楷的代表书家，二人正是魏晋时期书法由八分侧笔法过渡到楷书侧笔法的重要关键，彻底改变了篆书的中锋法。雪芹未必即有深意，而我们此刻寻味联系，却也饶有蕴涵在内。

说不明此理，却误以为写隶楷也要"中锋"，其实那是根本不可能发生的事情）。但如以鼓、书相喻，则击鼓又有双层"侧笔"法，即如击鼓心而不正敲，只是偏拂成音，是一层侧；如再只击鼓边而又不正击而也用拂，则成为双重侧法。因此，用这种譬喻来看雪芹写人的艺术，便知其手法的丰富，不但有正侧笔之分，还有单侧双侧之别。在这方面，恐怕例子仍旧是写熙凤的最好最多，用批点家的话说："真真好看煞！"

也许可以说，雪芹的笔在熙凤身上用功夫最多，甚至连写宝玉的部分都相形而有逊色。姑且粗说一二：

冷子兴、贾雨村在维扬郊外酒肆中，演说荣国府，所介绍的主角实只宝玉、熙凤二人。"介绍"的结束是谁？就以熙凤为宝玉之外的另一主题，但闻子兴之言曰：

> "（贾琏）谁知自娶了他令夫人之后。倒上下无一人不称颂他夫人的，琏爷倒退了一射之地！——说模样，又极标致，言谈又极爽利，心机又极深细，竟是个男人万不及一的。"

雨村聆此，马上就评议说这样人物都是"正邪两赋"而来之人。这是一笔点睛。但这种笔法，说正而实侧，似侧而又正，从旁人品论、远近口碑中轻轻一点淡墨落纸，旋即收住，——实是侧中之侧。

这是第二回。然后到了第六回，刘姥姥求见周瑞家的，周嫂子向她说了一段话——

> "……姥姥有所不知：我们这里又不比五年前了，

如今太太竟不大管事，都是琏二奶奶管家了。……[姥姥惊异，凤姑娘现今大也不过二十岁，就有这等本事？]……我的姥姥，告诉不得你呢！这位凤姑娘年纪虽小，行事却比是人[任何人之义，作"世人"者非。]都大呢！如今出挑的美人一样的模样儿，少说些有一万个心眼子。再要赌口齿，十个会说话的男人也说他不过！……就只一件：待下人未免太严些个。"

这又是一点比先重了些的纸上着墨——是正？是侧？是侧中正？正中侧？又是旁人品论，上下口碑中"显现"了熙凤这个异样出色的人物。

而且，这是黛玉入府时一加"勾勒"之后，重加"染色"，前面用子兴一染，这儿用周嫂一染，——下面还有"三染"以至多少染……这也就是"积墨"法，古来艺理是何等地精确而非玄谈臆说。

说雪芹善用侧笔，不等于说他只用侧笔。正如周亮工所引尺牍中说的，虽多敲鼓边，鼓心也少不得击上几下。雪芹写熙凤的"鼓心点子"在哪儿？第一次是放在秦可卿之治丧上。

有人说，秦氏之亡，原稿属于十二钗结局的最末一个，现行本反而在全书中靠最前了结她的故事，乃是雪芹的大改动，云云。拙见未敢妄言如何。只是觉得如果那样，给熙凤一大段正笔的文章则不知落在何处？若落在第十七回修建省亲别墅、准备接驾上，那太晚也太不对景了，因为那件大事涉及皇家的典礼，里里外外的百般职务，绝非一位深闺中二十岁少妇的掌管范围和"活动阵地"。这只要看看第十七、十八两回，就明白无误了。所以我说写秦氏丧殡，正为给熙凤一个巨大的"正笔"

传写，不会太靠后才安排这一场面。

说写可卿之丧是为了写熙凤展才，是不错的；但又不只是一味写她之才。要看雪芹运用的"衣纹"是如何地"稠叠"，着色傅彩是如何地深厚，则在这一大场面中可见其一斑。且看——

一、秦氏病重，熙凤几次去探望，开解抚慰，深情密语。及病者亡，她尽全力治理丧事（这在当时是关系家庭声誉、社会舆论的极重要之一项礼仪）。每日凌晨即过宁府，到了灵前，致其敬悼，只听一棒锣声，熙凤坐于正中椅上，放声大哭！这是由衷的哀痛，具见熙凤本是一个感情至重的女子。

二、秦氏临终，对熙凤说了些什么最为关切的话？雪芹用"托梦"之笔，叙她二人并无一字及于"私情"鄙琐之言，全是预虑预筹，大祸不日来临，家亡人散，如不早计，则子孙流落连个存身之地也将无有！熙凤听了，"心胸大快"！——俗常粗心读者，不明雪芹语意，以为熙凤闻听此等不吉之言不应"大快"而应"大忧大惧"（果然，程、高本妄改为"心胸不快，十分敬畏"了），而不悟雪芹是写荣府男子竟无一人可与言此，无一人具此卓识，只知安富尊荣、醉生梦死，而独秦氏知之，并识自己为"脂粉队里的英雄"，如此知己切怀，故云"大快"。此正写熙凤的品格极不凡处。

三、熙凤理丧，总结出宁府上下五项大弊端，借机革除，具有极高的"管理才能"。她因此对轻忽职守的家下人绝不宽恕，重责四十板，众人见她"眉立"，知其真怒了，不敢违怠。此写熙凤之威严——正与上文的"粉面含春威不露"以及周瑞家的对刘姥姥的介绍相为呼应衬补（而她驭下之严也积怨甚深，又为她日后的命运预设伏脉）。

四、在理丧中，因井井有序，成绩昭然，她又眼中无复一人，恃才自大，骄贵凌人，短处已显。

五、在送殡之时，还又出了善才庵老尼施计、熙凤入套、受贿害人的事件，此又写她不学而短识，只贪小利而忘了罪恶（也为后文一大伏线）。这一面，是写她致命的最大缺点。盖雪芹极慕而深惜其罕见之才，然亦不讳其失误罪愆。此即脂砚斋所谓既具"菩萨之心"，亦施"刀斧之笔"之理也。

著书立说之人绝不可以低估读者的灵智，他们不需"详尽"罗列，只需举一反三，自能参悟。我这儿只能草草简说，慧心的人已然看出：雪芹在那张"鼓面"上，是怎样选取"中心"与"鼓边"，怎样正敲与侧拂，怎样"单点儿"还是"连珠"或"进豆"……已可窥彩豹之寸斑，尝芳鼎之一味。古人赞才士之文采，谓之"梦笔生花"，其说至美至妙；但我谓雪芹那支奇笔，所生的岂止是花——那太娇弱单暂了，芹笔之所生，千汇万状，不只动人耳目，抑且撼人心魂。其"鼓音"之渊渊然，中有金石之声，钟磬之韵，铿锵鞺鞳，如闻天乐，"人间能得几回闻"？年纪小、阅历浅、文化低、灵性差的人，看《红楼》总只见那"繁华""旖旎"，铺陈之盛，"情爱"之淫（浸淫泛渍之义），而不知一诵杜甫的两句诗——

　　　　庾信平生最萧瑟，暮年词赋动江关。

这就会将真意味放过而只看见"热闹"了。

顺便还需一说：秦氏丧殡这一大段，实际上是两面"鼓"音交鸣互响：一面鼓是凤姐之才干过人，一面鼓是丧仪之声势超众。两面鼓又各有其"心""边""击""拂"之奇致，如混

· 140 ·

为一面，就又失之毫厘了。写丧事，也觉用笔是侧多于正。例如写立鼓乐、设幡旌、请僧道、求诰封、叙路祭……皆似正而实侧，击边以衬心。以我看来，真正的鼓心正击，却在以下几笔——

一、未入宁府，先闻府内哭声"摇山振岳"；

二、四十九日一条宁荣街，是白漫漫人来人往，花簇簇官去官来；

三、出丧之日，只见那大殡（仪仗全列）"浩浩荡荡，压地银山一般从北而至"！

所以，要识雪芹的鼓音之妙，方能从《红楼》艺术中汲取有益的灵智营养，使自己的鉴赏水平不致为俗常的旧套陈词所拘所囿，那就会如禅家大师提示警诫所说的"失却一只眼"，而辜负了雪芹为我们留下的这个宝库。

第十九章　鼓音笛韵（下）

有充分理由表明雪芹最迷中国长笛的音韵。

香菱这个"傻丫头"（林黛玉语），由一名被拐卖作奴的可怜女孩子，因进了大观园，一下子变成了诗人。她的启蒙师是黛玉，答问师是宝钗，讲论师是湘云——此三师也正是"《红楼》三部曲"的三个先后依次的女主角：香菱关系之重要可知。她"开笔"学作，题目是"月"，她试了三次，头两次"不及格"，而第三次就博得了大伙儿的奖赞。此第三首，中间颈腹二联最好——

> 一片砧敲千里白，半轮鸡唱五更残。
>
> 绿蓑江上秋闻笛，红袖楼头夜倚栏。

无一字"死"在月上，而句句摄月之神魂。不过我这里不是要赏诗，是为了说明：一、这都是"伏脉千里"；二、这第五句"秋闻笛"与次句"夜倚栏"是宝玉、湘云异日重逢的暗示，这诗句好像是与唐贤的"长笛一声人倚楼"有其触磕、脱化的关系。此刻只为说一点：后半部中，还有因笛声而牵引线索的情事，当有极精彩的抒写。若就现存八十回来讲，也还万幸地留下了两处写笛的妙文——

其一回是史太君两宴招待刘姥姥。另一回是中秋夜品笛的正关目。第四十一回写婆子请示贾母,梨香院女孩儿都到了藕香榭,是否即开演:

> 贾母忙笑道:"可是倒忘了他们! 就叫他们演罢。"……不一时,只听得箫管悠扬,笙笛并发。正值风清气爽之时,那乐声穿林度水而来,自然使人神怡心旷。宝玉先禁不住,拿起壶来斟了一杯,一口饮尽。……当下刘姥姥听见这般音乐,且又有了酒,越发喜的手舞足蹈起来。

要知道,在笙管笛箫合奏(术语叫"对")中,管是主,但笛子才是挑大梁的,越远越听见它的"主角效果"。单单写了最被乐音打动的,一个是宝玉,一个却是刘姥姥——此诚所谓"雅俗共赏",雪芹之笔,随处有其妙用,文不虚赘。

再听第七十六回的笛声吧:

> 这里贾母带众人赏了一回桂花,又复入席换暖酒。正说着闲话,猛不防只听那壁厢桂花树下,呜呜咽咽,悠悠扬扬,吹出笛声来。趁着这明月清风,天空地净,真令人烦心顿解,万虑齐除,——都肃然危坐,默默相赏。

我要说,写闻笛的境界,写到如此简切,真可谓压倒所有笛诗笛赋。

听约两盏茶时，方才止住。大家称赞不已。于是遂又斟上暖酒来。贾母笑道："果然可听么？"众人笑道："实在可听！我们也想不到这样，须得老太太带领着，我们也得开些心胸。"贾母道："这还不大好，须得拣那曲谱越慢的吹来越好。"

在那种家庭中，老祖母也是文化教养中出来的，艺术审美能力极是不凡，她对绘画、陈设、衣饰、音乐的欣赏水准之高，雪芹是一笔不苟的。

只见鸳鸯拿了软巾兜与大斗篷来，说："夜深了，恐露水下来，风吹了头，须要添了这个，——坐坐也该歇了。"贾母道："偏今儿高兴，你又来催！……"……大家陪着又饮，说些笑话。只听桂花阴里，呜呜咽咽，袅袅悠悠，又发出一缕笛音来。果真比先越发凄凉。大家都寂然而坐。夜静月明，且笛声悲怨，贾母年老带酒之人，听此声音，不免有触于心，禁不住堕下泪来。……半日，方知贾母伤感。

你看，写中秋月夜闻笛，写到如此地步，也就写绝了！要欣赏雪芹的笔致之高，须向此等处寻味咀含。

但我引来这些，也为多层目的，其一就是，雪芹的文境中，就有这么的一面，所以对中国的笛，也须略识其独特之点，方能深领雪芹文境独造之绝。

请注意上引两例中，雪芹一再重用的，不是别个，乃是

"悠扬"二字。悠扬也许还可写作"悠飏"。这是可以达远、升高、绵长、不尽的意境。这两个字，在"丝竹"队中，只有笛足以当之（管，豪迈深沉，但不能真悠扬。笙是绵密的和音，能悠而不能扬。箫更是幽咽如怨慕泣诉，与悠扬是两回事）。它最能及远而兼高揭入云。清诗家吴暻之句云："头白周郎吹笛罢，湖云不敢贴船飞！"形容笛之意度，可谓一绝！但它也能吹来极幽极静极缓——即极其发挥"韵"之能事的兼胜。"黄鹤楼头吹玉笛，江城五月落梅花。"笛音愈远听愈妙。唐代音乐家李善，在宫城墙外偷听暗记《霓裳羽衣》曲，正是一位吹笛的大师。

中国笛子的妙音，出于竹与芦（膜），它发音特别嘹亮而富于"水音"，"滋润"之美在音中流溢（不像西方"钢管"那种音响音色）。中国音乐也有丝竹大合奏，如《甘州》《凉州》等高亢悲壮之曲，但笛子与笙管合奏，是和谐雅畅之音为主，它的乐曲不在于要激荡人的剧烈情绪，相反，它主要是让人得到一种空灵怡悦的享受——因此你看雪芹两次都强调：在天时气候的配合凑泊下，笛音是使聆者心旷神怡，烦襟涤尽。这种境界，也就是诗的境界。

中国诗境的高处，是连"意"也无的，它目的不在于"表现"一个什么"主题思想"。当然，它也可以与表达思想结合起来，但从艺术的质素来说，那境界本身具有很高的"主体价值"，是一种中华文化的灵智高层造诣，是中华哲理美学的重要组成部分。

这样，当我们读《红楼》时，除了"鼓音"的"中""边"变化之美，也就享受到了"笛韵"的悠扬之境。雪芹之笔，总是带着那滋润心神的"水音"，又不喧嚣，不小家气（有的吹笛者吹得像啁啾鸟语，一片短促的噪音，而目为"能手"），其韵远而愈清，高而愈爽。

这是个文境的大题目，但我只说了一堆"空话"，却不知道该当怎样"举个例子"来"说明"我那一番理论。因为这实在是一种空灵的感受，很难用文字"解说"，中国讲究"意会"，不可"言传"，禅家讲究断绝语言文字"障"，求当下领悟，——都是由于"难以言说""一说便不是"之故。

勉强提个"例证"吧，在同一回与相连一回书文中，鼓音笛韵交相叠奏，其声动人醉人的，似乎可举第四十三、四十四两回精彩的笔墨。让我们宁心净虑，抛开那些"先入"的杂言俗说，专一致志地来赏会雪芹这一大段文章——

在蒙古王府本、戚序本这一型系的古钞本中，前回回后有一"回尾联"。写道是：

攒金祝寿家常乐，素服焚香无限情！

只看这十四个字，便好极了，真是一派中华文境的气息与气派。这事由老太太要为凤姐作寿日引起，而且大户学小家，出个新花样"凑份子"。这一层，便写来原原委委，曲曲折折，真是引人入胜之至——如何召聚，如何分等，如何承奉，如何熙凤收集内藏"揭鬼"，如何丫鬟学会小家子话——直到尤氏最后把几份暗还了，包括周、赵二位姨娘"两个苦瓠子"，苦瓠子还不敢收……只这一件，便写得如此好看煞人！——但你可领会到：这都是"鼓边"，一句过寿日"鼓心"还没打呢。一切齐备了，老太太新花厅上小戏等等，也都准备停当了，就等开戏了，这要击"鼓心"了吧？谁知不然！那宝玉却浑身素服，一语不发，出了园后门，跨上马，一弯腰跑下去了！

自此，从园后门直到北门外，过了苇塘，找到水仙庵……就暂别了"鼓音"，只听得悠扬的"笛韵"传入我们耳际心间了。你看，宝玉入庵，先就见的是洛神的塑像，引了曹子建的赋中名句，惊鸿照影，泫然泪下。也不言此皆何缘何故？井台一祭，只施半礼，茗烟跪祷，颇有小主人痴语高风——说的都是什么？是谁？总不点破——雪芹似乎存心要验验他身后的读者们，"智商"怎样？

经过"说服"，主仆两个小傻瓜回来了，急忙换去了素服，往大西院奔去，远远就听得笙笛之音！——这是"鼓心"了吗？非也。只见玉钏廊下垂泪。这为缘何？"凤凰来了！再不来可就都反了！"老太太心神不定，袭姑娘"差点儿没急疯了"。回来了，皆大欢喜，听戏吧——却是王十朋《祭江》，众人看得心酸落泪；黛玉的尖刻嘴，刺在宝玉心上……（当中老姑子接待"活龙"，北静王适丧爱妾……，种种穿插，尚所不及备提。）

这一切，好看煞，也好听煞，真是一支悠扬的长笛，吹出无限的音波与心波，使你不知身在何境，说不出是悲是喜，是惊是慰！

然后，众人向"寿星"劝酒，直到鸳鸯要恼，凤姐央求（你想阿凤一辈子可央求过谁），酒多了心头乱撞，要退息回屋一会儿——忽然，笛韵止了，"鼙鼓"动地而来，引出了贾琏与鲍二家的一场特大风波！

我不应再这么絮絮地"铺陈"此后的情节了，你会记得清清楚楚：那一场巨大而复杂的"矛盾斗争"，如何一环一环地脱卸到夫妻妾三人"和好"归房，而中间却出人意外地出现了急鼓繁挝之后的又一曲悠扬的笛韵：平儿理妆。

这是写谁？写凤姐，写贾母，写贾琏，写平儿，不错，都是的。但中心还是写宝玉。他刚刚为一个不幸自溺而亡的与凤姐同生日的金钏的命运到郊外去私祭，以达诚申信，旋即又为另一个在琏凤的"夹缝"中做得仁至义尽、举家赞服而终不免屈辱难言的平儿深深悲感。他用献粉、浣帕的一片洁诚向她致礼致敬，致惜致慰，他见袭人等都不在屋，这才独自一个，歪在床上，"痛痛地滴了几点眼泪"！

泪太"少"了吗？你可掂掂，这泪有千钧之重啊！

这是一支什么样的神笔！你在别处可曾遇到过类似的——哪怕一点儿？

我以为，像这种文字，就是雪芹的笛韵。这笛韵使你俪然意远，萧然离欲，而又丛杂着深厚的悲欢莫名的情感，怅然而悠长地绵邈不尽。

雪芹的鼓与笛，都不是"一个点儿""一个眼儿"。前人沈慕韩有诗咏雪芹，起句说：

活虎生龙笔一枝，僵蚕垂死只余丝。
墨花常自翻灵舌，絮语都臻绝妙辞。

真是不虚。所以能活虎生龙，正因他不打死鼓心，善撤活笛眼。鼓有音、笛有韵，这总非喧阗热闹激昂轰动的那种演奏所能传达感染的境界，也不是那种浮媚轻巧的俗世乐曲所能想见的韵味。这将何以名之？只怕不易称呼。我想，在本书中暂时还是叫它做中华文化独造的灵境，也是中华天才特有的文采。

第二十章　奇特的"即事"诗

　　在西方，读者只能看《红楼》的外文译本。他们的反应，对书中的那么多的诗，难以理解，感到厌烦。例如在英国的一部"百科"书的第15版中介绍《红楼梦》，就明言那些没完没了的"诗论"，令人生厌！在中国自身，也有人批评雪芹小说中的诗都是"劣诗"，还引起了争议反驳。这种种现象，是怎么回事？应当如何看待？

　　归根结底，这还是一个了解中华文化的大课题。第一，他们不知诗在中国的地位与"性质"，作用与力量。诗是中华人交往的一个重要方式，比"尺牍""电传"重要得多。第二，他们不知道那也不光是文人墨客的事，民间妇女，祖传的故事，很多是运用"云"诗（"吟"诗的讹音）、对诗、赛诗、用诗排难解纷，用诗缔结良缘……小孩子听了兴味盎然，没有什么"惹厌"发生的可能。第三，他们更不知道中国的文化家庭中，常常出现一门才女，姊妹姑嫂、长辈少妾，同吟共咏的"诗迷"门风，这并非罕见之事[①]。第四，最最要紧的一点，是他们不能也无法懂得汉文字文学中诗词一门作品的极大的特点——全

---

① 可参看拙著《曹雪芹传》所举略例。

由那个独特的语文的语法、形式、音律等而决定的、产生的特殊的艺术美和深入人心的巨大魅力——这些，一经译成根本悬殊的外文之后，原美尽失，只剩下一些"可笑"的"字典式"的"字义"，那给人的"感觉"就"不堪设想"了！

但是，我们此际来谈这些，还不是为了就诗论诗，而还要讲解雪芹怎样运用诗（包括它的各种变相，如对联、酒令、谜语等形态）来为他的小说艺术增添异彩。

如今我不拟逐一详列，免得太繁，只单举一例。

那是宝玉搬入大观园之后，快活满足，尽情享受之时，曾作过四首即事诗，体乃七言律，时分四季。其词云：

> 霞绡云幄任铺陈，隔巷蟆更听未真。
>
> 枕上轻寒窗外雨，眼前春色梦中人。
>
> 盈盈烛泪因谁泣？默默花愁为我嗔。
>
> 自是小鬟娇懒惯，拥衾不奈笑言频。

此《春夜即事》诗也。这诗"劣"吗？尤其是颈腹二联。十三岁的荣府哥儿作的呀！自然难说就能与李商隐比美，可也总算"难为了他"吧？再看——

> 倦绣佳人幽梦长，金笼鹦鹉唤茶汤。
>
> 窗明麝月开宫镜，室霭檀云品御香。
>
> 琥珀杯倾荷露滑，玻璃槛纳柳风凉。
>
> 水亭处处齐纨动，帘卷朱楼罢晚妆。

此《夏夜即事》诗也。别的且慢表，只看那中间两联将麝月、檀云、琥珀、玻璃四个丫鬟的名字巧妙运入句内，何等自然贴切。一结二句，风致特胜。

> 绛芸轩里绝喧哗，桂魄流光浸茜纱。
> 苔锁石纹容睡鹤，井飘桐露湿栖鸦。
> 抱衾婢至舒金凤，倚槛人归落翠花。
> 静夜不眠因酒渴，沉烟重拨索烹茶。

此《秋夜即事》诗也。若说这也是"劣"诗，只怕稍欠公平。虽不敢说是清新俊逸，也自潇洒风流。

> 梅魂竹梦已三更，锦罽鹴衾睡未成。
> 松影一庭惟见鹤，梨花满地不闻莺。
> 女奴翠袖诗怀冷，公子金貂酒力轻。
> 却喜侍儿知试茗，扫将新雪及时烹。

此《冬夜即事》诗也。写的诗境还是那么好，四首之末，亦绝不见笔弱才尽之态，神完气足。以我个人拙见而论，"舒金凤"即展绣衾之佳句，但"落翠花"者何也？翠花即珠翠首饰，"落翠花"者，即摘下这些首饰，亦即"罢晚妆"也。但第五句暗用杜甫的"天寒翠袖薄，日暮倚修竹"之写那种高雅孤秀的东方文化女流的神采风度，来喻写《红楼》中人物，却是极为精彩而又含蕴。

这些闲言表过，言归正传——就要问了：他写这四首诗，安排在这个地方，用意何在呢？

我请你注意思索几点：

第一，为什么不作四时白日即事诗，而单作"夜"诗？

第二，为什么在四首诗中，"霞绡云幄""抱衾金凤""锦罽鹴衾"就三次特写夜里的豪华精美的"铺盖"（被褥）？而第一首的第八句还有"拥衾"之语。

第三，为什么四首诗中，"鹦鹉唤茶""杯倾荷露""不眠酒渴""拨烟烹茶""侍儿试茗""扫雪烹茶"这么多的"饮事"？

我这三大问题，请你先答。答出来，太好了。答不出，只得听拙论一讲。其说如下：

原来，这并不是什么"即事"，而是我开头提出的"伏脉千里"范围中的又一奇绝的手法！

宝玉此时作的"享乐"之诗，实际上是在遥遥地射伏着他自己日后的"受苦"之境。这大约也可以算在戚蓼生所说的"写此而注彼，目送而手挥"的令人惊异不置的新奇笔法之内。在雪芹原著中，当读者阅书至后半时，看到的并不是今日流行的程、高篡改本那样子，而是贾府彻底败毁了，大观园成了荒墟废土，宝玉落难了，无衣无食，也无住处。他与"更夫"为伍——或是本人充当了此役，或是无以为生，最后替更夫打更，然后谋求一个借寓栖身之地。

更夫有什么稀奇吗？没有稀奇，但"不寻常"，他们是昔时最穷最苦的人，五冬六夏，职业是为人巡夜打更。"更"是夜间报时的古法，将一夜分为五个更次，宫中特殊，要打六更，专名叫做"虾蟆更"（也换言"蛙更"）。一般人们安眠热寝中，总是在那最寂静的夜空里传来清脆达远的柝声，柝是木头做的，中空，道理与木鱼相似，俗称"梆子"。柝声总是由远渐近，近在耳边了，然后又由近而远，渐渐地听不到了——但它又会有规律地循环转回来，那时候，人们大致是初更开始夜息，室内活动，三更为夜深，一般都入睡了。五更开始渐渐破晓，早作之人即起床了。而更夫则要轮班巡夜，他们穿着最破烂的衣裳（夜里没人去"看"那"服装"），腰里挂着响铃，一动就响，手里不停地击柝，也有专打着灯笼的，叫做"帮更的"。尤其在隆冬寒夜，苦不堪言。但最苦的还是他们的住处：更房，冬季无火，无有足够御寒铺盖，只有稻草、鸡毛等物，厚积于地，打更回屋，卧于其中取"暖"……

日后的宝玉，深谙了这种"生活"滋味。怡红院中，绛芸轩里，茜纱窗下，百种温馨（不但"即事"诗，前章引录的那回晴雯、麝月冬闺夜起的氛围，令人如身在境中矣），最精美的衾裯毯屩，最可口的荷露雪茶，侍儿的服奉笑语，沉烟檀雾的馥氛，翠钿宫镜的光影……一切一切，日后俱化云烟，如同远梦，——更房的苦况，与之构成了人世间的最强烈对比的两种"境界"！

当读者看书看到宝玉受苦时，再回顾这四首"即事"诗，方才如雷轰电掣、冰雪泼头一般地恍然大悟！一面为宝玉的身世处境感泣，一面为雪芹的艺术笔法惊叹！

宝玉"帮更"时，渴极了，连一滴水也没的饮。这就又是"即事"诗里再三再四特写茶汤酒露的奥秘之所在。

宝玉真的落到那种地步了吗？谁说的？有何为证？莫随意附会，信口编造。

不是附会，也无编造，有书证，有人证。——本书为讲艺术，原不涉考证，今为取信于读者，略列一二。

书证的发现与存在，最早见于甫塘逸士的《续阅微草堂笔记》。其文云：

《红楼梦》一书，脍炙人口，吾辈尤喜阅之。然自百回以后，脱枝失节，终非一人手笔。戴君诚甫曾见一旧时真本，八十回之后，皆不与今同：荣宁籍没后，均极萧条。宝钗亦早卒。宝玉无以作家，至沦于击柝之流。史湘云则为乞丐，后乃与宝玉仍成夫妇——故书中回目有"因麒麟伏白首双星"之言也。闻吴润生中丞家尚藏有其本，惜在京邸时未曾谈及。俟再踏软红，定当假而阅之，以扩所未见也。

此书证也。人证则是杭州大学姜亮夫教授《我读红楼梦》所传：其少时在北京孔德中学图书馆见一钞本（我后托友人询知尚能忆为十六册），所叙宝、湘重会时，是为更夫之宝玉将巡更所执灯笼置桥栏上小憩，而湘云在舟中，见其灯，识为荣府旧物，遂问之，聆声识为宝玉。

这样，我就要提醒读者：你可还记得我在前章讲到香菱咏月诗（第三稿）的颈联吗——

一片砧敲千里白，半轮鸡唱五更残。

那儿出现了更柝之隐隐远影与微音（其实"隔巷蟆更"那句，早已透露了）。

《冬夜即事》诗中还有重要的一句：

女奴翠袖诗怀冷。

怪哉！怡红院中从未闻晴、麝、纹、痕等丫鬟中有一个女诗人。此何谓也？原来又有奇妙——也是清代人陈其泰，在他的"桐花凤馆"《红楼》批点本中，有一段记载他祖父陈石麟在乾隆时于吴菘圃（璥）相国（大学士的别称）家见一钞本[1]，宝、湘重会后，于贫苦中值除夕守岁，二人遂感今追昔，对饮联句，用的韵就是第七十六回凹晶馆中秋黛、湘联句的原韵！他祖父极赏其中几联警句，常常自己背诵击节[2]。

这才明白，那"女奴"正遥注日后的湘云而隐伏了暗笔，因为湘云大约是由于其家也同时获罪，籍没作了奴婢（一条资料说是"佣妇"，亦即此义也），与沦为乞丐当是先后阶段的不同。

这就是《红楼》艺术中运用诗的形式的一个最有代表性的例子。那些批评《红楼》诗"劣"与可"厌"的人们，当然没有想到雪芹设置在书中的诗，既"是"诗，又"不只是"诗。孤立、片面地"赏"他的这种奇诗，所见当然是毫厘千里了。

---

[1]　陈石麟，生于乾隆十九年（1754）甲戌，即甲戌本（石头记）成书之年，与雪芹为同时人，吴璥官至协办大学士，故称"相国"。此据徐恭时先生赐示，他推考吴得此珍本，当在乾隆四十八年左右。即在程、高伪全本印行之前十多年。

[2]　请参看拙著《红楼梦与中华文化》卷末附录。

第二十一章　海棠·菊花·柳絮

　　上一章引"即事"诗，有一联是"松影一庭惟见鹤，梨花满地不闻莺"。仍然是以景物象征人物。鹤，象征湘云，前引中秋联句"寒塘渡鹤影"句最为明显了，就连描叙湘云的衣着打扮，也说是"鹤势螂形"（这是雪芹的自创文学语言，以形容女性的躯体"曲线"的健美）。而莺象征宝钗，她为大观园题诗就说"高柳喜迁莺出谷，修篁时待凤来仪"。连她的丫鬟的名字也是莺儿。"梨花"也暗贴她住过梨香院和素白的色调（她住白屋子像"雪洞一般"）。这也就是到了冬天那一回岫烟、李纹、宝琴三人咏红梅的诗有句云：

　　　　闲庭曲槛无余雪，流水空山有落霞。

　　"雪"象征宝钗（并谐音薛——"丰年好大雪""山中高士晶莹雪"已一再有例矣）。"霞"象征湘云（所谓"枕霞旧友"的诗号，"落霞与孤鹜齐飞"的酒令，皆其一理也）。
　　我这么一补说，不仅仅是为了找前文，也是为了启后段。对于雪芹设诗，须晓其重点尤聚在黛、湘二人身上；因黛为大家常论之人，故我侧重论湘之事。

海棠开社，是全部结构中的几条主脉之一条，我称之为"诗格局"——我们此刻一面讲诗的作用（艺术手法），一面便已暗入了结构的大章法的范围之内了。

海棠开社，由三妹探春起意，大嫂子支持，贾芸恰巧就送来了海棠——这海棠，已经是"九节攒成"的秋海棠了。这象征着海棠化身的女儿的命运已自春徂秋了。而此社偏偏是湘云压场又压卷。

那写得真好。——雪芹的笔，这儿用的何法？大约也可说是"明修暗度"之巧吧？你看他，将宝玉"支使"到了"社"里去后，家里的袭人却闲中有忙，静中有动：她偏偏这时打发宋妈妈给史大姑娘送东西去。

这一送不打紧，立时又给雪芹提供施展生花妙笔的大好机会！就这么一小段事情当中，就能有偌大的曲趣、琐趣、追补遗文、得空便入……种种手法一齐呈现于纸上，真让你猜不透他的文思与意向。

她要送的是些什么呢？东西不多，只有三样：红菱、鸡头、桂花糖蒸栗粉糕。这三样，却带着一片新鲜的季节气息，且是园中自产的新果。鸡头即芡实，老北京街头叫卖，王府贵人内眷等尤喜食之（旧时惟什刹海盛产菱芡），藕香榭的对联，贾母独叫湘云念与她听，正写的是：

芙蓉影破归兰桨，菱藕香深写竹桥。

笔笔不空，并且句句是前后明暗勾连呼应。

但在找寻盛东西的缠丝玛瑙碟子时，却又引出了"补遗（追前）"与"得空便入（伏后）"的妙文。碟子不在桶子槽里，大家齐想哪儿去了，因而又想起还有一对连珠瓶也待收回。于是秋纹想起宝玉用瓶盛花孝敬老太太、太太，博得欢心，竟从太太手中得了赏衣——王夫人正找当年嫁衣要赏人（袭人得宠也），晴雯与之戏谑，并打趣袭人，妙趣横生。最后是晴雯不去取碟（秋纹到探春处取回），偏要到王夫人处取瓶——说的是"巧宗儿"（获赏）都你们得？我偏要去，也得一遭儿！

这种琐趣，不但好看煞人，而且处处藏有内容。晴雯此去，她的美貌与伶俐，却正给王夫人留下了一个不喜欢的不吉祥的预象与预兆！所以，在雪芹笔下，越是"琐"文，越有用意，越是所关重大。

宋妈妈临走，还特问宝二爷有无话说，可见素常之日宝、湘的情厚，妈妈亦知。偏秋纹刚从秋爽斋拿碟子回来，听见开社作诗呢（取碟的结构作用，至此又已明白），而宋妈妈也是个有心人，听秋纹说，记在心里。

湘云收到新果新糕后，先就要问宝二爷在家做什么了？宋妈妈答说，起什么诗社，作诗呢。湘云一闻此言，急得了不得，说怎么不告诉我？宝玉听了妈妈回传这话，立逼着老太太打发人去接她。挨至次日午间，这才接来了。湘云兴致极高，一个人便和韵了两首，大家称异击赏，说：这才不枉了作海棠诗。——以上点破题目：原来海棠一社，是为她而设，她才是真正的主角人物。

且看诗句："自是霜娥偏爱冷，非关倩女亦离魂。""花因喜洁难寻偶，人为悲秋易断魂。"都暗点此花有一段难言的经历：寡居，离别，孤守，相思。故脂批于其句下有一条说："又不脱将来自己形景。"

但是更使人惊奇的是由此又引出了十二首"菊花题"来。

这菊又是谁？她傲霜而冷艳，远访而移栽，最后重来新梦，坐对追怀……这都是谁的事迹？关键自然要看宝玉和湘云二人的诗都是怎么说的。

其十二首的次序是：

《忆菊》——作者宝钗

《访菊》——作者宝玉

《种菊》——亦为宝玉

《对菊》——作者湘云

《供菊》——亦为湘云

《咏菊》——作者黛玉

《画菊》——作者宝钗

《问菊》——作者黛玉

《簪菊》——作者探春

《菊影》——作者湘云

《菊梦》——作者黛玉

《残菊》——作者探春

你看这个"诗格局"的总结构，宝、湘二人是主，已一目了然了，别人已皆退居为"陪客""代言"的地位。其中访与栽，属之宝玉，对与供，属之湘云，二人相连并列四个最为眼目的命题，这不但大是特例，引人注目；就单以宝玉来说，他是每次开社时"著名"的名落孙山和受罚的人，可是这次例外地居于最重要地位了！此为何故？焉能囫囵吞枣，以陶渊明的"不求甚解"来对待《红楼梦》？

宝玉先是访寻"菊"的踪影，"霜前月下谁家种？槛外篱边何处秋？"，明言此"花"已落别姓之家，与"怡红"旧院已有"槛外"之隔了。及访寻得讯，随即"携锄秋圃自移来，篱畔庭前故故栽。昨夜不期经雨活，今朝犹喜带霜开！"。在这儿，务请别忘了湘云海棠诗中才写过的"雨渍添来隔宿痕"之句，正相呼应。宝玉对她之移来是"泉溉泥封"，十分护惜，而不使"尘埃"侵入他们的境界。

那么，再看看湘云怎么说的吧——

别圃移来贵比金，一丛浅淡一丛深。

萧疏篱畔科头坐，清冷香中抱膝吟。

数去更无君傲世，看来唯有我知音。

秋光荏苒休辜负，相对原宜惜寸阴。（《对菊》）

弹琴酌酒喜堪俦，几案婷婷点缀幽。

隔坐香分三径露，抛书人对一枝秋。

霜清纸帐来新梦，圃冷斜阳忆旧游。

傲世也因同气味，春风桃李未淹留。（《供菊》）

这简直要紧极了！她句句说的二人重会，在清苦的生活中续成了"新梦"，而一同追怀昔年共聚的"旧圃"（红香圃？）。而两人的缩合纽带，是共同傲世的契合与相知。末句是说，桃李春华虽艳丽一时，都未能延留长驻，惟有你我，独占秋光。

这是咏"菊"吗？分明是咏湘云的聚散悲欢、无限的曲折情事！

这十二首中，写得最好、境界最高的一首，依我评次，端推湘云的《菊影》，哪一篇也比之不过，真是好句——

秋光叠叠复重重，潜度偷移三径中。

窗隔疏灯描远近，篱筛破月锁玲珑。

寒芳留照魂应驻，霜印传神梦也空。

珍重暗香休踏碎，凭谁醉眼认朦胧？

　　这完全是他们二人从访、移、种、对、供……重来新梦之艰辛不易，而能识她于沦落之中的，惟有宝玉一人[①]。

　　在雪芹原书中，二人的重会当在重阳节候。雁、蛩、砧，再三出现于句中（包括酒令亦然），是离散、相怀、悲感的象征物色，即无须细讲自明了。

　　这一处的诗例，它的作用与意义，一是象征，二是伏脉，三是写此而注彼，四是鼓音笛韵，五是"诗格局"的继续进展，步步推向结穴。这儿在艺术上讲，其结构法是绝对的独创，而其笔墨手法又是十足地丰盈深厚，无一丝单薄浮浅的俗套气味。

　　这对于厌烦书中的"诗"太"多"了的人来说，自然是中间通不上电流，也爆不出火花的。

　　除了这种组诗，非常重要的还有两次的大联句。

　　一般读《红》之人即使对诗词有一定素养的，大抵也只重《葬花吟》《秋窗风雨夕》《桃花行》三篇黛玉的名作，那确确实实无愧是"三绝"。但那都是以抒情成分、渲染气氛为主的设计，与《菊花诗》的性质作用是很不相同的。至于两次大联句，又与两者另树一格，性质与作用亦异。其他题咏等，尚不遑计。对此三大类，读者能审知并区辨的，似乎就不太多了，能见赏的更少了。比如，第五十回的咏雪联句，从"一般小说"的角度或眼光去看，你不知费那么多事是为了什么？好像作者

──────────

[①]《菊影》明言菊即湘云之影，而黛玉只是"菊梦"而已。又，"留照""传神"二联极为重要，须与第四章合看。

是他个人的偏爱，喜欢"弄这一套"，但是如果明白现实中雪芹的身世经历、写作背景，与小说中宝玉的后来情节，再来读它，可以毫不夸张地说：那真是惊心动魄！政局的风云变幻、世态的炎凉严峻、生活的天翻地覆……通通涵蕴其中，巧而不纤。你看——

　　鳌愁坤轴折，龙斗阵云销。

皇室激烈的内部斗争，刚刚结尾。

　　葭动灰飞绾，阳回斗转杓。

雍、乾之际，大变大化，诸如"赐裘怜怃戍，加絮念征徭"，"价高村酿熟，年稔府粮饶"，都是实情的反映。大变化使得"有意荣枯草，无心饰萎苕"。书中的群芳，如雪花飞散，"入泥怜洁白，匝地惜琼瑶"，都陷入不幸的处境，堪悲堪惜！只有剩余的一二人，在"野岸回孤棹，吟鞭指灞桥"；他们"斜风仍故故，清梦转聊聊"，他们的会合的契机，是由于"何处梅花笛？谁家碧玉箫？"，他们的居处，是"深院惊寒雀，空山泣老鸮"！他们的生计，是"寂寞对台榭，清贫怀箪瓢"，"僵卧谁相问，狂游客喜招"，"煮芋成新赏，撒盐是旧谣"。昔日的同伴们，皆被命运播弄得"阶墀随上下，池水任浮飘"了，只剩下他二人是"花缘经冷聚，色岂畏霜凋"！

　　请你看一看，想一想，哪一句是空咏无谓的"咏物"？哪一字不合乎我们已经探索得明的种种情况？

　　另一篇中秋联句，大家最常引来作说（推考原著佚文）的，

只是"寒塘渡鹤影，冷月葬花魂"一联而已。而另有同样重要
的句子，却不知注意。例如——

　　　　酒尽情犹在，更残乐已谖。
　　　　渐闻语笑寂，空剩雪霜痕。

这是何等地明白清楚！

　　　　宝婺情孤洁，银蟾气吐吞。
　　　　药催灵兔捣，人向广寒奔。
　　　　犯斗邀牛女，乘槎待帝孙。

　　只这几句，已将黛、钗、湘三人的"三部曲"尽已括入诗
轴画卷了。
　　这儿，我特别请你注意的是"乘槎"一句，槎即船的代词
（本义是木筏类），这和"野岸回孤棹""绿蓑江上秋闻笛"，都
遥遥倚伏，更妙的是，湘云在中秋夜一见那清池皓月，心胸大
快，就向黛玉说：

　　　　"要是在家里，我早坐船了！"

　　粗心的读者，概乎不晓雪芹的这种微妙精彩的艺术手法是
多么地匠心独运，无一字一句闲文废话。
　　至于"煮芋""撒盐"，又是前章讲过的宝湘重会后在冬夜
贫居中犹然相对联吟的伏脉。
　　柳絮词，也是由史湘云而开端启绪。柳絮本是春光将尽的

标志，又是漂泊离散的象征，其寓意无待多讲；各人所作，各有隐寓预示的内容，与酒令、谜语等零句是同一性质的伏脉形式，今亦不想烦絮了。但可指明：湘云特以《如梦令》为牌调，乃是由李清照咏海棠的"绿肥红瘦"名篇《如梦令》而来的；"纤手拈来"正对宝玉的"飞来我自知""明春相见隔年期"暗暗呼吸相通。

这样看来，那些对《红楼》诗句评劣生厌的人们，大是需要平心静气，回头细想一番才是。

第二十二章 精巧的"构件"

我们说，雪芹写《红楼梦》，是建造了一座千门万户的建章宫。但这宏伟的大宫殿组群的"七宝楼台"分拆开看，每一个小构件也都是精巧无比的艺术品，起着奇妙的构建作用，它没有什么"废物"容足之地。一句诗，一部书名字，一件用具的形状，一张画，一出戏目……无不具有"构件"的地位与作用。这些例是举不胜举，如今且拿戏目这一项来观其大略，也可尝鼎一脔而得其滋味。

书中戏目，有点戏的成组的，也有零散提及的单出的。点戏的是元春归省的四出，加后补的一出。贾母在清虚观神前"拈戏"，是三出一组。宝钗过生日点戏是虚写，不见名目，但透露出有《山门》。凤姐过生日，点出了一个《祭江》。元宵看戏，则有《八义》和《楼会》。此外有谈话打趣时涉及的戏目。如今且看几个例子。

元春点的四出，次序如下：

一、《豪宴》；二、《乞巧》；三、《仙缘》；四、《离魂》。而脂砚在每一出下，注明了涵义：

《豪宴》——"《一捧雪》。中伏贾家之败。"

《乞巧》——"《长生殿》。中伏元妃之死。"

《仙缘》——"《邯郸梦》。中伏甄宝玉送玉。"

《离魂》——"《牡丹亭》。中伏黛玉[之]死。"

又总批云:

> 所点戏之剧,伏四事,乃通部书之大过节,大
> 关键。

这就说明了"构件"正是整体建筑的重要关纽。这种笔法,是胸有成竹,笼括全部筋脉,而又让人一不经意就都"放过"了。

《一捧雪》是清初名剧,演明代奸相严嵩之子世蕃害人的事,有莫怀古者,藏一奇珍白玉杯,名"一捧雪",携之进京求官,严世蕃欲得之,莫乃以仿制品予之,后小人识破,激怒世蕃,乃陷害莫怀古,以至家破人亡,其忠仆名莫诚,愿代主死,莫怀古得脱。这是奸臣权贵坏人残害良民的大冤案。

《豪宴》是其中第五出——世蕃宴请莫怀古的一幕。

我过去有个错觉,以为贾赦曾因谋夺石呆子的扇子,贾雨村诬害了人家,《豪宴》应即暗寓此类事情,而预示贾家之败由是而引起。现在想来,那事在清代风气来说,实在微不足道,小事一段,恐怕思路要反过来:真正的事故乃是仇家贵族豪门借古玩的事而倾害了贾府。

《长生殿》演唐明皇与杨贵妃的生死相恋的故事。"长生殿"之得名,即因七夕时二人在此殿指牛、女双星而盟誓,愿生生世世永为夫妇。但后来贵妃不得保其命,被迫缢死,流传为一大悲剧。演此剧而中伏元春之死,可知也略如李商隐所咏"此日六军同驻马,当时七夕笑牵牛"一般,元春也是因政治事故

而死于非命的——这与第五回中元春的《恨无常》曲子所咏，十分吻合。

以上两剧目，预伏的是全书的盛衰荣辱的总纲领。以下二剧目则暗示了宝、黛二人的结局：黛玉是泪尽夭亡，脂批也已透露了，如杜丽娘之离魂相似。宝玉的通灵玉被盗（贾环的阴谋？），疾病垂危，似乎是甄宝玉将所获真玉送还了他，而将他"度化"了——因为在《邯郸梦》中，演的是卢生做梦，经历了一生的繁华富贵、盛衰荣辱之后，梦醒，由吕洞宾度他，替何仙姑到天上为王母去当扫碧桃花的侍者去了，故以此相喻暗比。

说到这儿，应有读者听后太觉"离格儿"了，"不能接受"，因为这与素来熟习的程、高本太不一样了！但我正要提醒他一个重要的艺术焦聚点——

在第六十三回，群芳夜寿怡红，女孩儿偷着吃酒唱曲（这是不允许的），芳官唱的是什么曲？——

翠凤毛翎扎帚叉，闲踏天门扫落花[①]。您看那风起玉尘沙。猛可的那一层云下，抵多少门外即天涯。您再休要剑斩黄龙一线儿差；再休向东老贫穷卖酒家。您与俺眼向云霞。洞宾呵，您得了人可便早些儿回话——若迟呵，错教人留恨碧桃花！

这首《赏花时》，内容语义，通行排印本注释已明，我不复赘，只要说明：这与宝玉是"饯花主人"（见前章讲宝玉生辰）

[①] 此句据圣彼得堡本为证。

是密切关联的，也即剧目的一个呼应，其伏笔之际，仍是忽现此处一鳞、彼处一爪，又让你自己去联成一条神龙（隐然自有首尾全貌）。这也就是"云龙雾雨"法了。

再有，这支曲为何单由芳官口中唱出？你可记得，芳官是后来出家的人。所以到后文她与宝玉的关系已经是另一个层次境界的事了。如果不懂得这些，那么必然认为雪芹这儿真是浪费许多笔墨——他永远也不会那么愚蠢，岂可冤了他？

贾母在清虚观拈得的戏目是：一、《白蛇记》；二、《满床笏》；三、《南柯梦》。

《白蛇记》，雪芹祖父曹寅曾藏有《汉高祖斩白蛇》剧本，演刘邦醉行泽中，有蛇阻道，拔剑斩之的故事。这是象征起自微贱而后臻极"贵"的意思。《满床笏》是清代常演的生辰上寿等吉庆节日的戏目，演唐代"老令公"郭子仪，七子八婿，皆为显宦，"富贵寿考"的故事，戏名是说郭令公过生日，祝寿者的笏板（官职的标志物）都摆满了笏床（放物的榻架类叫床）。此寓极盛。《南柯梦》则也是略如《邯郸梦》，演梦中历尽荣华，忽遭祸败，醒来方知是梦的警世的情节。贾母听了前两出戏目，有自喜之词，及闻末出，便不言语。贾家的兴、盛、败的三大阶段，却在唱戏中再次勾勒"妆扮"。

这两次戏目，雪芹用它将全部书的一条大主脉，隐含在"热闹中间"，如行云流水，行所无事一般，却是极其精细巧妙的设计安排。

余下的散见零出的戏目不少，且拣重要的来看。元春那次，因特赏龄官，命她加演一出，她非要演《相约》《相骂》不可，贾蔷都拗她不过。这出戏是怎么回事呢？再者，凤姐生日，宝玉出城偷祭金钏，赶回来时，大家正在看演《祭江》，这又是何事？原来这两出戏，都是隐伏黛玉日后的自沉而死。

《相约》《相骂》是《钗钏记》的折子戏，贴旦扮丫鬟芸香为主角，在乾隆时代最为盛行，《扬州画舫录》曾记叙演此戏最精彩的名角。故事是贫士皇甫吟与富家女史碧桃的悲欢离合，《相约》为碧桃遣芸香约皇甫于后园相会，赠以表记，约为婚姻；《相骂》则是芸香与皇甫之母张老夫人斗口互骂的情景。关键在于碧桃曾一度投水自尽。

无独有偶，《祭江》是《荆钗记》的一出，演的是宋代名人王十朋，与妻钱玉莲，贫贱时以荆钗为表记约为夫妻——"荆"钗，相对于金玉而言，是贫家妇女的"标志"（荆钗布裙，一相对珠玉绮罗。"拙荆"一词亦取此义也）。后十朋得中状元，宰相欲以己女嫁之，十朋不允，触怒权贵，贬至潮州；而钱玉莲也因富家逼婚，投水自尽。

以上两出戏，其共同点不言自明。这两出戏的安排又是十分巧妙。它们的艺术作用都是遥遥暗与后来黛玉（与湘云）联句的"寒塘渡鹤影，冷月葬花魂"互为呼应①。

这之外，十分引人瞩目的就是元宵盛宴中演的《八义图》了。此戏源出《赵氏孤儿》（雍乾之际已为法国教士译为法文，在欧洲引起极大震动，后有英、德等译本），取材《史记》屠岸贾（gǔ）残杀赵盾满门的史事。剧情复杂曲折，惊险悲壮。简言之，是八位义士自我牺牲，各以不同方式巧救赵氏唯一遗孤（此子日后长大报了大冤仇），有的自尽，有的以亲生儿偷换了

---

① 关于黛玉之自沉的伏线，我曾于另文列出很多条。因为那"形式"总是被人误会只为"考证"而不知是为了艺术结构手法，所以本章只讲这些，已够分明，不再尽数罗列了。

赵氏孤婴①。这是一出自古震撼人心，凸现中华崇高道义的大悲剧，从来盛演，影响极大（京剧的《搜孤救孤》，亦即此剧的改编）。那么，雪芹总是在最最热闹的"盛会佳节"之际，不声不响地把这种惊心动魄、两族生死搏斗的戏"塞"进戏单上！请您想想，这都所为何来？

这，显然是隐伏了贾家日后所遭的特大冤狱与残酷迫害——似乎也有义侠之士，出于忠愤，力图挽救"遗孤"——贾宝玉。书中已然明白展示出的"王爷"级的故事，人物事情，北静王府是贾家的"同难同荣"的老关系，十分亲厚，是为一方。忠顺王府，则因蒋玉菡之故，与贾府起了矛盾，是为一方。这反映了历史背景中皇族内部争斗的一大特点：史湘云的牙牌酒令甚至暗示了"双悬日月照乾坤"的异象（此乃李白的诗句，指唐玄宗、肃宗并立的怪现象。清乾隆四年，恰有一大批皇族宗室另立"朝廷"的大案）。雪芹运用了这些手法，让读者晓悟：荣宁之败，是复杂的政局风云变幻的牺牲品与替罪羊，而贾氏男女如赦、凤等人，虽也有些自身的罪过恶行，利己而害人，但正是因为那些"微不足道"（这是相对于政治大事而设的喻词，不必以辞害义）作了导火线与"由头"；实质上是个屈枉者。

《红楼梦》人物的悲剧性，正在于此。

元宵夜宴赏灯观戏的另一剧目是《楼会》。这又巧妙极了——与元春那元宵点戏又是前后辉映、"特犯不犯"的独擅笔

---

① 赵氏孤儿是个遗腹子。这一点也引人注目，因为雪芹的上一辈曹頫少亡，妻马氏怀孕七月时，其过继弟曹頫曾向康熙帝奏报。因此頫之遗腹子是男是女，成为曹学议题与争论之一端。有人以为雪芹即頫之遗腹子。本书避免史料考证，故不枝蔓。或以为頫生天佑（事占），而不知"天佑"乃曹顺的表字，典出《易经·系辞下》第十二章"祐者，助也；天之所助者，顺也。"

法。这儿的规律是：大的兴衰荣辱整局巨变中，又特演一出男女二人悲欢离合的传奇事迹，如上次是《相约》《相骂》相似。

《楼会》即《西楼记》中的《病晤》一出。此剧演的是于叔夜与名妓穆素徽的故事——却也是一段自传性的文学名作。剧作者袁于令以自己的经历为基本，化名"进入"剧中。据清人记载，吴中沈某，雄于财势，凡妓女新至者必先拜谒，方能立足；穆女来拜时，适有文会，名士袁生居首座，穆一见倾心，形迹昭显，沈大不悦，加之讥诮。袁怏怏于怀，而莫可如何。有冯某者，性任侠，知袁意，乃探知沈携穆游虎丘（苏州名胜）时，径登舟劫穆而去，俾与袁会。沈怒讼于官。袁父惧，送子到案，系狱（并褫其科名）。袁于狱中作此剧以自寓自遣。《楼会》演的是于叔夜到西楼探慰穆女之病，正相聚中，忽然他的小书童文豹来催他快走，因为叔夜之父传他去"赴社"，叔夜只得怅然作别而去。

我在本章只举这些，余不详及。这已可以看出雪芹运用的艺术手法是何等奇妙与丰富。他熟习当时流行的戏本，抓住其中的某一中心特点，与他书中的人物事情有相近相通之处，不知不觉地纳入了他的杰构中，让人得到了一种全出意表而又恍然会心的多层次的艺术境界。这种奇趣妙境，别的小说中何从得见？

一个整局的大变故，附带着引发的家亡人散与悲欢离合，男女的生离死别——这就又已勾勒出了整部小说的大结构法则的影像。这一点，在了解《红楼》艺术上，更是重要。

[附记]

有一点亟待研究：雪芹所引戏目中男女离合，皆有表记约婚，而宝、黛之间并无表记，反特写黛玉暗察宝、湘金麟的事，此极要紧之一大关目。从中秋联句"寒塘""冷月"一联绾合二人结局而看，有可能是黛、湘皆曾投水自尽，而湘则得救，如史碧桃与钱玉莲。盖黛、湘并列，本暗用娥皇、女英二妃湘江投水之典故也。

第二十三章　无所不在

　　《红楼梦》一部大书，迤逦叙至第五十四回，除夕元宵，佳节盛况乐事赏心，已达到了全部的顶点。此回一过，不管是事之情，还是笔之调，都幡然一变，迥异前文了。这不烦多举，只单看那第五十五回的回目，便能体会，道是："辱亲女，愚妾争闲气；欺幼主，刁奴蓄险心。"而这回书是开篇即言凤姐病情暗深，不能理事，才只好请出探春暂代掌家。这个关纽之巨大，是由它引发了后半部书的整个变化。如用最简略的话来说，雪芹由此将人物事迹的重点，转移到了另一群人身上：大丫鬟，小丫头，小戏子，仆妇，管事女人，姬妾，府园中的下层（各等级）的妇女们，她们上升成为主角人物，而与前半的少奶奶、小姐们的集中叙写，有了很大的差异。

　　如若举一个富有代表性的例子，则莫如拿柳嫂子作为我们赏会雪芹艺术的另一种风味、另一个境界的例子。

　　柳嫂子是专为园里设置的"小厨房"的主管人，有一个女儿，名唤五儿。这位嫂子很精干，有魄力，会逢迎，也很泼辣风趣，有点儿"豪迈"之气、不羁之概。在宝玉生日的前夕，她和看门的小厮诙谐斗口打趣，风度不凡，口齿锋利。小厮向她讨园里杏子吃（足证宝玉生日是四月下旬的季节，丝毫不爽），她对管园子的婆子们的厉害发了一阵牢骚，也回击了小厮疑她"找野老儿"去了的雅谑。

她本人和迎春房里的丫头起了"磨擦""矛盾"；而她女儿柳五儿更引出了一连串的麻烦与悲剧。总括一句话：这母女二人，非同小可，关系着后半部书的一场复杂巨大的"两派斗争"，酿成了残酷的奇祸。

柳嫂子的故事，溯源于第五十一回末尾与次回的开头——这是按现行本来讲话，其实雪芹原稿此二回本亦相连未分，现状是后来强割的，所以第五十二回起头连个"话说""且说"都没有①。因为分回的问题直接涉及了结构学的大关目，故此处也不能一字不提。在这个地方，由凤姐首议，天冷了，一群姊妹们每日早晚要为吃饭而往返于园子与府里上房之间，太觉不便了，园后门内有五间大房子，挑两个厨子的女人，在那儿立个内厨房，专为园里姑娘们弄饭。贾母因此盛赞凤姐疼顾小姑们，想得周到。柳嫂子从此与园子后门结了缘法。

柳家的故事最集中的是在第六十、六十一两回，这正是探春理家"承包"之后、宝玉生辰夜宴之前，两大关目之间。但写下层仆妇及各级丫鬟的文字，是从第五十七回开始的：那是紫鹃试宝玉，一场特大风波风险，宝玉病得"疯"了，却是为写紫鹃的正文正传。次回，是龄官、藕官等的正传。又次回，是春燕、莺儿的正传。中间都夹着写婆子的文章，其笔亦皆妙不可言！然后就接上了柳家的故事了。

鹃、莺、燕，无意有意地联成一系，紫鹃一回性质有异，文笔特奇，势须另章再讲。春燕之母，见莺儿糟蹋了她的新柳

---

① 此等问题，详见《石头记会真》中按语。实际上，现在流传本的很多处分回法，都是后来才从"长回"割断的，此不过一例而已。

条美花枝，心疼得拿自己女儿撒气，口出鄙词，"这编的是你娘的什么！"恼红了莺儿的脸。追打女儿，直入院中，又要给宝玉"吹汤"（与尝莲叶羹也成了"辉映"），自讨了没趣，"嫂子怎么也没拿镜子照照，就进去了！"。挖苦，还是感叹？真是谁都"构思"不出来的奇词。亲母打春燕，也与干娘打芳官构成"一对"，而绝无纤毫雷同相犯之笔。这已经是见所未见的妙文了。但是，最妙的文章并不止此，勾勾连连，一直牵引出了蕊官、芳官、彩云、翠墨、蝉姐儿、司棋、莲花儿……一大串大小丫头的事故，表现出十二分复杂的"人际""房际"的关系——而这种复杂关系正是不久之后引起贾府内部残杀、外仇袭击的导火线！雪芹笔下的"琐趣"的最精彩的场面集中在此两回之间与前前后后，看他如何写来，如春云舒卷，毫不费力，一步一步逼向了柳五儿与厨房里的冤案。我说实在话，要讲这种艺术，我真不知道我该怎么样才能讲"好"，深感自己没有这个才力。请让我撮叙撮叙，方便于讲会艺术的妙理。

只因春燕之母得罪了莺儿（属于亲戚家外人），宝玉嘱她母女到蘅芜苑去向莺儿赔礼致歉。临回来，蕊官托春燕带一包蔷薇硝与芳官搽脸（治女儿脂粉引致的春癣）。春燕归来交付时，恰值贾环、贾琮二人来问候哥哥宝玉（全书只此一处补笔，有此礼数）。贾琮是谁？贾赦之幼子，邢夫人曾谓之"哪找活猴儿去！"，可知其"人品"何似了，但与贾环却似"气味相投"。此处这二位忽然出场，其非吉兆，约略可卜而知。

我们叙这些，时刻莫忘是为了看雪芹的艺笔。

春燕进来回话（交代差使完成的必然礼数规矩），宝玉见她回来，"便先点头"。四字妙极！春燕何人？也非蠢辈，她便"知意，便不再说一语"。

这种一两句的传神之笔，是雪芹的绝技，可惜有的读者只去寻找"大段描写"，于此等处全无体会。脂砚曾说，雪芹"得力处"总在此种寥寥数语（内藏丘壑），不懂用这高超笔法的人便总是"在窗下（写作之处也）百般扭捏"。

不想春燕悄递硝与芳官后，宝玉看见了——在这儿，雪芹又"楔入"了一句："宝玉并无与琮、环可谈之语！"便笑问芳官手中何物？芳官说了，宝玉有赞语，这时贾环便"伸着头"瞧（活画那鬼气），又"弯着腰"取纸，索要。芳官不给，去另取，却已寻不见，只得拿茉莉粉给了他。谁知这却惹出了一场轩然大波。

彩云因贾环的歪派疑妒，受委屈冤枉，气得在被里直哭了一夜，赵姨娘赶到园里去向芳官"报仇"，硬说芳官是瞧不起"三少爷"，拿假硝骗他，还骂芳官是"小粉头"（娼妓的别称），又动手打她。芳官不受了，与赵姨娘吵起来，蕊官、藕官恰值一起，葵、豆二官也来了，便将赵姨娘围攻，又哭又闹，又手撕头撞，将赵姨娘挫辱得狼狈不堪。一场闹剧丑剧！宝玉十分不快，口不便言；探春更气得没法，骂坏人调唆赵氏这个呆人出来生事，她们趁愿；要查出是谁挑拨的。偏巧分在房里的艾官，便告诉探春，都是夏婆子，素日与小戏子们不对头，专门生事（捉龄官烧纸，宝玉救护）；她却与赵姨娘喊喊喳喳私语……。

可巧夏婆子的外孙女婵姐儿就在房内当差，翠墨要她去买糕，她推刚干了累活，翠墨便使计，让她去，可以顺路将艾官的话告诉夏婆子。婵姐儿在厨房找见她外婆，就一边骂、一边诉，将艾官等情一一地说了，夏婆又气又怕。偏偏此时，芳官来了，传达宝二爷晚饭要一样素菜，柳嫂子热情请进。不料因婆子正给婵姐儿买来热糕，芳官要吃，又与婵姐儿二人争吵起来。怕事的女人们，见她们素日"矛盾"，见了就对口，都各自走开。

雪芹用这般极为琐屑的细事、女儿们的种种声口透露出了小戏子们的"淘气"，受婆子丫鬟们的歧视，处境很不简单，又夹上各房头之间的各层女人丫头们的戚党"派系"的矛盾，复杂异常——大观园，一如其他地方，是个人间现实世界的名争利夺、你倾我轧之场！有人硬说这个园子是曹雪芹想象虚构出来的一处"理想世界""干净世界"云云。不知他是否看见了雪芹的笔法是怎么样的？所以，讲《红楼》艺术，并非可有可无，小事一段。

且说众人散去之后，柳嫂这才得与芳官说话，探问托她向宝玉推荐女儿入院当差之事。这时，雪芹方才"交代"：柳五儿年方十六岁，虽系厨役之女——

却生的人物与平、袭、紫、鸳皆类。

只这一句，便定了五儿的品格，在全书中是出色的人才，可列入"副钗"簿册的女子，仅仅因身份属于奴仆而难与小姐们比肩罢了。但她命运好苦。目下又值多病，故芳官曾将宝玉房中的玫瑰露送了五儿，非常对胃有益，遂想再讨些，芳官向宝玉要了，又为她送去。谁知，这就给柳嫂母女惹了一场祸灾。

这之间，雪芹又"补遗"了，叙出柳嫂原是梨香院当差使的，人又会小意殷勤，故与小戏子们感情甚洽。又补出了宝玉有言应诺，将来院里的小丫鬟，他都放出——即许其自由择偶，脱离奴籍。又补出了怡红院的目下情势"处境"，一方面为赵姨娘等一党人目为"众矢之的"，一方面探春掌事，为兴利除弊，正要拿宝玉的事作个"筏子",批驳几件,给众人看,以示严正,不许枉法徇私。最妙的还"补"出了柳嫂引女儿入园散闷,只能在"犄角子上"逛逛,所能见的,只是些大树、大石头,和房子的后墙!

这种神笔,把你直引入那园子的偏僻背面、边侧之处的情景中,真如身临其境!

以上这些情事,连我尽力"简化"撮叙,都觉繁难,以为到此就可"罢了"吧?哪知繁难要紧的还在后头。都是全书中特别重要而别致的文字,也就是雪芹艺术的绝妙之所在。

原来,柳嫂得了露,要与他哥哥之子分送些去,以治热病,五儿不以为然,婉阻,不听。柳嫂送去,偏巧她侄儿的一群朋友来看他。内有一小伙名钱槐(批点家认为谐音"奸坏"),是赵姨娘的内侄,现派跟贾环上学。钱槐早看上了柳五儿的姿色,务欲求婚。惟五儿不愿,父母察知,也不敢相强。(由此可见,即在那时代,即在奴籍,在婚姻大事上当事的女儿也还是有一定的表示意愿的权利的,书中鸳鸯是其又一例证。)钱家父母本亦不敢再求,可是钱槐本人却誓不甘休——这就又为后文伏下了一条要紧的远脉。雪芹的"得空便入"法,于此益显其奇致。

乱上加乱的是:柳嫂为避钱槐,立即告辞,她嫂子偏又将一个纸包儿,说是五儿表哥在门上值班儿得的"门礼",是粤东的官儿送上头的,给了门上一篓,分来的,用奶调服,最是补人;并言本想送去的,也知里头近日风声不妙,"家反宅乱的",没敢去……。

叙说至此,雪芹的"横云断岭"法,便又使用得入理入神,真是句句出人意表,又全在"理内"。

这处横云,便是回到角门时,一个小厮正找她,里头传得紧,三四个人分头找她也不见。二人戏谑,"找野老儿去了!",又讨园内杏子吃,勾出柳嫂口中描绘管园婆子的厉害,已到了"瓜田不纳履,李下不正冠"的地步。两人角门外的一场对话,又被另一层"横云"断了——园里又来催了,再不来,可就误了(开饭)了!柳嫂忙应声赶来。

这角门外一段小插曲,一幕"垫场"小玩笑戏,且莫轻看了它,它使我们恍然憬然:原来这个"世界",不只是"上头"的人们的地方,还有另一群众生,在下层活动、生活、营谋、争斗……他们的语言、情趣、气味,都与园里人很不一样!雪芹虽然只用了这么一小块"云",却也竟把一条"龙"的鳞爪展现了出来,这一鳞半爪,又竟使我们如见全龙一般,那么活灵活现。

这,大约也就是脂砚提出的"云龙雾雨"之奇笔妙法了。

到此,今通行本已到回尾,但又正与前例相同:又是原稿本来相连是一个长回的,后方强割为二。次回紧接,柳嫂赶着正忙分派各房菜馔,却来了迎春房里大丫鬟司棋打发来的小丫头莲花儿,要一碗炖鸡蛋。"嫩嫩的"(用水将蛋释稀调匀,蒸炖成豆腐脑儿那样)。柳嫂支吾,说鸡蛋正缺。莲花儿不服,二人舌枪唇剑,对阵起来,真是旗鼓相当,好看煞人!——

> 柳家的道:"就是这样尊贵。不知怎的,今年这鸡蛋短的很,十个钱一个还找不出来。昨儿上头给亲戚家送粥米去,四五个买办出去,好容易才凑了两千个来。我那里找去?你说给他,改日吃罢。"莲花儿道:"前儿要吃豆腐,你弄了些馊的,叫他说了我一顿。

今儿要鸡蛋又没有了。什么好东西，我就不信连鸡蛋都没有了，别叫我翻出来。"一面说，一面真个走来，揭起菜箱一看，只见里面果有十来个鸡蛋，说道："这不是？你就这么厉害！吃的是主子的，我们的分例，你为什么心疼？又不是你下的蛋，怕人吃了。"

"莲花妙舌"，令人绝倒！——柳嫂也不逊色——

莲花听了，便红了脸，喊道："谁天天要你什么来？你说上这两车子话！叫你来，不是为便宜却为什么。前儿小燕来，说'晴雯姐姐要吃芦蒿'，你怎么忙的还问肉炒鸡炒？小燕说：'荤的因不好才另叫你炒个面筋的，少搁油才好。'你忙的倒说'自己发昏'，赶着洗手炒了，狗颠儿似的亲捧了去。今儿反倒拿我作筷子，说我给众人听。"

刺中要害。——在笔法上又是"补遗"之妙招。

"……连前儿三姑娘和宝姑娘偶然商议了要吃个油盐炒枸杞芽儿来，现打发个姐儿拿着五百钱来给我，我倒笑起来了，说：'二位姑娘就是大肚子弥勒佛，也吃不了五百钱的去。这三二十个钱的事，还预备的起。'赶着我送回钱去，到底不收，说赏我打酒吃，又说'如今厨房在里头，保不住屋里的人不去叨登，一盐一酱，那不是钱买的。你不给又不好，给了你又没的赔。你拿着这个钱，全当还了他们素日叨登的东西窝儿。'这就是明白体下的姑娘，我们心里只替他念佛。没的赵姨奶奶听了又气不忿，又说太便宜了我，隔不了十天，也打发个小丫头子来寻这样寻那样，我倒好笑起来。你们竟成了例，不是这个，就是那个，我那里有这些赔的。"

我要说：这种文字，才是《红楼》艺术的绝技的重要一部分，要看雪芹如何写人、写"话"、写事、写境，如何掌握驾驭得如此复杂微妙的"人际""房际"关系，都必须向这种地方来着眼，来参会，来汲取。可惜，有不少人习惯只看那些"热闹场面"、"有趣"的故事、"爱情"的"描写"等等之类，把这个看成了琐屑冗长，不但"微不足道"，而且"令人生厌"！

之后，司棋亲自来了，大闹了一场，搜出了鸡蛋。上房里失了盗，大管家婆子到处搜查，莲花儿看见柳家的橱里有玫瑰露，被认定是"贼赃"。柳五儿入园找芳官，偏偏被查园的碰上，生了大疑，当贼软禁起来；五儿又气又屈，病更重起来。柳家的被撤职，不对头的"仇家"秦显家的兴兴头头地来"接任"……

雪芹写这些，为了什么？用意非一。但最最要紧的是下列几点：

一、这是两派的明争暗斗，勾心斗角、十分激烈。夏婆子、秦显家的，与后文调唆抄检大观园的王善保家的一群，是贾赦、邢夫人那边的一党，和贾政这边作对。

二、事情里头总有个赵姨娘（与贾环），赵最嫉妒宝玉怡红院的人和事，处处安着坏心，找空子惹事。

三、柳嫂子虽不过是个厨役女人，却也"夹"在这种矛盾冲突的中间，成了怡红这一边的"附手"与"外围"。

四、日后赵氏和环儿，与贾赦那边勾联为一，共攻这边的宝玉、熙凤，并不择手段，勾结了外祟（异姓仇敌），酿成了贾家诸罪并发、一败涂地的惨局。结果是家亡人散，群芳凋尽。

所以，莫把写柳家的这回大书，看做等闲了。在这极为复杂的局面、关系中，也写了柳五儿作为群芳之一的命运之不忍细言（定为钱槐一派人所害[①]），写了柳嫂的"小意殷勤"，会奉承，可又十分"势利"，但是，也如实反映了她当差的苦衷：经费有限，众房齐来"叨登"索取，应付不暇。有可议之短，也有可谅之苦。雪芹写人，永远是这样子：不掩善，也不隐恶——他写王熙凤，尤其是最好范例。

所以我说：雪芹具有哲学家的慧悟性，有历史家的洞察力，有科学家的精确度，还更有诗人之心、之眼、之笔。这才是一个奇迹式的"复合构成体"的罕见的异才！

那么，在结束本章时，我却意不专在上述几点，而是特别强调——

雪芹究竟是怎样"体验"他的"生活"的？你看他写下层小丫头的锋利、写小厮的顽皮、写门房的索礼陋规、写厨房里的一切内幕情肠、苦衷委屈……一句话，写哪儿就如他在哪儿，他是所有场合的"局中人"！他如不在柳嫂厨房内以及她的亲友家"生活"过，他如何写得出那样精彩文字？——但他都"生活"过，这可能吗？

[①] 柳五儿的结局，今传世本已非雪芹原文，盖自第五十五回为始，直写到柳五儿，是为一脉之结穴点，其重要可知，岂有费如此重笔而只于王夫人口中一句"幸而他短命病死了"即是"交代"之理？观程、高续书中又令五儿再现，正是透露了本子原已残缺、迭遭后笔妄补所致。然程、高竟将此重要悲剧人物"续"成为"承错爱"，其精神世界之低下可知矣。

这完全不可思议。

然而，雪芹艺术所昭示分明的，又清清楚楚，即我在题目中所用的四个字：他作为小说作者，对一切场景事故，是一个神奇的"无所不在"的"超人"！

[附记]

  《红楼梦》第七十八回宝玉作《姽婳诗》，写至精彩处，一清客说：怎么如此真切，难道"宝公"当日也"在座"不成？这话与本章所论合看，饶有意味。

第二十四章　吴带曹衣

　　俗语说，"人配衣裳马配鞍"，含有至理，倒不同于"三分人才，七分打扮"的假相。中华是个衣冠之古国，全人类的衣着服饰之考究精美，没有能与古代中国相比的。服饰也是人的身份、性情、风度、处境的表现与"标志"，令人一望而可以大致判断此为何如人也。因此，在小说中写人，没有不先"交代"此人怎么"穿戴"的，说评书也免不掉这一节。谁戴一顶方巾，谁穿一件"蓝绸直裰"，总有那么几句。雪芹虽然力破俗套，却不是废除了衣饰的叙写，倒是加强了细度。

　　雪芹为何注重这个"外表"？一般传统缘由之外，还因为他是位大画家。画人物，除了"头脸儿"是用功夫的部位，不待赘言之外，什么是最重要的？——答曰：衣纹。

　　中国自古绘画大师们创造了一门"衣纹学"，当然他们不是用这样"名词"来表达，正像那时不说什么"浪漫主义""抽象主义"一样。这门"衣纹学"，是由四个字来作为代表概括的，即是——

　　吴带曹衣。

我们此刻也要借它来解说雪芹写人的"衣纹学"是怎么样的。

宋代郭若虚《图画见闻志》有一段话：

> 曹吴二体，学者所宗。按唐张彦远《历代名画记》称：北齐曹仲达者，本曹国人，最推工画梵像，是为曹。谓唐吴道子曰吴。吴之笔，其势圆转，而衣服飘举。曹之体，其笔稠叠，而衣服紧窄。故后辈称之曰"吴带当风，曹衣出水"。

这可以说是"衣纹学"的早期形成的痕迹。

再说中国绘画技法理论中有"十八描"之目，其实也就是十八家派画衣纹时用笔特点的名目，更构成"衣纹学"的主体。我要说，这种"衣纹"会形成专学的艺术造诣，在西洋是无从想象的事情。试观其目，便可想见身兼诗画大家的雪芹，其胸中对如何写人、如何以衣纹法衬出人物神采的手段，不会是一个"如尸似塑"的死笔了。

何谓"十八描"？一、高古游丝描；二、琴弦描；三、铁线描；四、行云流水描；五、马蝗描；六、丁头鼠尾描；七、混描；八、撅头钉描；九、曹衣描；十、折芦描；十一、橄榄描；十二、枣核描；十三、柳叶描；十四、竹叶描；十五、战笔水纹描；十六、减笔描；十七、柴笔描；十八、蚯蚓描。这大致可以看出，所分"十八等"是由最细的线勾递变为最粗的线勾法。"曹衣出水"法居第九，正在粗细得中之间。至于"吴带"相当于哪一目？则须另寻解答。

大致说来，十八描中除线条粗细这一等次之外，再一个就是用笔正侧之分。我是拿这些来与雪芹之行文写照相互参悟的，不是为讲绘画。我要指出的，是曹吴二宗的区别不在线条粗细，而在用笔之正锋还是侧取，在气格之飘逸还是凝重。吴是铁线描，正锋笔，行云流水的意度；曹则是厚线描，侧锋笔，稠叠凝重的气骨。讲清了这二者，便识得雪芹的用笔是侧锋多，细线少，而善以"曹衣"之"出水"来显"吴带"的"当风"。他的奇致是：技法分明是淡色写意取神，给你的印象却是"工笔重彩"；笔致分明是"稠叠紧窄"，而给你的感受却是"行云流水"。他游刃于"工"与"不工"之间的"夹空"中，"描"与"写"之间的沟通之际。貌似繁而质实简，笔虽侧而像则正！

说到这里，我再提醒看官一句：戚蓼生所指出那个从所未见的"异矣"的奇迹中，就也含涵着这一层复笔的因素的作用在。

如果你从衣饰上看雪芹如何用它来助写人的神采，那么你会发现有味的"规律"——

一、男人的衣饰，一字不屑。（严格之至。）

二、但写女儿，又只重在熙凤、湘云二人，其次是探春。晴雯、芳官，偶予一二特笔。其余那么多的女流，也不正写一字。（怪不怪？）

三、宝玉虽为男性，却写他的衣饰，而且是重笔叠笔。（何也？）

这儿意味深长，你可曾想过？如照拙见粗解，不难明白：雪芹著书不为男子，只传女儿；宝玉虽属于男，但性与女亲，甚异于世俗"浊物"——原系一部书的真正的主人公，故特笔"优待"。女中主角是谁？大家皆认黛、钗，我谓不然。与全书盛衰聚散最有关的女主角是熙凤，而与宝玉最为亲厚、结尾重逢吊

186

梦者乃是湘云。当你咀嚼这内中滋味时，便会若有所悟。

我们可以看看大家注重的所谓"黛玉入府"一回中，雪芹借黛玉之眼（正略如借冷子兴、贾雨村之口），来写出府中人物的衣饰——

> ……这个人打扮与众姊妹不同，彩绣辉煌，恍若神妃仙子——头上戴着金丝八宝攒珠髻。绾着朝阳五凤挂珠钗，项上带着赤金盘螭璎珞圈，裙边系着豆绿宫绦、双衡比目玫瑰佩。身上穿着缕金百蝶穿花大红洋缎窄裉袄；外罩五彩刻丝石青银鼠褂，下着翡翠撒花洋绉裙。一双丹凤三角眼，两弯柳叶吊梢眉。身材窈窕，体格风骚。粉面含春威不露，丹唇未启笑先闻！[①]

你看看这种"衣纹学"的笔法，是繁是简？是描是写？是吴带还是曹衣？是飘举还是稠叠？我说是他明明用的写法而非描法，却给你一个"工笔重彩"的感受，对不对？他实际"只列名色"，一笔也未"勾""描"！

王熙凤的音容衣饰，到第六回刘姥姥眼中，再现一番风光景象，别人也是没有这例的。——在这儿，你可看见熙凤目中看到的黛玉初来，她是如何的衣妆打扮吗？又为什么一字也无？

至于宝玉，那在本回就是叠笔——

> 一语未了，只听外面一阵脚步响，丫鬟进来笑

---

① 引文参酌圣彼得堡本。

道："宝玉来了！"黛玉心中正疑惑着："这个宝玉，不知是怎生个惫懒人物，懵懂顽童？"——倒不见那蠢物也罢了。心中想着，忽见丫鬟话未报完，已进来了一位年轻的公子：头上戴着束发嵌宝紫金冠，齐眉勒着二龙抢珠金抹额；穿一件二色金百蝶穿花大红箭袖，束着五彩丝攒花结长穗宫绦，外罩石青起花八团倭缎排穗褂；登着青缎粉底小朝靴。面若中秋之月，色如春晓之花，鬓若刀裁，眉如墨画，面如桃瓣，目若秋波。虽怒时而若笑，即嗔视而有情。项上金螭璎珞，又有一根五色丝绦，系着一块美玉。……只见这宝玉向贾母请了安，贾母便命："去见你娘来。"宝玉即转身去了。一时回来，再看，已换了冠带：头上周围一转的短发，都结成小辫，红丝结束，共攒至顶中胎发，总编一根大辫，黑亮如漆，从顶至梢，一串四颗大珠，用金八宝坠角；身上穿着银红撒花半旧大袄，仍旧带着项圈、宝玉、寄名锁、护身符等物；下面半露松花撒花绫裤腿，锦边弹墨袜，厚底大红鞋。越显得面如敷粉，唇若施脂；转盼多情，语言常笑。天然一段风骚，全在眉梢；平生万种情思，悉堆眼角。

只这两段，那熙凤与宝玉便活现于纸上了，人人皆如此感觉和谈论。当然，这"活现"的奥秘绝不会只在一张"服饰名色单子"上，起点睛作用的，全在紧跟上的那一联对句——诗。试看京戏中人一亮相，便有"引子"或"定场诗"；在评书中，则一副对句是更常用的手法。好一个"粉面含春威不露，丹唇未启笑先闻"！无怪乎脂砚赞那雪芹的"追魂摄魄之笔"，真是一点儿不假。

但请你反问一声：当写熙凤初见黛玉时，可曾提到林姑娘是怎样一个穿戴？完全没有。稍后，黛玉眼中初见宝玉，也是"亮相"大有妙文，而反过来，宝玉初见黛玉，只写她眉眼态度，也一字不及衣饰。你可曾想过：为什么？难道在大家心目中位置最高最重的女主角，倒不需要（不值得）写写她出场亮相的打扮？——而且在所有以后的书文中，也不再多说黛玉的服色。其故安在？

这恐怕就是雪芹对她这个人有一种超衣饰的认识，以为一画衣饰，会把她"框"住了，即"定型化"了，他以为一写她的衣饰会有害无益。此是从作者主观内心而言。若从书的客观布置结构来说，那则是黛玉并不是全书（贯通首尾格局）的女主角，而只是"三部曲"的第一部分的人物（她早逝了。此义可参看后文讲结构的有关章节）。

我设这"吴带曹衣"一章文字，就是为了说明两个问题：一个是雪芹为何描"衣纹"，以及如何描法？一个是他又为何不描"衣纹"，而只借几个"对句"来给她（他）"亮相"，全用"空际传神"之笔？

从"社会效应"看，雪芹的这种独特的手法，也给绘画家、雕塑家、舞台服装设计家……带来了"严重后果"。熙凤、宝玉，似有"原著根据"可以"再现"了；一到林黛玉、薛宝钗诸位，事情就麻烦起来。目中所见，用"吴带"派来表现的特多，她们身上的"带"，几乎像敦煌的仙女，可真够十足的"飘举"。但这绝不符合《红楼梦》人物的"时代面貌"，差得太多了。"曹衣"派却有一个大弟子（传人），他生时早于《红楼》，故只画了《水浒》——就是明末的大画师陈老莲（洪绶）。国画研究者把他列为顾恺之派系的最后一个超群的大师名手，但我以为他却是"曹衣"的真正传人。他的衣纹，技法全是方笔侧锋，稠叠"紧窄"（勿以词害义，此皆相对比较之词），一点儿不假。他的名作《水浒叶子》尚有遗痕，大可取赏。你看他如何画那一百单八个绿林好汉的！他的唯一传人，到清末还有一位钱慧安，是"曹衣"宗的代表。此外极稀，我所未睹。

雪芹对《水浒》，是又继承又"翻新"，太平闲人的"摄神《水浒》"说，大有道理。雪芹原书是写了一百零八个脂粉英雄——正与绿林好汉形成工致的对仗，这是有意安排（详见后文）。那么，雪芹是深受陈老莲画笔影响的高手异才，他写"衣纹"就是"曹衣"派（恰巧这位北齐曹仲达，与唐代杜甫咏过的曹霸，都是他的同姓的大画家）。他不会是采取"圆转飘举"的"吴带"派风格。但只因雪芹为人实在是"文采风流今尚存"（杜甫诗句）的后裔，他风致潇洒，神采飘逸，所以他给人的印象却成了一种相当普遍的错觉：以为他写人是游丝铁线，用正锋，求飘举……其实却是走失了雪芹的艺术真格调，真精神。他的手笔，所造之境，并不令人"飘飘欲仙"，"如列子御风而行"，却是让你"深思痛感，沉心屏气"。他的艺术造诣不是"圆熟""甜媚"，倒是沉重，渊厚，内层苦涩生辣。他下笔极有斤两，掷地有声，并非轻浮婉转。

只要是不抬死杠，不以词害义的话，那么从"吴带曹衣"一则比喻美谈中去领会《红楼》艺术的真魅力之所在，应该会有比俗常论调（如"描写细腻、刻画精致"之类）较深一层的收获。

［附记］

　　本章所说雪芹全书无一字叙及黛玉衣饰。或有问者："白雪红梅"回中也写了她的斗篷与小靴，怎么是"无一字"？论事要宏通，不贵缠夹。在写众人斗篷各异时，当然也要包括黛玉。但这与我的论点是两回事，应分别对待、理解。

第二十五章　得空便入

什么叫做"得空便入"？是好话，还是坏话？在别处，也许就是个贬词。但在《红楼》艺术上，却是一个赞语。

脂砚斋在批点中揭出这个奥秘——还成不了一个叙事美学上的名目（正式名堂或概念），但细想也难得再拟上抽象而难懂的"高深术语"，所以这儿就这么用它。姑名之曰"得空便入法"。

为什么要有此法？是不是故弄玄虚？卖弄狡狯？都不能那么认识。这在一部简单浅薄的小说中，是用不上的，是没有资格请它来帮助的。这确实是只能在丰富、深厚、复杂、错综、万象交荟、万缕交织的巨构中，方能产生、才配运用的艺术技巧。

人物、事迹、场面、情境，那都是太繁密了，用一般的结构法，敷陈头尾，平铺直叙，简直是绝不可能的事了，在此情况下，作者却被"逼"出一个妙招儿来，就是"得空便入"。

第七章讲到"伏脉千里"时，曾举鸳鸯之例，她与贾赦的纠纷，雪芹早早地设下了伏线，令人毫不知觉，自然之极，顺理成章之至。其实那已经包有"得空便入"法了。如今再补一条：你看大观园中史大姑娘做东，请全家吃螃蟹那回书中，凤姐的香腮之上怎么被平儿抹上了一下子蟹黄的？原来正是她"现世现报"——是她先拿鸳鸯"开涮",这也罢了,最奇的是她说"你琏二爷看上了你,明儿要收你在房里做小老婆呢!"。鸳鸯要"报复"二奶奶的"雅谑"还未报复成,却又出来个琥珀,打趣平儿起来,说:"鸳鸯若去了,平丫头还饶得了他?"平儿原是要抹琥珀一脸黄的,却阴错阳差,抹到了她主子凤姐脸上!读者正眼花缭乱,只看见这奇妙无匹的好文章——却被雪芹抓住了这个"空",一下子"入"上了后文贾赦疑他儿子琏儿与鸳鸯有了"特殊关系"的重大关目!

这种极尽巧妙之能事的笔法,我又不知道曾在哪部名著鸿编中有过?在我看来,这端的是古今罕见,中外难逢,想一个例子也想不出。

这样的例子,在《红楼》艺术中,却是左右逢源,——可惜"司空"见而不知其"惯",真是"宝山空入"——而这后一"空入",与前一得"空"便"入",竟是大有出入的了!

比如,雪芹要写凤姐的短寿,他就五次三番地得空便入。一次,东府珍大嫂子尤氏承老太太之命替凤姐操办寿日的事,因到西府取"凑份子"钱,与凤姐二人"斗智"打趣了一回,然后向平儿说道:

> "我看着你主子这么细致,弄这些钱!哪里使去?使不了。明儿带了棺材里使去!"

为过生日祝寿,偏出来一个"棺材",可谓笔下十二分狡狯。不但此也,稍过,又让尤氏向凤姐本人说道:

> "一年到头,难为你孝敬老太太、太太和我。我

今儿没什么疼你的，亲自斟杯酒——乖乖儿的在我手里喝一口！"

这是正言敬意，又亲又热；谁知凤姐答言——

"你要安心孝敬我，跪下我就喝。"

尤氏之才，心机口齿，样样不下于凤姐，只不过粗心人读不懂雪芹之笔罢了——她听此"挑战"之言，立即"反击"道：

"说的你不知是谁！我告诉你说：好容易今儿这一遭。过了后儿，知道还得像今儿这样不得了？趁着——尽力灌丧两口罢！"

就这样，在同一件事、两回衔连之间，已经是两次"描"那短命难再的"忽喇喇似大厦倾"了。

再一次更奇，不是别人说，反是凤姐自己"招认"。雪芹在一回书里先让老祖宗赞叹凤姐，担心她聪明太过了怕不是好事——其寿不永。凤姐的巧口灵舌却应道：人人都说我聪明太过活不长，惟独老祖宗不该这么说——老祖宗只有比我聪明十倍的，怎么如今却这么福寿双全的？只怕我也活老祖宗这么长寿……。贾母听了，才说只剩咱们两个老妖精似的，别人都死了，有什么意思！这真是舌底莲花，左翻右翻，妙趣百出——但正在那反说正说之间，就又"得空便入"，分明埋伏下了凤姐的早亡。

这样的例，在全书中几乎随手可拾。周瑞家的送走了刘姥姥，承王夫人之命，分送十二支宫花——却在"空"中"入"上了金钏与香菱。到了宝钗屋里，出来了"冷香丸"；到了惜春那儿，四姑娘正和小尼姑玩笑，说明儿也剃了头当姑子去呢（预示她日后是出家乞食）。仔细想来，雪芹这笔，有空自然能入，就是"无空"，他也会入得那么神奇巧妙。

宝玉还未进园子时，已将居室自题为"绛芸轩"了。那还是晴雯给研的墨，并登梯爬高地贴好了。晴雯不识字，却是宝玉的"女书童"，这份文化差使如袭人之辈是无缘无分的。然后写的是宝玉从宝钗那儿冒雪与黛玉同归，这才抬头自赏三个大字，而黛玉称赞："明儿也给我们写一个！"再让她吃茶时，她已翩然不见了。——这一切写什么？就是写"绛芸"是宝玉的后来，钗、黛皆已不复"在场"时，只剩下小红（绛）与贾芸是他的救慰之人。这又是另一式样的得空便入。

秦可卿突然去世，贾珍要为她访求最好的棺木，遍觅皆不中意，薛蟠得知了，便提醒他，有一副老千岁（隐指康熙废太子胤礽）义忠亲王所遗珍贵棺木板，那木叫做"樯木"，因亲王"坏了事"（政治斗争失势），存于店中，无人敢动，如欲用之，可即抬来。贾政深恐不妥，劝阻，贾珍不纳。这是日后贾府获罪、诸事"败露"的一项大条款。此类应该换个名称，叫它做"大空大入"。

贾母游赏大观园，坐船由蓼风轩一带循沁芳溪而北行，过了水路中心点"花溆"，见有石级（古之所谓"步"，亦作"埠"）通岸，遂拢舟上去，就到了蘅芜苑。进屋后，见一无陈设，浑如"雪洞"一般，便叹这孩子也太省事了，没陈设何不向你二嫂子要些。后又表示：年轻姑娘，屋里太素了使不得（"使不得"这话好像已无人会用了，京戏道白里还有。即"不行""不好"" 不妥"" 不许"……之意），因为那要犯"忌讳"。忌讳者，不祥非吉之征兆也。这儿，得空便入上了宝钗异日苦命运。

一次，大嫂子李纨带领一群"社员"（诗社成员也）来找凤姐要开社的"经费"，凤姐说你一个人"收入"那么多，拿出些来带小姑子小叔们玩玩也罢了，怎么只来逼我……。谁知"大菩萨"李纨口皮子厉害不逊于她弟妇，夹七夹八数落了凤姐一顿，其中妙句是：昨儿你还有脸打平儿？你给平儿拾鞋都不配！你们两个很该掉一个过子才是！

"掉个过儿"，即俗语彼此互易其位。在这个"空"儿，便又"入"上了一件大节目：日后贾琏因凤姐害死了尤二姐（连带男胎，那时是断人宗祀的大罪行），夫妇感情彻底破裂，熙凤被休（"一从二令三人木"之"三"，即隐"休"字也），而平儿扶正（那时妾室提升做了正妻，名为扶正）。果然是"掉了一个过子"！

再说周瑞家的，因一时发了善心，带引刘姥姥见了凤姐，又加上临时出来的送宫花的差使，忙了好一阵子，还未及回家，刚到穿堂，顶头儿撞见她女儿来寻她，抱怨怎么不回家，叫人好找。原来她女儿就是冷子兴之妻，因她丈夫买卖古董出了事故，被人告了，要发遣还籍（揪回老家去）。她母亲听了，不但不慌，反而说女儿年轻，没经过事，什么大不了，值得这样，求求主子就行了。这又是一种"空"，这便"入"上了贾赦好古董，勾结贾雨村害人夺物（石呆子的扇子），而雨村与子兴是有旧交的——维扬郊外酒肆一场，早已作了埋伏，可知这冷子兴，跟贾赦之罪，大有关系。你可记得：元春归省点戏，点了一出《一捧雪》中的《豪宴》，是因一件古玩，坏人害好人的故事，脂砚批语即于戏目下注明："伏贾府事败。"（这也证明了姜亮夫教授早时所见钞本，贾府之败是因贾赦罪发而引起的这个重大环节，若合符契。）

这样看来，"得空便入"的，大抵是表面上十分细琐的"小事一段"，文致也只"闲闲数语"，"一笔带过"，而其内涵，皆极重要。错以闲文赘语、浮文涨墨视之，就全都失却了雪芹的匠心妙笔。

再细按下去，这个"得空便入"，实际就是伏脉的一个方式，它完全是为了后文，而在"这儿"又是同样地与其他正文"有机组成"，有情有趣，丝毫不显突兀扞格。

说到这里，也就联系到前章讲的那个戚先生提出的"写此而注彼，目送而手挥"的妙法中，有其整个宏观的一义（详见后文），有其微观的一面，这后者中包括着"得空便入"这个手法。

说是一个"方式"或"手法"，是相对于"伏脉"是目的与作用而言的。但雪芹运用这个手法时，又不是个别的、零凑的、枝枝节节而为之的，他必须是"胸中丘壑"极其丰富，"胸有成竹"极其完整周密，他才能在全部大书的开头、前幅、随时随处，运用此法，否则是不行的。他的笔墨，写着这儿，他的心神，却遥遥地注射到"千里之外"的后文！这是一种罕见的复杂结构中的一种"构件"，其巧妙殆非俗常小说所能梦见。

史言汉代建章宫，规模之宏大壮丽，是"千门万户"。千门万户，盖造工程之艰巨，不待言了；更需要我们思索想象的则是那位"总设计师"，他必须"心"里先构成这个千门万户的难为常人思议所到的那种惊人宏大复杂的宫殿布置总图，然后才谈得上"千门万户"的产生。今人只能看看北京仅存的那一最小的"小圈圈"紫禁城了，我们的可怜的"构图能力"已然万不及一了，更何谈千门万户的建章宫！

　　建章宫是古代的伟大的鲁班那种等级的建筑大师的心灵所聚所铸。《红楼梦》是清代一个"不学纨绔"八旗子弟曹雪芹的心灵所聚所铸。这确实不是一件"小玩意儿"的事情。然而，建章宫固已不存，《红楼梦》也被伪续本捉弄得这些大结构与小构件统统走了样而难以重现其整体大美与细件的奇巧绝伦了。因此说这是中华文化史上的一种巨大损失，并非张皇其词的假话。

第二十六章 评点家的卓识

中华文苑中，早有文论文评。文论如《文赋》《文心雕龙》，皆是民族形式：一为赋体韵文，一为四六骈文。这是外国所难以想象的文学现象。文评，则发展成为"评点"，这也是一种更为奇特的民族形式，它进入了小说范围之后，对一般"细民"（鲁迅语）的影响之深之巨，真是无法形容。它起的文化作用极为广大，但正统士大夫、高层知识界则视之为"野狐禅"，讥哂或不屑一齿及之。这个宝贵的民族文评传统，今亦断绝。在《红楼梦》这题目上，评者太多了，只"评点"形式也有多家。我总以为在此诸家中，从评笔法评章法来看，始终是只有一家予我的印象最深，即戚蓼生序本中的总评，尤其是后半部，精彩倍出。我们如果借来，不但大可启牖我们的灵智，提高自身对雪芹文笔的欣赏能力，也有益于领会我们这个民族在艺术方面是何等地自有奇珍，不应舍己从人，总是搬弄别处的东西，奉为圭臬。

前章我曾举示一点：书到凤姐病休、探春暂替之后，直至夜寿怡红这—阶段（实为"六九"之数以后的"七九"大段落），雪芹的笔致一变，特为精彩。巧得很，也正是这一大段中的总评，也将重点倾侧到文章艺术的角度上去了。这个现象恐怕也非偶然巧合，其间当有尚未发掘的文艺宝藏，有待后人再为讲清道理。

第五十七回，《慧紫鹃情辞试莽玉》，在全书中为特异文情，其理、趣、惊、险，场面之奇突，气氛之紧张，与遭笞挞那一回堪称相埒，而境界之高或有过之。我们如何评赏这种天地间独一无二的文字？且听那位尚未考知名姓的先生①评道：

> 作者发无量愿，欲演出真情种，性地圆光，遍示三千（指大千世界），遂滴泪为墨，研血成字，画一幅大慈大悲图。

你怎么理解这种"文评"的意义？不习惯？不太懂？——难以"接受"？要知道这几句话，谁也说不出，其力千钧。似乎离开了评文，实则这才探到了为文的最深根本。这仅仅是一男一女两人"恋爱"的问题吗？这是对宝玉的真理解，对"情种"的真注脚——大慈大悲的心肠，滴泪研血的心情，来写一种无以名之的（故只好借用佛家词语，莫要错会本旨）、最极博大的爱才惜人、悲天悯世的胸怀——此即本书开卷大书交代"大旨谈情"的那个"情"字的真实意义。

如果你认为这讲得太"玄虚"了，只愿从人间一般男女爱情的角度去欣赏，那么就在这儿也还是大有可评可思之处，故那回后又另有总评，说道：

> 写宝玉黛玉，呼吸相关，不在字里行间，全从无

---

① 此评者于第四十一回前署名"立松轩"。我于《蒙古王府本序言》中推测其人可能为佟氏之后人，但尚待佐证。

字句处，运鬼斧神工之笔，摄魄追魂。令我哭一回，叹一回，浑身都是呆气！

读读这样的文评，乃觉今日之评家何必一定要板起面孔，搬弄一些土洋教条，来"训示大众"？我们用别的方式，能像他说得这么恳切动人吗？

同回，曾涉宝钗与岫烟一段对话，此位评家就又重笔评云：

> 写宝钗、岫烟相叙一段，真有英雄失路之悲，真有知己相逢之乐！时方午夜，灯影幢幢，读书至此，掩卷出户：见星月依稀，寒风微起，默立阶除良久。

是可见其人之不俗，他读《红楼梦》的注意点与感受区，并不与后来流行的世俗眼光相同，因为那时他还受不到程、高伪续的坏影响。

如今且多看几条，他对雪芹文心笔致的体会——

> 用清明烧纸，徐徐引入园内烧纸。较之前文用燕窝隔回照应，别有草蛇灰线之趣，令人不觉。前文一接，怪蛇出水；后文一引，春云吐岫。
>
> 道理彻上彻下，提笔左潆右拂，浩浩千万言不绝。又恐后人溺词失旨，特自注一句以结穴，曰诚，曰信。
>
> 杏子林对禽惜花一席话，仿佛茂叔（宋贤周敦颐，字茂叔）庭草不除襟怀。

此乃戚序本第五十八回《茜红纱真情揆痴理》一回的评语。看他又赏笔法，又品意味，两者交融，并无违隔。

　　山无起伏，便是顽山；水无潆洄，便是死水。此文于前回叙过事，字字应；于后回未叙事，语语伏：是上下关节。至铸鼎象物手段，则在下回施展。

　　苏堤柳暖，阆苑春浓；兼之晨妆初罢，疏雨梧桐，正可借软草以慰佳人，采奇花以寄公子。不意莺嗔燕怒，逗起波涛；婆子长舌，丫环碎语，群相聚讼：又是一样烘云托月法。

此评莺儿、春燕一回书文也。

　　前回叙蔷薇硝，戛然便住。至此回方结过蔷薇案，接笔转出玫瑰露，引出茯苓霜——又戛然便住。着笔如苍鹰搏兔，青狮戏球：不肯下一死爪。绝世妙文！

　　以硝出粉，是正笔；以霜陪露，是衬笔。前必用茉莉粉，才能搏起争端；后不用茯苓霜，亦必败露马脚。——须知有此一衬，文势方不径直，方不寂寞，宝光四映，奇彩缤纷！

你看他对这第六十回的繁笔巨幅，复杂情状，是用什么见识去分析去体会？用什么词语去赞叹钦服？这一切，都是民族的，中华独创的美学系统。他讲究的正笔衬笔，可与击鼓的"鼓心""鼓边"法合参。正笔并不等于死笔、板笔、呆笔，这区分切莫弄混了。鹰搏兔，狮弄球，俱是活爪，并非"一拳打死"。"打死"的做法，就没了"戏"可看，即无复艺术可赏。比如禅家，师徒以对话传道，也讲"参活句"，最忌"将活龙打作死蛇弄"。中华的文艺美学的灵魂就是永远将文艺——从创作到评赏，都当它是一个活生生的对象来看待对待，有血有肉，有经有络，有生机流转，有精神灵魂，而不是像上"生理"课那样"解剖青蛙"的办法去认识一个死东西的"构造"。

评论《红楼》艺术，此为要义之首。再看——

> 数回用"蝉脱"体，络绎写来，读者几不辨何自起，何自结，浩浩无涯，——须看他争端起自环哥，却起自彩云；争端结自宝玉，却亦结自彩云。首尾收束精严，"六花长蛇阵"也。识者着眼。

这真一点儿不假。收束，不是现代用法的"煞尾"义，而是"穿着装束扎裹"，用穿衣打叠以喻文事安排组构。精严是丝毫不得草率随便，含浑疏落。比如五十四回（上半部也）以前，事情虽然也十分纷繁，但毕竟段落较为可分，如秦殡、省亲、魇魔、诗社、两宴……直到除夕元宵，是大致看得清爽的；而书到这数回，那真是大波细漪，环环套套，勾连回互，莫见涯涘，而且笔势健饱，不但无懈，精彩愈出！是何神力？无怪乎那评者说是"六花长蛇阵"，妙极了！我想用"洋话"术语名词来说，就索然寡味了吧？

书至第六十二回，有一总评：

写［诸案纷扰］寻闹，是贾母不在家景况。写［宝玉生辰夜间］设宴，亦是贾母不在家景况。如此说来，如彼说来，真有笔歌墨舞之乐！

这又表明一个道理，欲评文，先须解事——即要明白所写的时代、环境、背景、规矩、习俗……家长们有事他往，家下种种事态便乘隙作发；书中人物有云"近日家反宅乱的"，一语点破，不然者何以上半部书中无此痕迹。弄不清事情的实际，空评文字，必难切中肯綮。

看湘云醉卧青石，满身花影，宛若百十名姝，抱云笙月鼓而簇拥太真者。

观此，又令人感到，评文者本身也得"能文"才好，人家比方出来的，咱家就不会，说不出来。所以体会《红楼》艺术，雪芹文心笔境，实际上也是一种极好的中华文化的高层次的素养的问题。

第四十一回拢翠庵品茶，总评云：

刘姥姥之憨，从利。妙玉尼之怪，图名。宝玉之奇，黛玉之妖，亦自敛迹。是何等画工！——能将他人之天王，作我卫护之纵神，文技至此，可为至矣！

此深层烘托之义也。在笔法的欣赏中，逐步地将目光放宽时，就发现了还有章法的一大课题。笔法章法，有分也有合，这才是中华文评的传统叙述美学观。

此回（第四十九回）原为起社，而起社却在下回。
然起社之地，起社之人，起社之景，起社之题，起社
之酒肴：色色皆备。真令人跃然起舞！

　　今天的人，只会说"做准备"，那是毫无意味的呆话死语，
与文学艺术是两回事，岂得相混？

　　诗词之俏丽，灯谜之隐秀，不待言。须看他极整
齐——极参差，愈忙迫——愈安闲；一波一折，路转
峰回；一落一起，山断云连。各人局度，各人情性都
现。至李纨主坛，而起句却在凤姐；李纨主坛，而结
句却在最少之李绮。——另是一样弄奇。
　　最爱他中幅惜春作画一段，似与本文无涉。而前
后文之景色人物，莫不筋动脉摇；而前后文之起伏照
应，莫不穿插映带：文字之奇，难以言状。

　　这样赏文评文法，后世可还能遇否？我们"读"《红楼梦》，
又是注意些什么文艺的美处？你尽可以不都同意他的看法，但
你拿出什么来足以取代自己民族的那样的文评传统？

　　此回（第五十一回）再从诗词着色，便与前回重
复，且又是一幅即景联诗图矣，成何趣味？就灯谜中
生一番讥评，别有清思，迥非凡艳。
　　阁起灯谜，接入袭人了，却不就袭人一面写照，
作者大有苦心：盖袭人不盛饰，则非大家威仪；如盛

饰，又岂有其母临危而盛饰者乎？在凤姐一面，于衣服、车马、仆从、房屋、铺盖等物，一一检点，色色亲嘱，既得掌家人体统，而袭人之俊俏风神毕现。

文有数千言写一琐事者：如一吃茶，偏能于未吃以前、既吃以后，细细描写。如一拿银，偏能于开柜时生无数波折；平［秤］银时又生无数波折。——心细如发！

这才够得上是一个《红楼》读者的资格的人，看得见，说得出。如此方是雪芹独擅的绝艺的知音。当然，也可以同时指出，这种写法，却拱卫着一个"暗鼓心"：专从侧面写出袭人在家时一切经手操持妥帖，别人只觉这都"自然而然，没啥稀奇"，一旦此人一离开，什么都不熟悉了，什么都外行而生疏得很，须从头"摸索"了。这一点，全从晴雯、麝月二人身上"反折"出来。前面讲过"背面傅粉"之法，于此再作沟通，多么令人可思可悟。

此回（第五十二回）前幅以药香花香联络为章法，后幅以西洋鼻烟、西洋依弗哪药、西洋画儿、西洋诗、西洋哦啰斯国雀金裘联络为章法。极穿插映带之妙。

写宝玉写不尽，却于仆从上描写一番，于管家见时描写一番，于园工诸人上描写一番。园中，马是慢慢行；出门后，又是一阵烟！大家气象，公子局度如画。

说"如画"，不错；但于今日之人，作喻就可改说如"活动片（movie 电影）"了。评者确实是个善体能言之人。当然，若让我补充，则这些描写，皆是预为后文宝玉贫困时的对比反跌而设。不过此义须容另章再讲。

如今且看书文写到"盛极"顶点处的评论：

> 叙元宵一宴，却不叙酒何以清，菜何以馨，客何以盛，令何以行［注意四句是韵文——引者］，先于香茗古玩上渲染，几榻座次上铺叙，隐隐为下回张本，有无限含蓄，超迈獭祭者百倍！

獭祭，指翻书引典，死板堆砌——以充富丽，而实寒俭浅陋，雪芹与此迥异，俗常不识此理，总以为他专善铺陈富贵繁华，即以为与"獭祭"是一回事了。

前半整饬，后半疏落，浓淡相间。祭宗祠在宁府，开夜宴在荣府，分叙不犯手。是作者胸有成竹处。然后他指出此回有三个层次，随读者之浅深而识解不同。此回一过，便到第五十四回了，看他如何感受？

> ……是作者借他人酒杯，消自己块垒，画一幅行乐图，铸一面菱花镜，为全部总评，噫！作者已逝，圣叹云亡，愚不自谅［量］，辄拟数语，知我罪我，其听之矣！

真是佩服赞叹，感慨怅惘，百端交集①。此一重批，结束上文。下面是第五十五回了，你听他说——

　　此回接上文，恰似黄钟大吕后，转出羽调商声，别有清凉滋味。

寥寥数语，重要异常：盖书到此际，正是上下两半部的分界处，内容、气氛、笔调、情味，一下子都变了！

这是何故？这就该讲到雪芹原书的整体结构大法则的问题了——也就是《红楼》艺术的另一种极大的特殊创造，在所有文学中也堪称并无俦匹的唯一奇例。

---

① 此指贾母批评历来佳人才子俗套的一篇议论。过去评论者，因受了程、高本的欺蔽，总以为这是预示她反对"宝黛爱情"，这真是最大的歪曲篡乱。戚本此评，是符合雪芹原意的。贾母与凤姐都是宝黛关系的维护者，破坏它的只是赵姨娘和邢夫人那边的一党坏人。抄检大观园，主唆者为王善保家的，她正是邢夫人的亲信，而抄园的目标实在"嫌疑犯"林黛玉。然则，请看邢氏之亲媳王熙凤，在全部过程中的态度与表现，最是分明，不知有些评家何以那么容易被程、高骗过？

第二十七章　特犯不犯

这一叙述美学概念的词语，也是中华民族的，而《红楼梦》把它发挥到了一种奇致和极点。"特犯不犯"，是何意义？译成白话就是：故意地写"重复"文章，而笔法又绝不重复。这也就是说，大艺术家不甘于写些平庸顺手的东西，总喜欢自己给自己出难题，以"考验"和施展自家的才力，出奇制胜，务弃俗套。雪芹似乎特别喜欢这个特犯不犯。

若举例子，可真多得很。细小的不必列举，单看大的，两次过元宵节，两次丧殡，两次起社，两次宝玉生辰，两次袭人箴玉，两次试才（题园与题林四娘），两次病起（宝玉），两次出门（偷祭与庆舅），两次大联句（雪景与中秋），两次进府（刘姥姥）……没有一例是相似而"略同"的，甚至让人不知觉那是"特犯不犯"。这些还只是就现存八十回而言（原全部应有不少竟是"三次性特犯不犯"）。

宝玉两次生辰，我已讲过。可卿与贾敬两次丧殡，戚序本总评提及，这都太显易晓，故不多赘了。只如几次联句、作诗、填词，怎么不犯？恐怕一时就道不清白。如今引第七十六回一段评语以为佐鉴：

此回着笔最难：不叙中秋夜宴则漏，叙夜宴又与上元[元宵夜宴]相犯。不叙诸人酬和[作诗]则俗，叙酬和又与起社相犯。诸人在贾政前吟诗，诸人各自为一席，又非礼。既叙夜宴，再叙酬和，不漏，不俗，更不相犯。云行月移，水流花放，别有机括，深宜玩索。

读读这种评语，岂不是与读本文同为一大享受？

文[桃花社，柳絮词]与雪天联诗篇一样机轴[杼]，两样笔墨：前文以联句起，以灯谜结，以作画为中间横风吹断；此文以填词起，以风筝结，以写字为中间横风吹断，是一样机轴[杼]。前文叙联句详，此文叙填词略，是两样笔墨。前文之叙作画略，此文[之]叙写字详，是两样笔墨。前文叙灯谜叙猜灯谜，此文叙风筝叙放风筝，是一样机轴[杼]。前文叙七律在联句后，此文叙古歌在填词前，是两样笔墨。前文叙黛玉替宝玉写诗，此文叙宝玉替探春续词，是一样机轴[杼]。前文赋诗，后有一首诗；此文填词，前有一首词，是两样笔墨。噫！参伍其变，错综其数：此固难为粗心者道也。

例不再举。我且须尽先说明的，乃是雪芹他多用这种重叠而避犯的笔法，所因何故？

原来，这种笔法，全系生自全书的大章法大结构。这儿有一个大对称的宏伟艺术课题！

今传世戚序本（包括蒙府本、南图本）的总评者，至少也有二人，一位只就八十回本而评，一位却见过雪芹原著的全貌，其中一条，连已佚的回目都援引了，最堪注意——

　　按此回之文固妙，然未见后之三十回，犹不见此之妙。此回《娇嗔箴宝玉，软语救贾琏》，后回《薛宝钗借词含讽谏，王熙凤知命强英雄》，今只从二婢说起，后文则直指其主。然今日之袭人、之宝玉，亦他日之袭人、他日之宝玉也；今日之平儿、之贾琏，亦他日之平儿、他日之贾琏也——何今日之玉犹可箴，他日之玉已不可箴耶？今日之琏犹可救，他日之琏已不可救耶？箴与谏无异也，而袭人安在哉？宁不悲乎！救与强无别也，[有脱文——引者]甚矣！但此日阿凤，英气何如是也！他日之身微运蹇，亦何如是耶？人世之变迁，倏尔如此！

　　今日写袭人，后文写宝钗。今日写平儿，后文写阿凤。文是一样情理，景况光阴，事却天壤矣。多少眼泪，洒与此两回书中！

　　这条第二十一回回前的总评，对我们了解雪芹的独特笔法，是一把总钥匙，重要无比。粗略而言，计有四点：
　　一、原书是前后对称、对映、对比的反正两大扇结构法。
　　二、前盛后衰，变化有如翻天覆地之巨大！
　　三、前扇诸文，"孤立"看来，也自成文，也自有情有味，具有"本体性"，但都只是整体双面性的一个单面而已。前后两面，必须合看方明。
　　四、从作者来说，他前面写良辰美景、赏心乐事，都是遥射后文的惨状——他的心情是"滴泪为墨，研血成字"，或如一位友人之言："他是眼含着泪向你微笑！"读者对此毫不了解，却空谈侈论什么《红楼》思想、《红楼》艺术，岂非绝大的自欺欺人之事乎？

说到这里，那么你若回顾前章涉及的宝玉四时即事诗等例，当能加深一层体认。

这个大对称大反比大衬映的结构，是怎么样的呢？

原来，《石头记》的全本实共一百零八回书文。一百零八之数，中分时则为两个五十四，故书到第五十四回元宵大盛会（亦即最后一次盛况了）为顶点，一过这条"界河"，一切文情都变了，此点前章已经大致讲过一次。（$54 \times 2 = 108$）

再一细按，在这一百零八回中，又实以每九回为一"单元"，是总结构法则，也是艺术的脉搏、音乐的节奏。全书共有十二大段落，每段九回。故又得一式：

$9 \times 12 = 108$

如稍"化"之，即是：

$9 \times 12 \div 2 = 54$

前后两大扇，每扇由六个九回构成之。

九回单元的析证很清楚：

一九：将全部几条大主脉引伏已毕（详见下文），以家塾交代贾府男子之不材无状，过此再不拟多写男人，转入以女为主题的正文。

二九：至十八回。建园省亲，第一个"盛"的高潮。人物活动地点转以入园为中心。

三九：至二十七回。以饯花、葬花为一极大关目。

四九：至三十六回。以梦兆、识分定为关目，出金麒麟。为情缘作一小结。下开"诗局"一脉。

五九：至四十五回。以"风雨夕"为一大关目，黛钗关系之枢纽。

六九：至五十四回。又一元宵，再次"盛"的顶点。

七九：至六十三回。寿怡红，特点"群芳""送春"是又一"饯花"形态，全书大关目，再次凸显。

八九：至七十二回。以凤姐病深、家事忧重为眼目。过此即入抄检大观园——向家亡人散大主脉步步逼近。

九九：至八十一回。

但原书已残佚，研究者另有"探佚"专学，以窥见后文大概轮廓。

十九：（元春猝死，探春远嫁，黛玉夭亡……"三春去后诸芳尽"之聚笔在此。）

十一九：（贾赦等罪发，贾府彻底破败。凤姐、宝玉系狱。贫困惨状。）

十二九：（湘云沦落中，有义士扶救，得与宝玉重会。）

以上仅是一个极粗略的勾勒，简到无可再简的"提纲"示意。（如有兴趣，可参阅拙著《红楼梦与中华文化》之末编）然已大致显示出：这九为单元大章法的规律，并非个人的臆测，乃是客观存在的实况。

小说有一百零八回的吗？有的，与《石头记》同时先后问世的《歧路灯》，就是如此。真是无独有偶①。

---

① 《歧路灯》的年代略晚于《石头记》，其内容是写一个"浪子回头"的故事（不务正业，眷恋戏子……，最后改邪归正了），也是个富家公子哥儿，所居曰"碧草轩"，似隐然与"怡红院"对映。还有其他痕迹也与《红楼》暗比。故我以为此书盖亦芹书的一部最早的"翻案仿作"（如后来的《儿女英雄传》）。我疑心它的一〇八回的章法也不是自创的——很可能其作者因某机缘而受过雪芹原著的启示。但《歧》书毫无思想境界，与《红楼》价值难以相比。

但九与十二，是什么意义？雪芹何必采用这二数以构全书？这似"神秘""离奇""怪诞"，其实一点儿也不。这全然是中华文化传统的基本知识的运用。

为什么要用十二？关键在于这部书的一个异名就叫《金陵十二钗》。作者以"钗"（"裙钗"的简省）代"女"，意谓书中第一流出色女儿（女性人才）有十二位，名之曰"正钗"。有正即有副，故又有"副钗"。正只一级，副则多层，多到几层？以九为次。于是——

$12 \times 9 = 108$

雪芹共写了一百零八个女子——其思路的触磕浚发，就是来自《水浒》的作者立意要写绿林好汉时，特别有意地采取了"一百单八将"这个数字，而且他的"等级观念"将此数目又分为"天"之三十六，"地"之七十二。三十六，七十二，在中华文化上、民俗上的出现与应用是更仆难数的，而此二数者，即皆系九的倍数：四九三十六，八九七十二，小学生都是烂熟的。于是——

$9 \times 4 + 9 \times 8 = 36 + 72 = 108$

$9 \times (4+8) = 9 \times 12 = 108$

这太"通俗"而又"自然"了，故在中华人看来，了无奇异可言，用不着任何的"大惊小怪"。

十二，阴数——偶数的最大代表数。九，阳数——奇数最大的代表数（九月九日为"重阳"）。九表"最多"（九天，最高；九地，最深）。而从汉魏以来，凡品评人品、艺品，都分"九品"。所以，十二钗也分了九品，所以才有九层的十二钗，共一百零八名①。

以十二称钗，来源甚早②。因为九与十二，皆不过表示众多之义。但十二此数本身，也有天生的特色，如天文学上有十二宫（日月交于黄道上的位次），地有十二支，月有十二圆，音乐有十二律，生理有十二经络……这是一个奇迹，所以它是个天生奇特数字，而非出人造。至于九，那也来历古远，中华文化的肇始标志"河出图，洛出书"，洛书即是九数。

据脂砚透露，原书最末列有"情榜"，应即如《水浒》之也有一百单八将的全部名单——忠义榜。《石头记》的"情榜"显然即由正钗十二名、副钗十二名、"再副"、"三副"……以至"八副"各十二名组成。十二，在书中是个主数，事事物物都是十二个，读者熟悉，不必胪列。

大约这个已定的一百零八名脂粉英才（与绿林好汉有意地"对台唱戏"）的数目，又启发了雪芹，使他又有意识地将回目也调整了，定为一百零八回——这也是他处处打破旧套的一个突出的表现。

如果能够深细研析，也许就可以发现，雪芹将这一百零八女子的文字是如何地分布到十二个九回单元之中的艺术布局。

---

① 1987年4月1日，在普林斯顿大学讲《红楼》结构后，当晚又有一次小型座谈会，对红学研究感兴趣的青年学人参加，提出各自关心的问题。有研究生吴德安女士发问：既然雪芹是专写女性的，为何他却采用阳数"九"作结构基数？当时我答得不明确，我应当回答说：雪芹写女性，故名《金陵十二钗》，"十二"是阴；至于"九"，那是表示"多"层等次（品级）的意义。这儿毫无抵触。在此向她致意。
② 严中的《红楼丛话》对此有很好的考例，今不多赘；而与雪芹同时并有关系的尹继善赠忠勇公傅恒诗，亦有"十二金钗只画图"之句，是称赞他不多蓄姬妾，美人只在壁悬画中。稍后宠臣和珅作诗，也有十二金钗之语。可见，其时之习用习见。

雪芹在排定一百零八钗时，实在是从书的一开头就告知我们了，请看：

　　他是从娲皇炼石补天起头的，而他给女娲的石头早已定出了"尺码规格"："高经十二丈，方经二十四丈。"而脂砚在此，也早有双行夹注批：

　　在"高经十二丈"句下："照应十二钗。"

　　在"方经二十四丈"句下："照应副十二钗。"

　　上句易解，但下句怎么讲？"二十四"如何照应"副十二钗"？

　　原来，这儿在甲戌本上头条批中"照应"作"总应"。这个"总"，实包所有之钗而言；大石每边之长（或宽）都是二十四丈，才能合原文的"见方"（即正方形，四边等长），那么，四乘二十四，即是所有诸层副钗的总数了——

$$24 \times 4 = 96（副钗）$$

$$12（正钗）$$

　　96+12 = 108（全体。"情榜"亦即此数。）要想明白雪芹在《红楼》艺术上的皴密精严，一丝不苟的文心意匠，达到何等地步，也必须着眼于这些独特之处。

第二十八章　九曲黄河向海门

　　中华的小说、剧本，凡写及男女之间传达心意、缔结姻缘的，很多是要运用"表记"这个手段。表记者何？就是一件表意的物品。这个，好像属于"旧套"范围，但一细思，则饶有意味。这就是中华文化当中礼与情的"矛盾"与"调和"的微妙"处置"之方，纯粹表现了中华人的美好的风度与心灵。何以言此？比如在西方道德传统上，少年男女互表"倾慕"之心（鲁迅语。他不用什么"爱情"，这本身便充分说明了东方的风格），那洋青年们用不着"麻烦"，甚至就是直白了当地说出一声"I love you！"就行了。谁也不以为"怪"的。在我中华，这却"使不得"，人听了会大感肉麻而乏味，"爱情"的产生、发展、传递、接纳……哪里可以是这么简单而浅浮的事？就在《红楼》书中，你也可以看见：少女一提"说亲""媒人""婆家""相看"（前一字重读，后一字轻读，特指缔姻前观察对方男女的相貌仪容），就要面红腮晕，羞得不能抬头，遑论其他？因此，才发生了"表记"之事。表记原是在"礼"的范围内设法以传"情"的，而还有一个"私相传递"的问题会构成罪名的呢。所以在小说、剧本中运用"表记"，中含文化深层的意理，也不能全以"窠臼"视之。

比如，"江皋解佩"，就是一个古老而美丽的"表记故典"。苏东坡的《天际乌云帖》中，记下了落入"乐籍"（官妓）的才女幸得长官准她脱籍自便时，题了"解佩暂酬交甫意，濯缨还作武陵人"之句（交甫，姓郑，即受江妃解佩的士子），真令人诵之味之无尽，这就是中华文化的迥然超迈庸俗的一种最好的例证。大约正因此故，雪芹书中，也采用了它，而不以为"落套"。

数一数，不仅小红的帕子，贾琏的汉玉九龙佩、潘又安的绣春囊，都在其内，就连多姑娘的一缕青丝美发，也是此类。但是，另一性质、形式都不尽同的"表记"，还包括着并不是"传递"而各自佩戴的饰物，其间竟也暗寓了姻缘的线索联系。

在宝玉身上，可以说是有三重"表记"意味的事物。

一件是他大承笞挞以后让晴雯送与黛玉的旧帕；一件是自己有的是玉而宝钗有的是金（锁）；一件则是最后又得了一个"雄"金麒麟——而湘云却早自佩有一枚比这略小的"雌"麟[①]！

第一件，黛玉见了初不明何意，旋即大悟，深为感动，虽虑"私相传递"，却又"不避嫌疑"，在其上题诗三首（都是说"泪"，因"鲛绡"是贮泪之物）。当然，早先她给宝玉做的精致的针线活计，因吵嘴赌气剪断了的，也早含表记意味，兹不多说。但应指出那已是不吉之兆了。第二件，宝玉自己并无意为"玉"寻配，那"金"乃"癞头和尚"支使所造，所以后来

---

① 金银麒麟，是满族诞育子女的旧俗，生后七日，外家例送摇车（亦作"悠车"）、麒麟佩、鞋袜等礼物庆贺。麟为"四灵"之一，古称仁兽，据云不践微蚁，最为祥瑞。民间麟佩，金属铸成，外镀金色，麟上小童骑之，头戴紫金冠（正是贾宝玉型），手持莲笙二物，合为"连生贵子"之义，盖古人以麟喻称佳儿，故小童多取为佩饰。

薛蟠在生气时一口道破了"要有玉的才配",所以这实与宝玉本人的意向无关。那么,剩下来的就是"因麒麟伏白首双星"的金麒了。

雪芹写这枚金麒的来龙去脉,真是精彩出常,妙不可喻!那是在清虚观,众道友为要见识见识那闻名的通灵玉,才引出了众多贺敬之仪,而宝玉单单挑上了那枚金麒。贾母见了,说恍惚记得谁家孩子有这么一件东西,宝钗立刻回答说湘云戴着一个。

黛玉当下尖刺宝钗对佩物特别留心!宝玉听说湘云有之,忙揣起来——又怕人看出来,哪知别人不知理会,又单单黛玉"表态示意",早知其心!这使宝主很不好意思,又掏出来,假言这东西有趣,我替你收着,回家给你戴上。黛玉说:"我不稀罕"(北方话,后一字重读,义为"爱惜""珍视",作动词,只用于反语,口气极轻蔑)!宝玉闻如此说,这才不得已又揣起来——决意只留与湘云了!

你看,这一幕情景,真是"九曲",妙趣横生,说笔能生花,一点儿不虚诳。

但从此,不再写它在宝玉怀中如何下落了。他却去写别的了。

那是蔷薇架下,看一女孩子画"蔷"字看入了迷。不防一阵夏雨陡降,宝玉急忙跑回怡红院,已浇得落汤鸡一般(还踢伤了袭人)。

一直不再提那宝物金麒了。

忽然,湘云又来小住了。她见过了长辈,入园来寻二哥哥。丫鬟翠缕一眼看见一个金晃晃的东西在那地上草间。拾起一瞧,惊喜意外——是个又大又美的金麒佩!

于是，从论阴阳转到了论"雌雄"——又转到了问"人"怎么分阴阳？——马上遭到了湘云的一口啐："越说越说出'好的'来了！"盖今日之"性别"常言，那时是万万不能出诸女儿口中也。

等到会见了宝玉，他的第一个动作就是向怀内摸寻金麟——糟了，不见了！

湘云举掌一"亮"：是这个不是？宝玉这才说出自恨该死的话，这比丢了"印"还要紧百倍。

我们都记得："幸生来，英豪阔大宽宏量，从未把儿女私情，略萦心上。"这是给湘云的定评，可当她从翠缕手中接过雄麟托于掌上的那一时刻，竟也默默含思不语者久之。

请君温赏：你看雪芹单是为了写这个金麒麟的来往得失，是如何地笔如生龙活虎，意若穿珠走盘。他并不明写因看画"蔷"，因雨淋急跑而将它遗落，而是令你自作寻绎，恍然大悟。

请你再想：雪芹为何单单在这个"表记"上特予重笔细传？

与此异曲同工的，恐怕就是司棋的故事了。

鸳鸯晚间入园传话，因要小解，走向山石背后，不期遇见了司棋与潘又安私相约会之事。此后，再无一字涉及什么"表记"。忽然，这天傻大姐拾了一个"狗不识"的奇物，让王夫人拿到了，于是一场险恶风云骤起：抄检大观园！

王夫人大概就是疑心此乃黛玉之私物。邢夫人那边的一党，方才挫辱了凤姐（她此时处境已十分可怜了，后文的发展，悉被程、高本歪曲净尽），遂又调唆"捉"黛玉的"奸情"。没想到，却在司棋那里搜出潘又安表哥的字帖儿！王善保家的尴尬万分，自打嘴巴（凤姐暗自"得意"。你看凤姐始终站在哪一边？）。

在这儿，也不明写那绣春囊就是司棋等那晚间慌乱中所遗，而让看官自作寻绎。

于此，我不能不再引录那位总批者的发言——

> 叙一番灯火未息，门户未关。叙一番赵姨失体，贾婆瘟气。叙一番林家托大，周家献勤。叙一番凤姐灰心，鸳鸯传信。——非为本文渲染，全为下文引逗。良工心苦，可谓惨淡经营。

真识透了、说中了雪芹的运笔之精义。

> 司棋事，从鸳鸯误吓得来，是善周全处，方与鸳鸯前后行景不至矛盾。一切精细如此！
>
> 司棋一事，在七十一回叙明，暗用山石伏线。七十三回，用绣春囊在山石一逗，便住。至此回（七十四回）可直叙去——又用无数曲折，渐渐逼来。及至司棋，忽然顿住，结到入画：文气如黄河出昆仑，横流数万里，九曲至龙门，又有孟门、吕梁峡束，不得入海。是何等奇险怪特文字！令我拜服。

我们读《红楼》的人，向雪芹学艺的作家们，温温这些正文与评语，对于我们中华自己的文脉与艺赏之高之精之特立独出，先贤后哲的交流契洽，辉映发皇，而不是拾人牙慧、缀人脚跟的宝贵文化传统，不是大有启迪浚发之益吗？

第二十九章　结构的新义

在小说领域中，西方兴起了结构主义的叙事学。结构主义叙事学影响很大。我从加拿大高辛勇教授所著《形名学与叙事理论》略明一二。但我们讲《红楼》艺术的结构学，却不是模仿西方的模式，因为这追本讨源仍然是个不同历史文化背景产物的问题。但从小说叙事学专家浦安迪教授的论文来看（卷前所引），他已将我对《红楼》艺术结构的法则引入了他的研究方法。这点是具有里程碑意义的。

《红楼》艺术结构学，除了回数章法分布，还有复线主脉的要义。这几条主脉，反映在书的几个异名上：《石头记》《红楼梦》《金陵十二钗》《风月宝鉴》《情僧录》。这在表面似乎务标新异，徒骋多姿，有点儿"不必要"；实则每设一名，各有涵义。这儿计有——

一、家亡——盛衰荣辱的总背景；

二、人散——"花落水流红"，众芳凋谢；

三、石头的"自叙传"，自化玉、为人，到"石归山下"；它的首尾与家亡、人散相关联，但不"同一"，又具本身完整性；

四、"诗格局"，在全书中独树一帜，也自具首尾布局，章法联络——它本身又另有伏脉预示的巧妙艺术作用。

这样，不妨试列一表，以见其错综交织的结构关系——这还不一定完善妥谐，有待深究，但已足可显示：雪芹此书，不是一种单一的、平面的、直线的艺术品，它的复杂性、立体性、错综交互性、多面层次性，都大大超越了所有过去的小说著作，以至无法比拟，也是他的前辈所万难想到的境界！

在浦安迪教授的论文中，他开始提出，依照我们的方法，可以看出《金瓶梅》也有对称章法：首尾各为二十回，是为兴起与败落，中间六十回为腹，写西门家族的盛景。他这研析结果是有贡献的，因为这很有典范代表性。但是，如果拿它来与《红楼梦》一比，那岂止是小巫大巫之别，简直是太简单浅直的结构样式了。

我以为正由这个良例，更可证明雪芹的灵心慧性，他所开拓的艺术丽景奇观，实为天地间万灵所有之最大精神结晶，无与伦比！——我如此说，自信不同于阿谀俗习。

四十年代，我就曾拿莎士比亚来打比方：莎翁三十七个剧本（今者据云又考定一剧应出其手，当为三十八），其所有角色人物是分散在那么多处的，而雪芹的数百口男女老少，却是活在一个大院子里，他们都要发生直接间接的关系与影响，哪个难？哪个易？二位"文圣"，谁更伟大？我想这个答案不应回避或巧辩。

从上面所列之表来看，既可以晓悟，这三条主脉是交织而行，是相互影响的，也可以明白《红楼梦》的思想内涵绝不是"表兄妹爱情悲剧"那么简单浅俗的观念所能理解的。所谓"宝黛爱情"，不是说它在书中并不存在，也不是说它没有构成前半部（至第五十七回）中的相当篇幅，但它并不足以构成一条主脉堪以鼎足而三，远远不够；它只是宝玉这条线上的三个女主角之一而已。黛、钗、湘，三层文序，才构成了这条线上的首尾。

再看"风月宝鉴"何以与"家亡"这条大脉相联？似不可解。实则雪芹早亦诉说明白了："擅风情，秉月貌，便是败家的根本。"盖雪芹深叹世人多不知真情为何事物，而一味贪欲无足，终致由淫乱、求色（这包括如贾赦之谋求人家的美色，与贾氏的美色被权势谋求两面）而酿成家门惨败的大祸。此义，一般评论家是置而不论，或不明雪芹所指的。

家亡自然是人散的一个直接的重要的缘由。但书中的人散，从"八九"这个大段落上已然开始了：晴雯、司棋、芳官、迎春……相继花落水流了。家亡当然又加剧了这个大散亡。这些人，多至一百零八位，除了这几个是宝玉这条线上的，余者只是他"亲见亲闻"的、隶属"薄命司"的不幸的女子，屈枉的人才，这么多人自然构成了全部悲欢离合的一大主脉。它与贾氏一族的败亡，有所关联，却又不是"等同"的一回事。这个分合关系弄清了，才更能理会《红楼》艺术的结构之奇、伟、悲、美。

然而还有一层要义：宝玉这条线，不能尽包一百零八人，但它确实提着"人散"一脉的总纲，此即我所谓"饯花主人"之义，脂砚所谓宝玉乃"诸艳之贯"的实义。宝玉对于"家亡"一脉，是丝毫没有责任的。那么，相应地必然另有一个提着"家亡"主脉的纲的人，那又是谁呢？答曰：凤姐。

这一点，请勿误会，以为是指凤姐负着倾覆贾府的全部责任，是家亡的祸首罪魁。不是这个意思。她倒是自从秦氏"梦嘱"之后加倍力支大厦之人，莫要冤屈了她（但书里的事情，正写她是个头号被屈枉的人，她一生做了些错事坏事，贪小利，缺大识，但家亡之惨局非她之过）。请看第五回咏她的曲文：

> 机关算尽太聪明，反算了卿卿性命。生前心已碎，死后性空灵。家富人宁——终有个家亡人散各奔腾！枉费了，意悬悬[据杨继振本原文，不是"悬悬"]半世心。好一似，荡悠悠三更梦。忽剌剌如大厦倾！昏惨惨似灯将尽！呀，一场欢喜忽悲辛。叹人世，终难定。

这支曲，脂砚的评语是：

> 见得到，是极。过来人睹此，宁不放声一哭！

请你平心体察（勿受程、高伪续的歪曲影响），定会有新的感受：这儿并没有责难讥讽之音，全是一片嗟惜之深情。她竭力支撑了半世，愁愁[断断]而与命争，然而一切枉费，终于家亡人散！——这是"人世"的"难定"，是指那个家族所无法摆脱的政局的风云险恶之牵连摆布。

这就可以归结到《红楼》艺术结构学上的一大法则：全书真正主角二人，男女各一，男是玉兄，女即凤姐。她们姊弟二人看似各居一处，叔嫂有分，关系不大；实际是呼吸相通，利害一致，甚至可说是一种"相依为命"的暗势。她保护宝玉的生命、物质、精神，她与要害他的一党针锋相对，生死搏斗。因此，赵姨娘请来了马道婆的"魔法"，害的不是别人，就是她嫂叔两个！

脂砚透露：到后文贾府事败获罪，有狱神庙一回书，那一处系狱的是谁？还是凤姐宝玉。

由此方悟：书的开头序幕，宁府宴请凤姐，是她嫂叔二人同赴。再次探望可卿之病，仍然是二人同往。及至睡中惊醒，噩耗传来，同到宁府哭吊的，还是他们二人先往。再到送殡，到村舍"下处"（此为暂寓之所的一个专称）同住的，竟然还是他们两个！

这是偶然吗？这是章法结构中的大关目。如不懂得，便只觉一切莫名其妙，"拉拉杂杂"，"全无主次"了。

除此而外，也还要领会雪芹的结构学上的"时间"或"季节"推移流转的章法规律。

中华文化的一种高雅的审美情趣与心灵爱护，总是把名花与美人相互为喻。雪芹既也把众女子喻以群芳了，自然就发生了花的时序节令的荣落之大问题。雪芹是把四月芒种节算做百花凋尽的界限，而以春喻盛，以秋喻衰。全书大结构，可以说成是"春秋"花谱。

而且，雪芹又是以元宵节作为春的标记，以中秋节作为秋的代表。全书是如此，就连开卷甄士隐一段"小荣枯"的故事，与贾雨村的交往，也还是以元宵与中秋二节作为主眼。所谓"好防佳节元宵后，便是烟消火灭时"，里头实包有多层涵义。

只看那两次元宵的正写，何等盛况；而"秋窗风雨""凹晶联句"，便又何等凄凉寂寞。无待繁词，悉能感受。

由此规律，即又可推衍，书到后半部，春与秋的节序，仍然是标领群芳命运的纲索。

这儿，再补说几句关于"后文""后半部"的话。

那位看过雪芹全稿的总评者不时地提到"后文""后回""后

半部"，所引情事、回目以及一言半语的原文，今皆不传，是以在研究界引发了"探佚"专学。但这个"半部"，究为多少回佚稿？说者不一。幸而总评者又说了一句"后之三十回"（见前章所引。一本作"后之卅回"，义同），这才使我们明白那"半"是个很随便的泛词用语。这样，自然有人以为现存八十回后原有三十回书，应共得"百十回"。如此，莫非我前文所说的一百零八回，又不对了吗？一百零八回之说倘若错了，那就连"九回一单元"的节奏也落空了？这是讲《红楼》艺术结构必须解答的一问。

原来，那位总批者虽见过全书，但他提笔总评时，所用的却是个七十八回本——书到《芙蓉女儿诔》，即缺下文。因此，七十八加上三十回佚书，恰好是一百零八回，分毫不曾差错。

哪儿又来的七十八回本呢？证据何在？

现存的戚序本这一系统的古钞本，第七十八回，文字到了《诔》文一完，便戛然而止，其下再无一个字了，此其一例。再有，杨继振旧藏抄本（俗称"梦稿本"），此回的《诔》后之页，恰恰又有"兰墅阅过"四字的过录的读后志语。如果原即八十回，那他此语应志于八十回之末页，何以独在七十八回之末？有此二证，加上《诔》后补文（包括次回）的可疑点甚多，遂知当日流于人手的一种钞本只到七十八回为止；其后由于社会观念是注重"整数"的，觉得"七十八"实在难成"体统"，于是勉勉强强（不知是否由雪芹，还是亲友之手）补缀出两回书文，以及《诔》后的极小一段，凑成回尾收束语。

这就使"后之三十回"之言，传到今日，已成为难以马上明白的话了。

一百零八回的回数，其实也是雪芹的一个艺术创造。在他以前，大抵是百回、百廿回的长篇大书，务求整数。在那"整数"中，很自然的艺术节奏就是每十回为一大段落①。换言之，那种章法是一概认定了偶数（阴数）为歇断点，而不会运用这个阳数的大代表"九"来一起参加，使之构成一种崭新的结构新境，取得了向来未有的艺术效果，丰富了通俗文体中的文化内涵。

[附记]

在此需要说明几句：本章内容都是我在1987年总结自己对《红楼》结构的一些见解。这里的"结构"，是指在《石头记》中客观存在的艺术法则，而不是用任何先入为主的、已然存在的某种理论模式来硬"套"所成。我着手写这本书时，原来也想用西方的"结构主义Structuralism"的方法来助讲《红楼》结构，后来认为这不妥当，因为那不符合我研究的时序：我初次了解西方结构主义小说叙事学（Structurial Narratology）具体内容是晚到1989年加拿大高辛勇教授寄赐他的佳著《形名学与叙事理论：结构主义的小说分析法》一书时的事情了，所以应留意不要让读者认为我是受了西方的影响才来研究《红楼》结构的，

---

① 浦安迪教授的论文，指出了这一点，十分恰确。他对"四大奇书"这样认为是符合实际的，但他因此对《红楼梦》也认为一如四大奇书，还是以"十"为节奏（他在论文中提到了"九回"的拙见，认为我的看法只是大同中之小异）。这也许是由于他没有充分注意考虑"十二"这个"《红楼》基数"的重要因素在四大奇书中是不存在的，因此他也没有设计解答雪芹原著的全回数到底是多少，第五十四、五十五回之间的大分水岭问题的含义（6×9＝54，108之半）等问题的缘故吧。

完全不是。我一向不赞成对自己民族传统文化的一切特点还不懂得即生搬硬套外来的模式主张等等。只应是先把自己的文化文学传统弄得略为清楚时，再来借助、借鉴人家的好的方法来一起说明问题。从高先生的介述，我得知结构主义源于俄国"形式主义"（这儿形式主义不是指外部样式，是指内部关系），二战后欧洲先是集中注重对人类的"主观"（道德意识）的重建，即"存在主义"；然后转入对事物的"客观"的探究时才形成的，又受了现代语言学的影响。盛行于六十、七十年代，先欧后美；它只是一种分析的方法；应用面很广，并进入了文艺领域；它有异于通常的（我们这儿特别流行的）对作品的哲学、政治、经济、社会等内容意义及评价的评论，而专重结构与其组构因素之间的关系。这就是说，通常的文艺批评是以评者的水平、修养、爱憎等为依据的，而结构主义者则以作品中客观的规律性为依据。粗略说来，结构主义要点有五：注重①整体性，②深层关系，③二元对立性，④"共时"序与"历时"序的区分，⑤变化律 laws of transformation（重变化过程的一般规律而不究其因果先后）。到了结构主义叙事学中，要点条目更是繁复，但主要精神不离其宗。这样，我对《红楼》结构的分析，其结果与西方的结构观念概念是否相似？有何异同？能否结合而析论之？这自然可以由专家考虑，但与我本旨已有层次的分际了。一句话，本书的结构学，只可供结构主义叙事学学者的参考，而不是为了"牵合"。

此刻来初步检验："整体性"是首要的，所以我们特重"探佚学"（研求原著八十回后的大致概貌），否则这些艺术手法都将"消灭"（程、高伪续正是彻底消灭这个整体性的东西），我所强调的"大对称"结构法则的规律及变化（详见《红楼梦与中华文化》下编），与西方的要点似乎也不无相通之处。这就让人感到不无意味可寻。

第三十章　余音绕梁

雪芹建造的，名叫"红楼"，实是一座"建章宫"，它千门万户，宏丽轮奂，不可言状。往大处看，气象万千，无人企及。往细处看，又事事经心，件件奇趣。真是观之不尽，备述实难。如今姑举一例，作微观的赏心悦目。

比如，刚说到《芙蓉女儿诔》。宝玉作诔祭雯，以何物为奠品致其礼敬？

> 惟太平不易之元，蓉桂竞芳之月，无可奈何之日，怡红院浊玉谨以群芳之蕊，冰鲛之縠，沁芳之泉，枫露之茗——四者虽微，聊以达诚申信，乃致祭于白帝宫中抚司秋艳芙蓉女儿之前，……

你看，这四样"微"物，确实是"微不足道"之至了吧？泉之与茗，更似信笔拈来，"本地风光"罢了，何以如此轻率？如有斯疑，试思真解：

一、群芳之蕊——即第五回"千红一窟（哭）""万艳同杯（悲）""群芳髓（碎）"的呼应。

二、冰鲛之縠——自古以喻拭泪之帕。《丽情集》载锦城官妓灼灼，"以鲛绡多裹红泪"，以寄相思。又《古今小说·张舜美灯宵得丽女》："囊里真香心事封，鲛绡一幅泪流红。……"第三十四回黛玉题帕，即用此典。

三、沁芳之泉——"花落水流红"，我已在第六章《巨大的象征》中详加阐释。

四、枫露之茗——此名见于第八回，甲戌本有侧批云："与千红一窟遥映。"此又何解？盖枫叶鲜红，露珠如泪，正寓"红泪""血泪"也（另有一批也点出此义）。

你看见了？心作何想？可曾想到雪芹于此"微物"中竟然蕴涵着如此的一腔血泪？他又在"瞒蔽读者"（脂砚语），他又是以最悲痛的心情来写他的"供人耳目"的"小说"，诚所谓"滴泪为墨，研血成字"，嫡真不假。

在这回的正文中，雪芹自己也作了"说明"：说是作诔要"一字一咽（ye 哽咽），一句一啼"的。但到了粗心人眼中，只怕这些都"看没"了。

所以，要讲《红楼》艺术，实非容易。

书到七十八回，异样情景，作诔在最末幅，前幅写的是宝玉连遭悲戚恨愤之事故（诸女儿相继亡散），到一处一处空空落落，大非往日园中景象，茫茫然，踽踽然，正在十二分难遣，却人来唤他：老爷命他去作诗！（仿佛《西楼会》于叔夜被命去"赴社"）。作的何题？怪，林四娘！

在这儿，忽然夹上了一个青州的姽婳将军，此为何意呢？这早成为《红楼》一案，释者多端了。如今我觉得须作出新解了。否则的话，谈《红楼》艺术也会大有谈不下去之忧了呢。

关于林四娘的史迹，我曾搜辑过数家之说（略参拙著《红楼梦新证》1985 年版）。而直到最近，得到了何龄修先生的指点，这才见到康熙六年（1667）林云铭（西仲）为她作的传记，这才知道：她的父亲做江宁府的库官，因亏空了官帑而入狱；四娘与其表兄某，悉力营救（即是必须筹资缴齐，方能脱罪），他们二人为此而同起居者数月之久，而不及于"私"（即不涉男女关系）！

这是流行史料所未曾能详的（有的甚至反而污蔑四娘"淫乱"）。这是位"贞烈"（二字见于《诔》文）的奇女子、女英雄！雪芹深知其事[①]，合了他小说人物的"资格"——而且恰恰又暗关着雪芹之父曹頫因（上辈）亏空官帑而入狱，深触其隐痛。并且，晴雯又正是与宝玉长期居处而没有"私情"的令人起敬的奇女子！综合起这许多别人难解的情由，他才特意在此回书中与祭雯平列并提，构成了一幅奇光异彩的椽笔名篇。

林云铭著有《庄子因》，即黛玉诗讽宝玉续《庄》曾云"作践南华《庄子因》"的由来（程、高本妄篡为"庄子文"）。这种种迹象，揭示了雪芹读书的范围之一斑，并使我们从中窥见他是怎样精微巧妙地把他的学识蕴蓄熔铸为艺术的魅彩。

讲《红楼》艺术，是个极为精致、细密、微妙的文化寻求与精神契遇。像本书这样"寒俭"的小册子，要写几本、十几本也是写不完的。我这所见所述，太浅陋了。我力所未逮的，会有为我补过的来哲。我以五十天的光景，草成此编，用以引玉。《红楼》艺术的宝库，正向我们透射出与日月常新的光耀。这光耀定会永远吸引中华民族的一代又一代，由被吸引而研求，由研求而得培育涵养。因为，《红楼》艺术的可爱可宝，亦即中

---

① 林四娘的事迹，实为清初广泛流传的一段佳话，历久遂有歧异讹变，记载不同。但这是江宁的实事，几代久居江宁的曹家，人人习闻其事实，也未必即只据林云铭的文字记叙。

华文化的可爱可宝。《红楼》艺术是中华文化的结晶，离开文化大母体，我们将无法理会这种艺术都是怎么一回事情，又有何意义。

中华文化有几个眼目：一是"才"，《周易·说卦》已经标出天、地、人为"三才"之道；天与地皆是有生命的，故皆具才性。三才配伍，互相一体，才推动着人类智能的不断发展进化。雪芹本人是人之道的才性的代表之一名，他最爱才惜才，故对天地生才之各种方面特为敏感和关切。他为写那些人才的遭遇与命运而滴泪研血，是思想与心境的事，而他如何以才人而传才人，就发生了《红楼》艺术的一大文化现象。这是异常重要、异常宝贵的民族精神的产物，无价之宝。忽视轻视了它，抛弃破坏了它，将为中华民族文化招致致命的灾难——如果民族后代连这种宝贵结晶也不懂了，则此民族的灵魂也就亡失了，民族将随之而归于亡失。试看，从数字的文化涵义与组合，直到诗画的文化境界神采，他都是运用到了极高的层次的，这就绝非仅仅讲一个"叙述学"的概念和方法所能胜任的巨大课题了。我愿热爱中华文化的人们，一齐来阐扬《红楼》艺术的深处蕴藏的奥秘与其焕发出来的夺目光彩，则此小书与有幸焉。

附录

《红楼》花品

　　曹雪芹以《红楼梦》为名目写成一部小说，又自题名曰《金陵十二钗》。钗者，女子之代称①。名为十二，是只举"正钗"之数作为代表的意思，实则还有很多层次的副钗、再副、三副、四副……，直到八副，共计九品。合为一百零八位女子。雪芹写了这么多女儿，其原稿卷末列有"情榜"，即是"九品十二钗"的总名单②。但雪芹从一开头就以花比人，所以秦可卿向凤姐托梦，最后说的是"三春去后诸芳尽"。及至众女儿给宝玉介寿称觞，回目则标曰《寿怡红群芳开夜宴》。宁府的花园后亦并入新建的大观园，名叫"会芳园"。而大观园的主景，命脉之所系，则特别标题"沁芳"（桥、亭、溪、闸），一切景物皆因此水而布局。这"沁芳"二字，看似新雅香艳，堪以赏心悦目，不知雪芹意中，却是伤心惨目——他是暗寓"花落水流红"之真意于字面的背后或深处。如此一说，便可悟知：雪芹原是处处以花喻人。名花美人的互喻，是中华文化中的一种高级的审美观，

---

① 雪芹独取"钗"字为书中女子代称，并不是一个简单的词语问题，其内涵甚为复杂，因与本文关系较为纡远，故不在此详述，以免喧夺。
② 雪芹写108位脂粉英豪，是从《水浒传》108条绿林好汉而得到启示，有意识地使之成为对映之妙。

极古老，极独特，极有意味。雪芹虽然处处创新，但对这个审美传统，并不目为"俗套"，反而发挥以光大之。因此，我说不妨把《红楼梦》看做一部崭新的、奇特的、高超美妙的"群芳谱"。

从这个角度来说"《红楼》花品"，方觉既不"失花"，也不"失人"。

雪芹意中最重视的——或者说曾以重笔特笔来写的花品，有杏、桃、海棠、芍药。至于石榴、菊、梅、荷、芙蓉、水仙、牡丹、蔷薇、玫瑰、桂花、腊梅等等，仅仅一举其名而未有实笔的，尚所不计。如今，依我个人印象中必欲一谈的选列几品，粗陈鄙意，并求同赏。

但首先须明一义，即雪芹是一位大诗人。我们中华的诗人，咏物赋题，并不像西方艺术，专门讲求"刻画""逼真"，而是遗貌取神，绝不拘拘于"具体""细节"的描写。如不明斯义，便会感到"不满足"，抱怨雪芹"不会形容""短于摹绘"。这个大分际，先要懂得，而后方能谈得上理解雪芹的审美意度。那是高层次的感受与"传达"。

比如拿秋菊来说，它与春兰、夏荷、冬梅并称四高品，从毛诗、楚骚以及陶彭泽以后，题咏太多了，但谁也不去"刻画"它的"形象"。雪芹笔下菊花，只见曾插满刘姥姥的头，以及为它而起社分题的十二首七律，别的什么叶子怎么样，花瓣什么形……休想再见他一字"多加"描绘。梅花的"处理方式"，也差不多，他只提到苏州的玄墓（那是"梅海"），妙玉取梅花上的积雪，也为它题了诗。开头写宁府"梅花盛开"，其景如何？也难觅一字之正写。只是在拢翠庵外望过去，见其"气象"，并闻"寒香"而已。后来宝玉乞得一枝，却也只写那折枝的姿态不凡，于花之本身亦不加半句"描写"。此为何故？这就是中华文化的精神之所在，这就是诗人感物的中华特色。重神取韵，而无意于貌取皮相。

明乎此，则荷花若何，桃花怎样？就无须乎多问了。

我觉得雪芹例外地给了两三句"正笔"的只有杏花、海棠两大名花。其余则石榴与水仙，却各得一句"特写"。

杏花是初出"稻香村"这处景色时，先写的就是"几百株杏花，如喷火蒸霞一般"。在雪芹，肯如此落笔，实为仅见。这大约是他写得最"红火"、最"喜相"的一例，透露他对杏花的"吉祥感"。杏花是探春的象征或"标志"，她在"薄命司"中算是命运最好的一位出类拔萃的女英杰。杏在我国文化传统上涵有贵盛的意味。"日边红杏倚云栽"，风致可想。

雪芹写夏花，则曰"石榴，凤仙等杂花，锦重重的铺了一地"——此乃第二十七回的"葬花"的真对象，一般绘画、影视等都错以为这葬的也是桃花，其实葬桃花是第二十三回的事，葬桃花是二人看《西厢》两相和美的情景，时在"三月中浣"，而葬杂花是四月二十六芒种节，已是正交五月仲夏的节气了！很多事例中往往出现错觉，积非成是，牢不可破。

雪芹写水仙，我一向很有感叹：他写"花香药香"时，见黛玉屋内一盆水仙开得正好，而特别书明那是一盆"单瓣水仙"！这引起我思索很多问题。

何谓"单瓣水仙"？就是向来享有美称的"金盏银台"了。多瓣的，雅名"千叶水仙"，那花形成一个"撮子"，而单瓣者却形成一个娇黄齐整的小金杯，下面的六个白叶托，活像杯托，故为银台。这种水仙风致独绝，我从小就"偏爱"金盏而不喜那"一撮子"。后读《红楼》，见雪芹独标斯义，虽只用了两个字，乃大喜！攀个高儿吧：我们的审美观，所见略同。不觉大为得意。

一部《红楼梦》，写花虽多，最最重要的是海棠。读雪芹之书而不知着眼于海棠，则"失《红楼》之泰半"矣！

海棠之所以重要，可分两个头绪来说。其一是全书的"诗格局"，以海棠社为开端。此社开时正是秋天，贾芸进献的是白海棠，实为秋海棠的一种。秋海棠是草本花卉，因终年开花，故又有"四季海棠"之称，常见的有两种，一种弱小，一种大叶斜尖，叶带银斑，可以长得很高大，其茎间有明显的"竹节"。可书中所写是后一种，所以宝玉的诗句说它是"七节攒成雪满盆"，可为明证。

其二是怡红院的"红"的唯一标志，即木本的海棠花。海棠不但是怡红院的主花，也是全部书的"红"字的代表花品。

怡红院本名"怡红快绿"，取红绿对映之义，本因院中是"蕉棠两植"。蕉绿棠红，构成全书的象征色彩。当贾政与众人和宝玉第一次"游园"时，有特笔专写海棠，有八字两句，道是"葩吐丹砂，丝垂翠缕"，写尽了垂丝海棠的风貌。

贾政让众相公题匾，一人题曰"崇光泛彩"，连宝玉也为之喝彩称佳。这是用东坡咏海棠的名句"东风袅袅泛崇光"的典故。这首诗的末二句是"只恐夜深花睡去，故烧高烛照红妆"，仍是以美人喻名花，成为千古绝唱。雪芹用之，可见击赏，可见心契。

讲说至此，我便要提醒你：第六十三回群芳夜宴时，行的酒令是"占花名"，那湘云掣得的牙签，就是一面画有海棠一枝，一面镌有"只恐夜深花睡去"七字（黛玉打趣她，说"夜深"改"石凉"。妙绝！）。所以要记清：海棠是湘云的"花影身"。

这层艺术关系，其实雪芹早就交代明白了——宝玉自题怡红院的五律，中间即云：

> 绿蜡春犹卷，红妆夜未眠。

这正是暗暗点给看官：院中一方是蕉，一方是棠。而独以棠为美人，用的仍然是东坡那同一首的典故！其针线之密、笔墨之妙，粗心人是未必得味的。

在雪芹意中，海棠最美，而唯湘云足以当之——所以书中唯独湘云的丫鬟名之为"翠缕"，照应第十七回"丝垂翠缕"，一丝不走。

游园时，众人盛赞那株西府海棠，说花也见过不少，哪里有这么好的！由此可知，湘云的容颜风韵，实非凡品。开海棠社时，独她最后追题两首，大家评为压卷之作，也正是点睛妙笔，——但一般人读《红楼》，只看"热闹"，何曾悟及此种笔致。却大家虚奖雪芹的文才，岂不有负那位绝世才人的锦心绣口乎？

"怡红""悼红"，"会芳""沁芳"，各涵深意。"群芳髓（碎）""千红一窟（哭）""万艳同杯（悲）"，皆须合看。但"红"的地位，特立独出，最为明显，略如拙文上面粗粗论列。那么，海棠的意义，湘云的地位，其重要性又为何如！聪颖之士，当下可悟。然而二百年来，芹书为高鹗篡改得面目全非，精魂尽失，雪芹文心密意，扫地皆尽，海棠的红颜，公子的怡悼，了不可复问，而尤可叹者，那"群芳"之泪，"万艳"之悲，博大沉痛的主题与襟怀，也被伪篡者歪曲缩小得只剩一点点"宝黛爱情悲剧"了，又有人公然倡言："伟大的不是雪芹，而是高鹗！"中华文化，亟待弘扬；拙题《红楼花品》，不离弘扬本义。岂独为花为草而致慨乎？

庚午中秋后二日，写讫于瘦红轩

[附记]

《红楼》中写出了十月梅花，评论者皆认为是个"虚构"，亦照常理而言罢了。实则梅亦有早梅异种，如北宋大诗人梅圣俞，他诗集里就有咏"九月梅"的一篇，岂能目为"虚构"乎？是以执一而论，也未必全是。

情在《红楼》

曹雪芹自己"交代"作书的纲要是"大旨谈情"四个大字。他在开卷的"神话性"序幕中说,书中的这群人物乃是一批"情鬼"下凡历劫,并且他的原著的卷尾本来是列有一张"情榜"的——"榜"就是依品分位按次而排的"总名单",正如《封神演义》有"正神榜",《水浒传》有"忠义榜",《儒林外史》有"幽榜"一样。由此可见,他的书是以"情"为核心的一部巨著。

但"情"实际上本有本义与支义(引申义)、广义与狭义之分。雪芹的《红楼梦》,正是以狭义之情的外貌而写广义之情的内涵。狭义的,即男女之间的情——今之所谓"爱情"者是也。广义的,则是人与人之间的相待相处的关系——即今之所谓"人际关系"。但还不止此,从哲学的高层次来阐释,雪芹所谓的"情"几乎就是对待宇宙万物的一种感情与态度——即今之所谓"世界观"与"人生观"范畴之内的事情。

鲁迅先生在本世纪初,标题《红楼梦》时,不采"爱情小说"一词,而另标"人情小说"一目。先生的眼光思力极为高远深厚,所以他的标目是意味深长之至。要讲《红楼梦》,必应首先记清认明此一要义。但本篇短文,暂时抛开高层次的情,而专来谈一谈"男女之情"。

雪芹是清代乾隆初期的人，即今所谓十八世纪前半时期乃是他的主要生活年代，那时候我们中国人对"爱情"问题还远远不像现时人的通行看法，也没有受过西方的影响。在他的心目中，男女爱情实是人类之情的一小部分，你看他如何写史湘云？她的一大特点就是"从未将儿女私情略萦心上"。儿女私情，正是今之所谓男女恋情了，——但他下了一个"私"字的"评语"。显然，与"私情"相为对待的，还应有一个"公情"吧？此"公情"，即我上文所说的广义的崇高博大的爱人重人为人（不是为己自私）的"人际关系"之情。但他又在写秦可卿时说"情天情海幻情身"，意思是说：在这有情的宇宙中所生的人，天然就是深于感情的——这儿至少有一种人是"情的化身"。

所以，雪芹这部书中写的，他自己早已规定了的，绝不是什么帝王将相、圣哲贤人、忠臣义士等"传统歌颂人物"，而是一群新近投胎落世的"情痴情种"。

但雪芹实际上很难空泛地写那崇高博大的情，他仍然需要假借男女之情的真相与实质来抒写他自己的见解、感受、悲慨、怜惜、同情、喜慰……百种千般的精神世界中之光暗与潮汐、脉搏与节拍。他并不"为故事而故事"，为"情节动人"而编造什么俗套模式。

如拿小红（本名红玉）与贾芸的"情事"作例，就能说明很多的问题，——这些问题却是今日读者未必全部理解的了。

贾芸与小红，在雪芹笔下都是出色的人才，也是书中大关目上的一对极为重要的人物。贾芸在他本族中是个可爱可敬的最有出息的子弟，家境不好，早年丧父无力结婚，单身侍奉母亲，能够体贴母亲，是个孝子——他舅舅卜世仁（不是人）的为人行事，不让母亲知道，怕她听了生气。办事精明能干，口齿言词都很好，心性聪慧，外貌也生得俊秀（因此宝玉都说他"倒像我的儿子"，并真的认为"义子"）。小红呢？真是天造地设的一对：也是一个在不得意中，无从展才的出色人物，生得细巧干净俏丽，口齿明快爽利，当差做事精能过人，连凤姐那样高标准审材用人的"专家"，只一见了她，临时抓派了一点儿家常琐事，立刻大加赏识，就要向宝玉讨来，收归手下。一切可想而知了！可她在怡红院，宝玉贴身的大丫鬟们个个才貌非凡，而且都很"厉害"，岂容她接近宝玉，为小主人做亲近的差使？只因刚刚有幸为宝玉掭了一杯茶，就大遭盘诘奚落。于是心灰意懒，每日怏怏如病，意志不舒。

事有凑巧，却值贾芸要来看望宝玉，无意中与小红有了一面之缘，并且获得几句交谈的幸运——那贾芸一见一闻，早已认识到这是一位出众的少女。

我们自古说书唱戏，流传着一句话，叫作"一见钟情"。对这句话，有人不以为然，有人专门爱用。那写《红楼》的雪芹，对此又是如何评议的呢？

这事很复杂，不是一个简单的"是、非""好、坏"的"分类法"所能解说解决的。如今请听我一讲——

世上的一见钟情，自然不能说是绝无仅有，但够得上这四个字本义的，确实并不是太多。认真考核时，那"一见钟情"是假相居多。雪芹的书里对此持怀疑或笑话的态度。因为，一个女的，一旦只要见了一个"清俊男子"，便立刻想起她的"终身大事"，难道这不可笑？那个"一见钟情"的内核质素是个真实的牢靠的"情"吗？只怕未必。细一追究，问题就很多了。

又不要忘记了历史的实际：造成那种非真的一见钟情的缘由却又是"可以理解"的——老时候，妇女是封闭式的生活，闷在深闺，不得外出，更不许见外姓陌生的男性，莫说"两性社交活动"是那时人所梦也梦不到的"奇谈"，就连"一面之缘"也极难得或有。然而正是在此情形之下，适龄的男女幸获一个觌面相逢的机会，自然远比现代"开明进化世界"的人容易留下"深刻印象"——并由此而引发到"钟情"的事态上去。所以，今天的男女"司空见惯"的这个"见"，在《红楼》时代"确实是个重要无比的"钟情条件"。

事情正是这样：贾芸来到荣府书房等候传达，想进园去看宝玉，正好此时小红出来找茗烟，——于是乎形成了二人的"一见"。这一见可不得了，贾芸自然为这个不寻常的小丫头的风度引起了注意。至于小红，要讲公平话，她原非什么"淫邪"之辈，起先一闻男声，本就要"回避"（赶紧躲开）的，后知是本族当家子的子弟（侄辈人），这才肯向前搭话，话是体贴贾芸，不愿让他白耗时力傻等着。这儿，并没有什么"情"之可言。

然而，你看雪芹的书，那就传神入妙得未曾有！他怎么写小红的"表现"？他那一支奇笔写道是——

（小红）方知是本家的爷们，便不似先前那等回

避，下死眼把贾芸盯了两眼。

雪芹的笔，遣词用字，已是入木三分，一句话中蕴涵着无限的心态之奥秘。但到此为止，仍然不能说小红就已然是"一见钟情"，只不过是初次有所留心罢了。

以后的事情，也不是"直线发展""一望到底"的。小红在怡红院难获一个如意的机遇，反遭场恶气，这才曲曲折折地忽然转念到那日书房中偶遇之人。然后经历了遗帕传帕、入园种

树、守护宝玉（遭马道婆巫术祸害几死）层层递进，他二人的"情"这才真正暗暗地建立起来。

这种情况，你说它就是"一见钟情"，就显得太简单化太肤浅了。而如若说它绝对不是，也似乎过于粗陋，——这正就是雪芹在距今二百数十年前竟然能够把男女之间的情写到如彼高超精彩的一个佳例。须知，雪芹在写书的一开头，就把那种"套头""模式"的"一见钟情"明言反对了。

要想知道一下雪芹原书与现行的高鹗伪续本是如何地悬殊迥异，只看小红、贾芸这一段情缘故事也可以显示清晰。原来，贾环自幼受他生母赵姨娘的"教养"，对凤姐与宝玉二人恨之入骨，必欲置之死地而后快。马道婆那一场事故，已见端倪，但还不是他本人的毒计（那时还小）；等他长大了，先诬陷宝玉"强奸母婢"，激怒了贾政，只差一些微就把宝玉打死了。再到后来，就干脆勾结荣府的外仇内敌一起谋害凤姐、宝玉，以致这叔嫂二人一齐落难入狱。此时，芸红二人已经婚配，通过醉金刚倪二的义侠之助，买通狱吏，前去探慰搭救。他夫妻二人是深深感念和怜悯他们的旧日恩人的屈枉和悲惨的。这些后话，其实雪芹早在第八回就设下伏笔了——那宝玉住的屋子为什么叫作"绛芸轩"？你是聪明人，你稍稍运思，就恍然大悟：那轩名二字，正是"红"（绛即红之同义字，而且古音亦同）和"芸"的"结合"呢！

其实，雪芹笔法之妙不止此。在全部书中，谁也没"资格"进访怡红院，唯有贾芸得入一次，刘姥姥自己瞎闯进去一次。这都为了什么？原来到日后宝玉极度贫困，寄住于一处破屋，几乎无衣无食——那时重来眼见宝玉之惨境的，也正是贾芸与刘姥姥，他们都是前来搭救落难之人的。在他们眼中，宝玉早先的令人目眩神迷的精美住房，与他落难后的贫无立足之境，正构成了震撼心魂的强烈对比！

由此可悟，雪芹此书的前面貌似的富贵繁华，正是为了反衬后面的破败凄凉。

但到高鹗伪续中，这一切统统不见了，而且凤姐（原是与赵姨娘、贾环做死对头、全力保卫宝玉的人）变成破坏宝玉幸福的大坏人；贾芸也变成了与贾环合伙坑害巧姐的大坏人！这究竟都是何肺肠？！不是要和雪芹针锋相对，彻底歪曲，又是为了什么呢？

雪芹安排给贾芸的另一个极其重要的"任务"是送来了白海棠，由此，引起了海棠诗社与菊花诗题——全书的"诗格局"由此起端。而且，无论海棠还是菊花，都是象征史湘云的。湘云与宝玉最后在艰险困苦中重逢再会，才是真正的"金玉姻缘"，即湘有金麟，宝有玉佩。（那薛家的"金锁"确实是个伪品。）

由此又可见，贾芸的作用是如何地巨大和要紧。但这已佚出了芸红的"爱情故事"，留待异日再讲可也。

癸酉闰三月上浣写讫

青石板的奥秘

儿时夏夜，庭院中一家人围坐乘凉之际，最爱听母亲或带我的妈妈给我讲故事、"破谜儿猜"。那些有趣的民间谜语中，有一个是："青石板，板石青——青石板上钉银钉。"大家伙儿你思我索地纷纷猜度。最后谜底揭开："是天上的星星！"那时孩童的心灵上十分信服地记住这个生动如画的"画面"：青石板——那天空原来是石头做的！我仰着头竭力地想要看穿那青空碧落，只见它明净如洗，像半透明。心里想：那青石多美啊！——可不知道它有几尺厚？（应当在此说明：那时候讲的是中国的寸、尺、丈，没有什么"米""码""公分"等等之类）

我问妈妈"几尺厚"，她没答上来。

我长大了以后，自己才找着了答案。

天，到底有多"厚"？——十二丈！

这个答案在哪儿找到的呢？是在《石头记》里。这并非僻书秘笈。原来曹雪芹早给此问预作了回答。

你看他是怎么写的——

　　原来女娲氏炼石补天之时，于大荒山无稽崖炼成高经十二丈、方经二十四丈顽石三万六千五百零一块。

好了！你看他说得那么精确，这"高"是十二丈，就正是我在孩童时所想的那"厚"了。妙极！

顺便说一句：这个"经"，就是指"尺度"的"度"字之义。有的本子作"径"，是不对的，因为"周三径一"，直径半径，只发生在"圆"里，与"经"并非一回事。

由此我才恍然：原来那碧落青空是用许许多多的四角见方的大石头"铺"成的或"架"成的，那巨石的厚度是"边长"的一半，如打个比方，就是那形态好像一块块的豆腐或"绿豆糕"的样子。

然而，曹雪芹虽然也解答了我童年的疑问，但他是一位了不起的"百科家"，他还精于"数理"，他所采用的数目字都还隐藏着一层妙用。

这种妙用，本来是超越我们的"常识"和"正规智力"之外的，幸而批书人脂砚斋却指点了内中的奥秘，且看——

"高经十二丈"句下，批曰："照应（一本作总应）十二钗。"

"方经二十四丈"句下，便又批曰："照应副十二钗。"

这真使我们洞开心臆！

无人不晓，《石头记》共有好几个异名，雪芹自题则曰《金陵十二钗》，是指书中最重要的女子十二人：黛、钗、湘、元、迎、探、惜、纨、凤、巧、妙、秦。但在第五回中，宝玉在警幻仙姑处看册子，还有"副"钗册、"又副"钗……，他没得看完便放下了，又去听曲文了。

这好像是只有正、副、又副三层的群钗之数吗？答曰不然。证据在于另有一条脂批，说是直等到看了末回的"情榜"，才知道了正、副、又副、三副、四副……的全部"名单"。

说到此处，我才敢提醒大家注意：那"副"是有很多层的，由此可以确证：上引"照应副十二钗"的那"副"字，是个广义用法，是统包正钗以外所有诸多"副层"而言的。

那么，接着的新问题就是：到底在雪芹原著中实共多少副层群钗呢？

答曰：八层。

这又证据何在？证据还是上面已引的"方经二十四丈"的"照应副十二钗"。请看：那巨石是正方的，四条边，每条长度是二十四丈，即两个"十二"，所以正方的四边共计"八"个"十二"——这就是"照应"了八层副钗的"数理"。

到此，我再发一问：请算算吧，一层正钗，加上八层副钗，共是九层，九乘十二，正是一百零八位女子。

这就表明：雪芹作一部《石头记》，是由《水浒传》而获得的思想启发与艺术联想！其意若曰：施先生，你写了一百单八条绿林豪杰，我则要写一百零八位脂粉英雄，正与你的书成一副工整的"对联"！

一百零八，这是我们的民族喜爱的数字。其实它也还是个"象征数字"——象征着"多"。

为什么单要用一百零八来象征多呢？

讲这种十分通俗的数字的数理，须推源到我们的古《易》之学。因为说起来很费篇幅，如今姑且只讲一点吧。《易》是由阴阳构成的，而我们的数字也有阴阳之分，即"奇"数为阳，"偶"数为阴。故在《易》中，阳爻以"九"为计爻之辞，阴爻以"六"为计爻之数。"六"的两倍（叠坤卦）即是"十二"。所以在我们中华文化上，"九"是阳数之极（九月初九为"重阳"

节），"十二"为阴数之最（太阳历的月份是十二）。因此，我们是将此两个"代表数字"运用起来，"乘"出来一个"一百零八"的——雪芹也正是如此！

雪芹是以这个代表或象征的数字，写了他书中的"诸芳""群钗""千红""万艳"，为这些女子的不幸命运同悲（杯）一哭（窟）！

这是一部极伟大的中华新妇女观的文学巨著——也是文化奇迹。

雪芹不但写人是一百零八位，连全书的回数也是一百零八。全书分两大"扇"，前扇写盛，后扇写衰；前后各为五十四回书，总是盛衰、荣辱、聚散、欢悲……互相呼应、辉映——那大对称的结构格局，异常精严细密。

书的总精神意旨，只用了两个字来概括，曰"沁芳"。此二字实即"花落水流红""流水落花春去也"的"浓缩""结晶"，说的是这么多不幸女儿的可怜可痛结局命运。沁芳二字最为沉痛不过，但世人当"闲文"视之，不解其味。

小说会有一百零八回的吗？此说太怪。

答曰不怪。与雪芹同时微晚的一部小说叫《歧路灯》，就是一百零八回。

但雪芹的一百零八更精密：以每九回为一段，共为十二段——仍是奇数偶数的妙理的巧用。

试看：第九回闹学堂（总写男子之不材，引起秦可卿之病），第十八回元春省亲，第二十七回群芳饯花，第三十六回梦兆（宝钗），第四十五回风雨夕，第五十四回除夕元宵（盛之顶点），第六十三回群芳寿怡红……请问哪一个关键不是落在"九"上？不理解（或不承认）这种大文学家的结构法则，对于认识雪芹的思想与艺术都会造成巨大的隔阂与损失，那不实在太可惜了吗？

壬申夏至节后草讫

暗线·伏脉·击应

雪芹写《石头记》，明面之下有一条暗线，这暗线，旧日评家有老词儿，叫做"草蛇灰线，伏脉千里"，其意其词，俱臻奇妙，但今日之人每每将有味之言变成乏味之语，于是只好将"伏脉"改称"暗线"，本文未能免俗，姑且用之。鲁迅先生论《红楼》时，也曾表明：衡量续书，要以是否符合原书"伏线"的标准，这伏线，亦即伏脉甚明。

伏脉暗线，是中国小说艺术中的一个独特的创造，但只有到了雪芹笔下，这个中华独擅的手法才发展发挥到一个超迈往古的神奇的境地。

如今试检芹书原著，将各回之间分明存在而人不知解的例证，简列若干，让我们一起来看看雪芹写书是怎样运用这个神奇的手法的——

当然，开卷不太久的《好了歌解注》，第五回的《红楼梦曲》与金陵十二钗簿册……都是真正的最紧要的伏笔，但若从这些叙起，就太觉"无奇""落套"了，不如暂且撇开，另看一种奇致。

我想从盖了大观园讲起。

全部芹书的一个最大的伏脉就是沁芳溪。

"沁芳"，是宝玉批驳了"泻玉"粗俗过露之后自拟的新名，沁芳是全园的命脉，一切建筑的贯联，溪、亭、桥、闸，皆用此名，此名字面"香艳"得很，究为何义呢？就是雪芹用"情节"点醒的：宝玉不忍践踏落花，将残红万点兜起，送在溪水中，看那花片溶溶漾漾，随流而逝！

这是众人搬进园子后的第一个"情节"，这是一个巨大的象征——象征全书所写女子的总命运！所谓"落红成阵"，所谓"花落水流红"，所谓"流水落花春去也"……都在反复地点醒这个巨大的伏脉——也即是全书的巨大的主题："千红一窟（哭），万艳同杯（悲）。"

第二十三回初次葬花，第二十七回再番葬花。读《西厢》，说奇誓，"掉到池子里"去"驼碑"，伏下了一笔黛玉日后自沉而死，是"沁芳"的"具体"表象，黛玉其实只是群芳诸艳的一个代表——脂砚批语点明：大观园饯花会是"诸艳归源之引"，亦即此义。

这还不足为奇，最奇的是：宝玉刚刚送残花于沁芳溪收拾完毕之后，即被唤去，所因何也？说是东院大老爷（贾赦）不适，要大家过那边问安。这也罢了，更奇的是：宝玉回屋换衣，来替老太太传命吩咐他的是谁？却是鸳鸯！

就在这同一"机括"上，雪芹的笔让贾赦与鸳鸯如此意外地"联"在了二条"线"上！

读者熟知，日后贾赦要讨鸳鸯做妾，鸳鸯以出家以死抗争不从，但读者未必知道，原书后文写贾府事败获罪，是由贾赦害死两条人命而引发的，其中一条，即是鸳鸯被害。贾赦早曾声扬：她逃不出我的手心去！借口是鸳鸯与贾琏"有染"，为他借运老太太财物是证据（此义请参看拙著《红楼梦与中华文化》卷尾）。

两宴大观园吃蟹时，单单写凤姐戏谑鸳鸯，说"二爷（琏也）

看上了你……", 也正是此伏线上的一环! 可谓妙极神极之笔, 却让还没看到后文的人只以为不过"取笑儿""热闹儿"罢了。

胡适很早就批评雪芹的书"没有一个 Plot (整体布局), 不是一部好小说"云云。后来国外也有学者议论雪芹笔法凌乱无章, 常常东一笔西一笔, 莫知所归……这所指何在? 我姑且揣其语意, 为之寻"例证"吧:

如刚写了首次葬花, 二次饯花之前, 中间却夹上了大段写赵姨娘与贾环文字。确实, 这让那些评家如丈二金刚——摸不着头脑! 殊不知, 这已埋伏下日后赵、环勾结坏人, 陷害宝玉 (和凤姐) 的大事故了。二次葬花后, 又忽写贾芸、小红, 也让评家纳闷: 这都是什么? 东一榔头西一锤子的? 他们也难懂, 雪芹的笔, 是在"热闹""盛景"中紧张而痛苦地给后文铺设一条系统而"有机"的伏脉, 宝玉与凤姐家败落难; 到狱神庙去探救他们的, 正是芸、红夫妇!

这是杂乱"无章"吗? 太"有章"了, 只不过雪芹这种章法与结构, 前所未有, 世人难明, 反以为"乱"而已。

雪芹是在"谈笑风生"——却眼里流着泪蘸笔为墨。

所以, 愈是特大天才的创造, 愈是难为一般世俗人所理解。雪芹原著的悲剧性 (并且为人篡乱歪曲), 也正在于此。

这种伏脉法, 评点家又有另一比喻:"如常山之蛇, 击首尾应, 击尾首应——击腹则首尾俱应。"雪芹的神奇, 真做到了这种境界, 他的貌似"闲文""戏笔"的每一处点染, 都是一条 (总) 暗线 (包括多条分支线) 上的血肉相连、呼吸相通的深层妙谛。

癸酉六月上浣写讫

《红楼》脉络见分明

世上万事皆有其外因的来龙去脉，又皆有其内身的经络脉息。《红楼梦》非但不是"例外"，即在"例内"也属于一个范例的规格品位。

《红楼梦》的"去脉"比较易晓易讲，比如数不清的"续书"，大家咸悉了。还有"变形续书""脱化仿造""对台唱戏"，都有，但未必人人尽明。一条线是认清主角原是贾宝玉的，于是便有《歧路灯》《儿女英雄传》，都写一个公子哥儿最后得成"正果"，暗与雪芹对垒，是一类。从《镜花缘》到《海上花列传》，则是认定写一群女流为主题的，有意效颦，并不像前一类包含着要唱"对台戏"的用心和野心。

例如文康，大不以雪芹为然，处处针锋相对——安老爷对贾政，安公子"龙媒"对宝玉；何玉凤、张金凤这"金玉"二凤，专对钗黛，大丫鬟长姐儿则专对袭人。连薛姨妈都有个"舅太太"来针对。其余可推而悟矣。一句话，自从《红楼》出来，有志于写小说的几乎没有不在此书的影响范围之内的。雪芹的了不起，于此也就不难体认一二了。

但若说到"来龙"，可就不那么容易讲解了，因为那"线路"复杂得多。粗略而言之，似乎可以分为几层来窥测历史根由——

中国的小说，与西方的本非一回事，它是"史"的一支，故名"野史""稗史""外史""异史""外传"……宋代"说书"，虽分几支派，而"讲史"是主流首席。这讲史，以"三分"尤盛，即后来《三国演义》的故事，远自唐代民间就讲它，脍炙人口。何也？或以为是人心向刘反曹，其实这是后来的"倾向性"，变本加厉的结果。"三国"故事的灵魂——引人入胜的焦点是什么？是文武人才，琳琅满目，三方是各有千秋，难分高下。正如东坡的咏叹："大江东去，浪淘尽，千古风流人物"，"江山如画，一时多少豪杰！"。人，人才，才是魅力的核心，事情的实质。

继"三国"之后的第二部堪与之"平起平坐"的才子书是什么呢？是《水浒》。这是北宋末年的史迹故事——有点儿像"瓦岗寨"时代的群雄四起，但不尽同，也是先由民间讲述积累，最后由一位文学家将它"定型"。《宣和遗事》只记有宋江为首的"三十六人"，但到了《水浒传》，三十六已仅仅是"天罡"之数，还另有"七十二"条好汉，属于"地煞"。36+72＝？有趣！是等于108。这就是后世人人口中能道的"一百单八将"，"一百单八条绿林好汉"。

为什么非是一百零八不可？要想回答这个问题，从西方文化的意识中是寻它不到的。这是中华文化的"数学哲理"的古老课题，本文字数有限，暂且"按下慢表"。

《水浒》的伟大何在？就在于一点："三国"讲的，虽然人才济济；群英大聚会，成为一时之盛，可是没超越帝王将相这个范围。《水浒》作者的伟大，正在于他的"眼高于顶，胆大于天"，竟然立下大志，要写一群为人鄙视或仇视的"强盗"！

强盗者，本来就有坏人，有人误以为强盗都是"革命家"，万事岂可一概而论。但梁山好汉却都是良民被逼落草为寇、占山为王的。写他们，不也就是与"三国"对台唱戏了吗？

但是，这个"对唱"的本质却又是一致的——咏叹的对象，依然是人，是人才。看事情只有一条"直线单线式逻辑"来对待人间万象，当然会认为凡是"翻案""针对"，就不再包含"继承"的实质一面了。

但写梁山人才毕竟又自有特点——我用的语言表述法是：《水浒》关怀的是人才的遭遇与不幸，人才的埋没与毁弃，这是一切问题的根本性问题。

雪芹深深地为施耐庵的"文心"感动了——钦佩万分，可是他不是盲目崇拜偶像的人，他对施公也"有意见"：为什么几乎没写出一个令人赞叹倾倒的女流来，反而两出"杀嫂"都写了姓潘的两个不正派的坏女人？

雪芹是大不以此为然的。这是因为，他经历了谙悉了许多女才人、女豪杰、女英雄，而她们的命运却比梁山好汉还不幸，还悲惨，还可怜可叹，可痛可哭！他觉得施公太偏心，也太无情了。

于此，忽然一个巨大的思想火花在雪芹头脑中爆出万丈的光芒——他一下子决定了他的终生事业：誓为一群亲见亲闻的女儿写出一部传神写照的新书，专与《水浒》相"对"！

这个"对"，包括了一切，连名目也可以成为对仗：

绿林好汉——红粉佳人

江湖豪杰——脂粉英雄

对仗，是汉字文学语言的一个重要的美学因素，用西方拼音文字的意识来"评论"它是困难的。西方只有"排句"，与中华的对仗也并不是一回事。

对仗，当然不只是"字面"的事。它总是"字里"的思想感情的一种表现。对仗，又是文学手法与结构上的一个重要因素。对仗，包含了对照、对比、对称、对应。雪芹的书，运用这些，到了出神入化的境界。

雪芹的书，是"翻"《水浒》，然而又是继承《水浒》：他采取一百零八这个最主要的结构中心。他"对"准了施公，有意识地写了一百零八位女子。他的书后"情榜"，是"对"施公的"忠义榜"。他的人物品目法则是：以 12 为"单元"，正钗十二名，副钗十二名……，排为"九品十二钗"，12×9 = ？正等于108！

这就是雪芹的结构大法则。从女子主要人物的数目，到全书的章回数目，都是一百零八！

全书以"盛衰""荣辱""聚散""悲欢""炎凉"……为两大"扇"，前后各五十四回书，"分水岭"在五十四与五十五回之间。第五十四回是"盛"的顶峰，第五十五回是"衰"的起端，前后笔墨、气氛、情景事迹……俱各大异，构成了内身的大对称，大变化，大翻覆，大沧桑——前之与后，后之视前，有天壤之别！

草草说来，雪芹这位从古罕有的特异天才，将他的书安排在一个严整精奇而又美妙的大结构上。他从《水浒》得到了启示，但他的思想与艺术，大大超过了施公的水平与境界。

脉络是分明的，价值是不可估量的——但是不幸，今传一百二十回本并非雪芹原著，已将它的骨肉、血脉、精神、丰采都改变了。

《红楼》之写人

　　小说名作家刘心武同志，出其新著《秦可卿之死》，再次引起我与他通讯讨论的兴致，所谓"读后感"，已大略见于信札中，因此本文并非"文评"的续篇，却是由它引起的另一种思绪。

　　数十年来，不断倡导学习马克思主义，不但治国安民，而且文化文艺，概无二致。其中要义包括教人看事情勿表面、勿孤立、勿静止、勿僵化、勿机械……可惜，这倡导很多停留在口头与字句上；一究行事论文的实际，就往往大相径庭，直接违反。这种"违反"，就表现在对人对物对文，都是用的"单层单面单一直线逻辑"的思想方法去对待、去实行、去观赏、去评议、去批判……这种现象，涉及《红楼》的问题，那就益发显得"突出"了。且举小例——

　　心武同志怎样看待贾珍的？他能从两府所有男子中作出分析比较，看出贾珍的不凡的一面，评许他是最有男子汉气概之人，我自惭寡陋，还未见有谁能如此具眼，别人总是把贾珍只当作一个"最坏"的人、最下流的伪君子假家长。谁肯为他"说几句好话"呢？

　　刘心武独识独解独肯。这就使我深为佩服。

　　这儿，所涉及的复杂问题之中，有一个问题乃是雪芹的

"笔法"的问题——当然，也还有我们能不能晓悟领略这一笔法的问题。

记得鲁迅先生在二十年代之初讲《红楼》，就给人指明：雪芹打破了传统的写法，不再是好人一切皆好，坏人一切皆坏……（大意）。那时，哪里有什么"红学评论家"出来给人"指迷"？先生却目光如炬，一语道破——雪芹笔法的"奥秘"与魅力正就在"不单一"这点上！

然而，七十年过去了，我们大多数人还是在用"单一直线"的思路与眼光去看去"评"雪芹的"不单一"！

这，不值得我们"共思"一番吗？

论男子贾珍而外，似乎也没人以为贾琏也有"另一面"——他年轻就有理家办事的超众的才干，而且极有正义感：一次，他父亲多行不义，为了强取豪夺几把扇子，陷害石呆子，贾琏不忿，竟敢当面批驳贾赦（当时是礼法绝不许可的），说：为了几把扇子，害得人家家破人亡，也算不得本领！……（这以骂贾雨村为名义。贾琏的爱妾平儿也骂贾雨村"这饿不死的野杂种，结识了他不到十年，惹出了多少事！"。请听听贾琏房中上上下下的"舆论"，正反映了主人的义愤感。）

再有薛蟠，京剧里把他弄成一个"不成人形"的下流小丑。其实这都是不能深识雪芹笔法的结果。薛蟠是个直性正义热肠人，在芹书后半部中，与柳湘莲复交和好，亲如手足，日后还有义侠的重要情节。可惜，大抵因高鹗的伪续而破坏了原著的严谨巧妙的结构法则。

论女子，一提秦氏，世人只从"淫妇"上做文章，但她为什么"托梦"与凤姐时却无一字"淫情"？她关心的是兴亡荣辱之大事！而且又借"警幻"（可卿的化身幻影）来教导宝玉，深虑他将来世路上难行！请你想想，雪芹这支笔，是如何地丰厚深刻，丘壑层层，气象浩浩！我们若只会"单一"思维、"单一"鉴赏，那如何能说是"用马克思主义"去看待雪芹那种打破传统的笔法（与意旨）呢？

凤姐的例子，更是具有极大的代表性，因前函已然略及，如今不必多絮了[1]。

赵姨娘——这大约是雪芹最不肯原宥的一个"坏女人"了吧？但雪芹在后回借写"攒金祝寿"时，也让尤氏把"份子"还给了她，透露出她是个"苦瓠子"。你看雪芹这支笔，够不够个"科学家"的精神？他"单一"吗？

一句话：我读心武之新作，却发生了这些非他原旨所包括的思绪。我确实觉得心武同志是个有眼力的作手。他的新篇，有多方面的意义，我不遑备议，只是想借此小文，说一说他给

---

[1] 前函略云：雪芹最赏凤姐超众的才智，但又绝不隐饰她的过错——是痛惜小过小错掩了她的最宝贵的奇才！必须抓住这一点。（至于伪高续丑化污蔑她，以致今日一般认为她是"最坏女人"，雪芹在鞭笞揭露之，这离雪芹的境界十万八千里，他绝不同于晚清"暴露小说家"。）晓此，则悟芹写贾珍，正是此同一意度。

在原书整体大悲剧中，凤代表女，珍代表男，二人为贾氏获罪的替罪羊与牺牲品，结局最为惨痛悲感，撼人肺腑。我并非要"净化"贾珍，但他在秦氏问题上，是屈枉的！你"突出"了他的"乱伦"，正冲淡了你自己对贾珍的评价（两府唯他真男子，英才掌家气概，敢作敢为！这认识现今俗眼是看不见的，所以极佩服你此点）。我以为贾珍在此事上正是悲剧的关键——因素行与女人不洁净，又为保惜秦氏，不避形迹，才引致了恶名（焦大的骂……）。你疑他，但不能忘掉了大格局、高境界——此方是雪芹之不可及处——亦难为人理解、大受歪曲处。

千万莫用什么"暗金瓶梅"这类眼光去看雪芹的伟著，那太不懂雪芹是哪号人了！

我的感觉，《红楼》的人物都具有这种"双面性"，因此，才个个受屈枉，被恶名，而芹之泪亦何能干耶，悲夫！

我以思索很多问题的良好机会，他有贡献，我很感谢他这种贡献——这不是专评他的小说本文的意思。

不知他今后还想写写《红楼》的哪些"佚稿"？

癸酉六月初吉伏中走笔

一诗两截

一首律诗，八句四联，大章法确有一个普通的"规律"，即起、承、转、合。"转"，总是落在第三联五六两句法上，正是后半的开头。如此，岂不就是都成"两截"了？又何必再视为新奇？

我意不然：因为"转"似分开了，其实只是一个从另一面说的手法而已，"转"后归"合"，合即虽曰尾部而还顾首端——是即"归一"，并非真"两截"之义也。

本篇所举之例，则与那不同，却是真正的"两截"之作。

我举的就是甲戌本卷首一首七律，其诗云：

> 浮生着甚苦奔忙？盛席华筵终散场。
>
> 悲喜千般同幻渺，古今一梦尽荒唐。
>
> 谩言红袖啼痕重，更有情痴抱恨长。
>
> 字字看来皆是血，十年辛苦不寻常。

这种诗风，已是"老妪都解"，岂烦絮絮。如今只说，前半四句是个"梦""幻"之话头；首出"浮生"，在第四句方出"梦"字，即暗承李白的"浮生若梦"之意也。四句合一，只是个"梦幻心情""色空观念"而已，别无其他可言。

——忽然，下面却出来了"啼痕重""抱恨长"！

试问："啼"者何以泪重？痴者何心恨长？啼哭因悲深而泪多，痴者因恨长而难息。又悲又恨，正与"千般同幻渺"翻了一个过儿。

即此可见，上半截全是"反"话——也听惯了"到头一梦，万境归空"一类的"悟"言，无奈说是说，是"口头禅"；心里却挽转不过来，依然泪重恨长。

不仅如此，还要"勾勒"一笔：怎么一个悲法恨法？——字字是血！十年不悔！

这就明白了。后半才是"正身"，前半是个"反跌"罢了。

是以，似"两截"又实"一体"也。

这首七律，是给书中正文的楔子里的那首"偈"作出注脚——

"满纸荒唐言"，即七律之"后半"也。

清清楚楚，丝丝入扣。

"都云作者痴"，可知"情痴"抱恨的人，即是作者。

"谁解其中味"，能解者即是脂砚，是女流。

——即此又确凿可证。

还有良证吗？

甲戌本正文刚出"还泪"之说，脂砚即批道："能解者方有辛酸之泪哭成此书。……余尝哭芹，泪亦待尽……"这是什么话？不就是讲解"谁解其中味"吗？

"还泪"二字方出，她就批示："余亦知此意，但不能说得出。"

平儿之言"八下里水落石出了"，诚哉斯言。妙极妙极！

"对称学"

　　曹雪芹给《红楼梦》安排的章法结构，是全部书分为两大"扇"，前后呼应、辉映、联络、倚伏、隐现……合起来是个大对称——是艺术、是内容（盛衰荣辱、离合悲欢）、是规律、是感悟。

　　大对称，就是一种大平衡，又是大对比、大对照、大"正反"，用外文说，是 Symmetry & Balance, Contrast, Contradiction。

　　不仅章法，人物也"捉对儿"，事情也是"特犯不犯"（两次同性质的情节，比如过生日，有意写两番，而各不相同，各有精彩）。

　　人物"捉对儿"写，有贾母史太君，就有刘姥姥。有凤姐，就有李纨。有宝玉，就有薛蟠。有倪二，就有卜世仁（不是人）。有探春"才自精明志自高"，就有"二木头"……如此推下去，举之不尽。"捉对儿"甚至有"连环对"，如凤、纨为对，又有一个尤氏，于是凤尤、尤纨，皆有"对称性"在内。

　　至于钗、黛、晴、袭、鸳、平……那还用再词费吗？

　　这个"对称"，听起来倒也简单，好像没什么稀奇、了不起，实际在笔法上是"出神入化，妙趣无穷"。——只要听听老太太和刘姥姥的"对话"，品品凤姐与李纨"舌战"，就得其味，知其窍——也深叹其难写而又写到如此传神切当的地步了。

把"对称"看轻了，已是太不明白；再或一听"对称"还表示"哂笑"、不接受、不承认……各有其例，我都是亲见亲闻的。

对称，是宇宙大自然的一个神妙难解的突出现象，它到处存在。阴阳就是中华智慧的最古老最基本的"对称论"，是个最伟大的发现——感悟。

我从物理学家口中、文中，证知一个事实：在物理学上，众多公式显示出对称性，对称的作用十分重要。

于是我想，宇宙万物的结构，本身具有"天生的"对称美。

汉语汉文，最讲对称——对仗，骈词，音对义对，抑扬顿挫，皆因是而生。

对，不是"合掌"（诗家术语），不是"一顺边"（梨园行话），是"相反相成"。

记住这句，既反又成——即反即成。

雪芹把一部大书分成两"扇"，以第五十四、五十五回为"分界"，合为一百零八回，深得相反相成的奥理。

他是思想家、哲学家，大智大慧之人。

《红楼梦》是中华文化的代表性表现，研究这个文化代表是我们今后的"新国学"，因为其中涵蕴着极其宝贵的内核——中华民族的智慧、才华、心田、道德、性情、品格、风度、精神。

品茶是奇笔

　　雪芹写"品茶拢翠庵"①一回书，文情繁富，含意甚丰，至今寻绎，不能尽晓，还待通灵之士揭其奥隐。

　　史太君领刘姥姥到这位脾气古怪的妙玉的庵里，先赞赏这儿的花木特好。这令我想起：一进园是"曲径通幽处"，到庵正是"禅房花木深"。似乎有意运用唐贤名句。

　　妙玉奉茶，细写她的举措和茶具的考究。茶未入口，老太太劈头先说："我不吃六安茶。"此语突兀，怎么会先防此种？是否府里人多饮此茶？妙玉立答："知道——这是老君眉。"

　　妙玉世外人也，如何连老太太吃茶的细情也尽悉？

　　六安是安徽地方，其茶无多佳味，且不耐沏。兑一次就无多好味了。这反映了曹家在南京日久，那时的"江南省"包括今之江苏、安徽，二地不分，所以南京亦多徽产，吃腻了，不喜欢。

　　"老君眉"是福建武夷山的珍品。

　　妙玉照应了太君、姥姥之后，单把钗、黛二人招呼进作特别款待——宝玉是不请自到，随人后跟的。

---

① 拢翠，流行本作栊翠，今从古钞本。

奇怪。她单单不招呼湘云。读完整个一回书，绝不见提湘云一字。

对此，我纳闷久矣。

有人会说，这不过是雪芹偶然疏漏，并无深意存焉。

只是这个缘故吗？我存疑。

宝钗精明，有心机，一句不多言——她的惊人的丰富学识独独不露端倪（例如一讲画就说出了那么内行的一大篇颜色、缯绢、笔分了多少种……）。所以妙玉对之也无评语——而黛玉在妙师面前却落了个"大俗人"的品目。

黛玉会作几篇诗，似乎"一尘不染"，其实很俗。

这句话，除了妙玉，谁也不敢说。（别忘了：雪芹却敢写！）

这么一"推了去"，如若让湘云此时此境也"混"在她们三人堆里，该当如何呢？一言不发？不对。多话的她，岂能话少？若一开口，必然惊人——妙玉又该怎样品评她？

脂砚曾说《石头记》的用笔有"避难法"。难道在这儿不写湘云，是真把雪芹也难倒了？

湘云在这一"格局"里没有她的事，是到了中秋夜联句，方同黛玉入庵歇息——仍然是"一语未发"。

我是想听听，如果湘、妙二位"对话"，不知当有何等奇文奇趣！可惜八十回前未见。

妙玉说："芳情只自遣，雅趣与谁言。彻夜休云倦，烹茶更细论（lún）。"——书中并未如此叙写，只歇了一会儿，天就亮了，就各回住处了。

我忽然想起——

清人记载，吴崧圃藏有芹书全本，后来宝、湘重聚，大年夜再次联句，即"步"中秋诗之韵，精彩倍出！

也许，那时忽然又有妙玉师父的芳踪出现于"山石之后"吧？

前呼后应，前伏后倚，是雪芹的"板定大章法"（脂砚语）。

芳情，雅趣。四个字即是全部《石头记》的"内涵"。

只自遣，与谁论？雪芹自嗟如此。

了不得！妙玉才是最懂雪芹的"读者"。

她的故事，自第七十六回以下失传。古今大才异才，或有所闻；我愿会有真能再传妙玉的如椽之笔——也是生花之笔。

用字之精与奇

讥嘲雪芹"不学"者，不如去读读《芙蓉女儿诔》，看看篇中所用经典和新奇（常人不知用）的字、词、曲，共有多少？算不算"学"？再看他下字下得精、下得稳，而又时有新意新趣。"不学"之论，何其轻率哉。

例如，说到"格物致知"，下了一个"功"字；说到"悟道参玄"，又下了一个"力"字。何等精审！盖"功"者，功夫积累，亦即修养者是也。而"力"则是修持修炼而得的精神能量。所谓"道力者是也"。可见字字有内容，处处见肯綮。例如，"试才"那回书，给"泻"字的意味身份都讲出来了，说：在欧公当日作亭记，则可；在此时为省亲建园再用它，则不可——不可者，文各有体，字各有宜，为园亭用上一个"泻"，就太粗陋欠雅致了。

真是一点儿也不错。

其实，在这个字上，雪芹也很"自觉"地留了神，用了意，因为他在叙园景时已然先用过了——说是仰望则"石磴穿云"，俯视则"清溪泻雪"了。再者，后来湘云读与老太太听的藕香榭对联句，又已出现"菱藕香深写竹桥"了——"写"义同于"泻"，却为避粗陋而去了"三点儿水"旁。

雪芹用字奇处，如爱将"罕"作动词用，将"情"作动词用。他用"命"字，绝非尊上的旨、谕之必须服从者，只是"让""使""嘱"等一类平辈通常口语而已。有人抓住一个"命芹溪删去"一语，便断是长辈硬教雪芹删的，而不去看姊妹们联句是湘、黛皆可互相"命他快联"等实例。

雪芹曾两次用"荼毒"一语，一次是说"富贵"竟遭他（自己）荼毒了。另一次梦入甄公子园，被丫鬟们嘲笑、冷淡、责斥，说他是"臭小厮"，怕被他熏臭了……，弄得他无地自容，因愧思从未遭人如此荼毒过。语皆奇甚。盖他用此语是特定义——几乎与"作践""糟蹋"同义，不再同于《书经·汤诰》《诗经·桑柔》中的"荼毒"了。

这些，让人深感新鲜别致，另有一番味道值得咀嚼。

诗曰：

汉文训诂古来精，怎奈如今全不行。
有宝如无甘唾弃，一腔洋调念西经。

《红楼梦》题名揣义

　　雪芹著书题曰《石头记》，盖因自古小说戏本多用"某某记"语式，例多不可胜举。雪芹自幼博览，此等烂熟胸中，必亦心喜"记"名，而《西厢记》高居榜首，余者如《钗钏记》《西楼记》等次之。

　　只说到这，我就心生联想，而不妨姑作推衍，以窥雪芹的文心密意、灵慧才华——我设想，其当日大致思路也许可分为三步来讲：第一步，他倾倒于《西厢记》的绝代文才，心欲仿其题名，用一个"地点"名称来作书名之"主体眼"，实甫用"西厢"，我也用两字地名。正在此际，他忽想起了《西楼记》：此两剧皆是"本事"为自叙性质，可谓之"双西"了。"厢"是房，"楼"也是房，何其巧也。于是，他一想：我也用"楼"为好。由"西楼"之"楼"，而选了"楼"字，然后第二步。已然决意是为了女儿而作书，那么正好，早有唐宋诗人词客喜用的"红楼"一词，正寓意于女儿之所居。对，红楼！定局了。再后，第三步。

　　——上一步，本来可以定名为《红楼记》了。这已全然符合了心怀文境。可是，这时又想起汤先生的"临川四梦"来！雪芹觉得，四"梦"中的《牡丹亭》是写女儿之"梦"的"艳曲"

绝唱，因此对题，何不就也用他个"梦"？

于是三"步"到"家"：《红楼梦》之曲名、书名，遂由此铸下了不朽的妙语伟词。《钗钏记》呢？也仍在依稀透露光芒：君不见，"金陵十二钗"是总名，而"宝钗"是一个专名。大丫鬟有"金钏""玉钏"，姊妹相连并倚。都可以在文心文脉上找到根源。

顺便一说：《情僧录》者，无非还是"石头"之"记"的小小变换，表明层次而已；那总比不上"红楼"之"梦"，其诗意，其画情，其心灵境界，都不可再寻他字别句来替代。

《石头记》更传统化，因为朴实无华。

《红楼梦》则风流文采——再也掩不住曹子建那家世门风的秀色夺人、神采飘逸了！

乙酉十一月十八夜　草草呵成

后　记

　　本书目标是试论《红楼》艺术的诸般特色，因此不涉内容思想等事，对于雪芹喜用的艺术手法，如人名各有谐音寓意之类，并非全不重要，但一般常讲，为人熟知，我也是有意地避俗，不列为书中的一个项目——除了避俗，还为了预防穿凿附会，那也会成为"猜谜索隐"，滋生弊窦。但事情确是极其复杂的，比如开卷的几个人名，无一不含谐音寓意，大家公认的就有甄士隐——真事隐，贾雨村——假语存，封肃——风俗，霍启——祸起，娇杏——侥幸，没有人说此皆附会强解。那么，更值得注意的就落到了冯渊——逢冤、英莲——应怜二人的身上。全书开卷即是一对不幸男女，就是世间万众应当相怜的被冤的人——如曰这无寓意，皆可不论，那又谁能同意呢？

　　这么一说，已可略悟讲艺术还是为了理解内涵。本书虽说既定原则不涉内容，则希望读者自己多作参会。

　　在这一点上，我不妨"画蛇添足"：在我的领会中，所谓"金陵十二钗"的"钗"，表面让人只向"裙钗—女流"一义上去寻求了，其实这和"裙钗""金钗十二行"等并无干涉——这"钗"即"差"的谐音寓意。盖雪芹之旨，原在为脂粉英才痛惜，这一群女子，每一个都蒙受了这样那样的冤诬屈枉，又各有自身的小弱点小差失而招致了最不幸的冤情结果！在这个曲折涵义上，才缔结建构了《石头记》原著的极其崇伟壮烈的大悲剧意义①。

这一层，说起来是很费力的，它也是中华文化发展到清朝中叶的一个最巨大的思想课题，须有高明者用学术专著来论述之，本人势难兼及。然在此书的卷尾，应该略申鄙见，以供学术界读者界共同参考指正。

本书三十章正文中，没有一章是讲到语言艺术的，责任编辑同志对此曾提出过询问和建议。他的意见是很有道理的，因为文学的"载体"就是语言，如何反置而不论？我想了一下，作稿时所以没列入语言艺术，大概缘由有几点：一、这首先要涉及《红楼梦》的版本问题，异文情况之复杂万状，非一言可了，论析起来势必非常麻烦而冗长，一加上它，则专章的篇幅比例将与全体大失平衡，不易处置。二、我们中国文苑是个最讲究手笔高下的高级传统，一字之推敲，都成佳话，遑论整体品格的悬殊。在这种识别高下优劣上，最易发生"仁智"之异见，这又系于高层文化素养，亦非口舌所能争论明白。比如自从四十年代我就与胡适先生争论：我认为程、高之篡笔大抵点金成铁，伪续四十回更是拙劣难读，而他不谓然，始终喜欢那部"程乙本"，说它"更白话化了，描写也更细腻了"云云。二人之间便发生了根本而无法调和的分歧。二人如此，何况天下

---

① 过去的《红楼》悲剧论，有的只是解成了一个个别的"不幸事件"，并非悲剧意义。有的如王国维的人生痛苦"解脱"论，更不合雪芹定名"金陵十二钗"的命名本旨。至于要写一百零八名女子的英才屈枉大悲剧，是雪芹从《水浒》的一百零八位屈枉英雄人才大悲剧而得到思想与艺术启迪的，此义已在本书正文讲"九"与"十二"的结构章中粗略说及了。这也实在需要很好的专题论证才行，此刻恕难详说了。

万众？又比如，古今众多的续书、伪作，都自称是依仿雪芹笔墨，自以为"很像"；实则没有一个是略似雪芹手笔的，倒时时接近高鹗的笔调。由此可见，谈语言艺术，特别是雪芹的文字风格特色，实在是件大难事。再三考虑，都阑入本书，必难容纳协恰，不如暂付阙如，俟异日机缘，另为专著（我与家兄祜昌合著的《石头记鉴真》，略可备参）。在此我只想指出三点：一是雪芹的叙事部分，并不真"白"，"文"的成分更浓；二是即使对话，也不是今日人们想象的，就照"口语"直录；三是雪芹的文字也是"诗化"了的艺术品，并不同于胡适所谓的那种"白话文"。对此三点，胡先生却很钝觉——或者是缺乏认识赏会，一味标榜"白话"，结果把汉字语文本身的"文"性扫地反对掉了。拿那种眼光标准来讲《红楼》语言艺术，就毫厘千里了。

撰写成书，层次纷繁，目又甚艰，多得女儿伦玲为助。应在此表出一句。

责任编辑同志为此书稿付出了很多心力，个别字句上助我推敲抉择，并且代为查确了三处典故的来历；我凭记忆而写下的征引古人的诗文语录常有不甚准确的字句，他也一一为之校正无讹，减少了失误。对他深表谢意。为校对、美工贡力的同志，同此致谢。

时在癸酉、甲戌饯岁迎春之际
写讫于燕京东皋红庙

再版后记

    卷首曾言,艺术的高境与思想的高境原是不可分的。是故,讲论艺术归根结柢还是为了深切领悟雪芹的著书旨义。雪芹之书,终极目的是关怀"人",因而关怀"人"的才、情、善、慧、韵,更因此而关怀"人"的遭逢、命运。

    卷中讲"诗化"。其实这不仅是把人物角色的言词、行止、生活、哀乐等等加以"诗化"的事情,也是曹雪芹将人的才性、德性、情操、精神活动都予以"诗化"的事情。《红楼梦》的巨大魅力,悉在于此。

    既然人的德性也予以"诗化",所以雪芹对于"孔孟之道"并非"叛逆"和背弃、破坏,这是一种误会,出于不善读书求解,以致错会了作书人的心境——他是反对假的,而崇尚一个"真"字,中华传统道德精华不容"叛逆";打着"道德仁义"的口头幌子去肆行——损人利己的卑鄙之行为,他是真"叛逆"的。这个分际与原则容易粗疏而致误。

    雪芹的《红楼梦》是"唯人主义"的经典,应让全人类了解这部经典诞生中华,是民族的骄傲。她应当得到"人类心灵最高奖"——此奖应与诺贝尔奖同设于人类文明之中。如用现代的易解的"表格"显示,那么可如下方所列:

文—史—哲

才—情—德

智—慧—灵

真—善—美

这些都涵蕴在他的书中，如能作一串"锁链"来表示便于记忆、领悟，未始不是一个可取的"方便法门"——至此，回顾雪芹自云"著书大旨谈情"，这样显示"人"的"情"为著书"大旨"就更明晰了。

如今再将前面所列"三格四行"十二宗略略调整次序，即如下图：

文	史	哲
情	才	德
灵	智	慧
美	真	善

这十二宗，乃是中华民族文化精神的血肉命脉之所在，却尽数被涵融在《红楼梦》一部书里！

因此，我说"红学"者，不是别的，即是中华的"新国学"——过去的研《红》而看不清这一要义的人，总以小说文艺学的眼光和态度去对待雪芹的这一伟著，现在应该漫漫求索之后，东方即白了。

乙酉腊尾

图书在版编目（CIP）数据

红楼艺术的魅力 / 周汝昌著 .—北京：作家出版社，2023.8
ISBN 978-7-5212-2328-6

Ⅰ. ①红… Ⅱ. ①周… Ⅲ. ①《红楼梦》研究 Ⅳ. ① I207.411

中国国家版本馆 CIP 数据核字（2023）第 097825 号

红楼艺术的魅力

出版统筹策划：刘潇潇
作　　者：周汝昌
责任编辑：单文怡
装帧设计：孙惟静
出版发行：作家出版社有限公司
社　　址：北京农展馆南里 10 号　　邮　编：100125
电话传真：86-10-65067186（发行中心及邮购部）
　　　　　86-10-65004079（总编室）
E-mail:zuojia @ zuojia.net.cn
http://www.zuojiachubanshe.com
印　　刷：河北鹏润印刷有限公司
成品尺寸：142×210
字　　数：201 千
印　　张：9.625
版　　次：2023 年 8 月第 1 版
印　　次：2023 年 8 月第 1 次印刷
ISBN 978-7-5212-2328-6
定　　价：79.00 元